人類最強のヴェネチア

西尾維新
NISIOISIN

講談社

人類最強のヴェネチア

目次

装画　竹
装幀　Veia

人類最強のヴェネチア

■■

「疑問を共有したい。きっとわかってもらえると思うから。

「赤ちゃんはどうしてお母さんのおなかの中で溺《おぼ》れてしまわないんだろう？　小さな密室の中に隙間《すきま》なく監禁され、あまつさえ内部を水で満たされるなんて……、ぼくはぼくの妻が妊娠したとき、そんな疑問を抱かずにはいられなかった。不思議だったんじゃない、怖かったんだ。愛《いと》しい我が子が溺死《できし》してしまうんじゃないかって……、溺死したとすれば、殺したのはぼくの妻であり、ぼくということになる。

「酷《ひど》い両親だ。

「疑問は解決しなければならない。謎《なぞ》は解かなければならない。どうして赤ちゃんは溺死しないのか？　産婦人科医どころか医者でさえないぼくには、もちろん専門知識なんてないので、独学で答を導き出すしかなかったけれど、最初はまあ、魚が溺れないのと同じ理屈だと思った。赤ちゃんは水中でも呼吸ができるんだって。

「ほら、おたまじゃくしは水中を泳ぐ鰓《えら》呼吸だけれど、蛙《かえる》は肺呼吸だろう？　知っているよね？　それと同様に、人間も胎児の頃は鰓呼吸で、産まれて初めて、肺呼吸になるんだと思った。そう気付いてみれば、エコー写真で見たぼくの赤ちゃんは、おたまじゃくしにそっくりだったじゃないか。

「だけどこの理屈はおかしい。吟味すれば。

「なるほど、赤ちゃんはおたまじゃくしなのかもしれないけれど、おたまじゃくしだってずっと水槽に閉じ込めていたら、いずれは溺死する。これはちゃんと実験したから確かだ。身重のぼくの妻は、産休を取った夫が、なぜかアクアリウムに手を出して、しかも失敗したことを訝《いぶか》しんでいたようだが、その実、ぼくはしたたかにも成功していたというわけである……、十月十日《とつきとおか》はおろか、卵から大切に育てたおたまじゃくし達は、一ヵ月も持たなかった。察するに、あの可愛《かわい》子《こ》ちゃん達は水槽の中の酸素を使い尽くしたわけだ。

「市販の水槽程度の密閉度でも哀《あわ》れこの有様《ありさま》である、お母さんのおなかという完全密室の中で、赤ちゃんが窒息せず、あまつさえすくすく育つというのは、やはりどう考えても不可解だ。写真ではわからないだけで、本当はもう溺れ死んでいるんじゃないのか？　ぼくの妻の胎内にいるのは、水死体の土左衛《どざえ》門《もん》なのでは？　ぼく達はすくすく育っているのだとばかり思い込み、水膨《みずぶく》れの死体に、優しく話しかけているのでは？　だとすれば、ぼくの妻は赤子用の棺桶《かんおけ》じゃないか。不思議どころか、こんな不気味な話はない。

「ぼくの妻を棺桶と定義するつもりはないので、ぼくはここで立ち止まらず、くじけることなく考察を先に進めた。何事であれ、考え続けることが人を成長させるのだ。赤ちゃんは別かもしれないけれど……、赤ちゃんはどうして育つ？

「一瞬だけアクアリウムの話題に戻ると、おたまじゃくしを生かし続けるためには、水槽に酸素ポンプを設置すればよかったのだ……、基本的過ぎて、ハウトゥ本には載っていないくらいの初歩である。もっとも、そのまま育てていれば、水槽は可愛くも大量の蛙達で満たされていたわけで、つわりに苦しむぼくの妻が、そんな多頭飼育を喜んでくれたとは思えない。蛙の合唱が胎教にいいとは思えないし。何が言いたいかと言うと、要するに、アクアリウムを営む上では、水質作りが基本なのだ。ただ単に酸素が含まれていればいいということでもなく、海水なのか汽水なのか淡水なのか、適度に汚れているかどうか――東洋の諺《ことわざ》で言うと、水清ければ魚《うお》棲《す》まず、だったかな？

「つまり、おたまじゃくしにはおたまじゃくし向けの水質があるように、赤ちゃんにも赤ちゃん向けの水質があって、きっとそれが羊水なのであるという結論に、遅まきながら煙《けむ》に巻かれず、ぼくは至った。

「見えて来たぞ。

「呼吸法はどうでもよかったのだ。鰓呼吸だろうと肺呼吸だろうと、ロングブレスだろうと腹式呼吸だろうと……、大切なのは水だった。ウォーターでありアクアだった。おそらく大きく膨《ふく》らんだぼくの妻のおなかを満たす羊水は、酸素のみならず、様々な栄養素が詰まった魔法の水なのに違いない。だから赤ちゃんは溺れないし、十月十日にわたって、すくすくと育つのである。

「この推論に瑕疵《かし》はないように思われたが、ここでほっと一安心するほど、ぼくは不用心な夫ではない……、ことは家族にかかわるのだ。予断は許されないし、油断も許されない。出来の悪い推理小説でもあるまいし、証拠もなくいい加減なことは言えない。理論ができたなら、実践しないと嘘《うそ》だ。でたらめだ。

「だからぼくはぼくの妻の腹部を切り裂いた。含まれる羊水を検証するために。破水を待っちゃいられないからね。もしもぼくの推理が間違っていたら、その頃には手遅れになってしまう。やらずに後悔するよりも、やって理解するのだ。

「疑問を検証するにあたって、赤ちゃんは邪魔だったので、一旦取り出して外に置いた。それよりも水だ。水の検証だ。ビーカーや三角フラスコを用意していたものの、まさかこれほどに大量の水が、愛する女性の胎内に含まれていたとは、いきなりの計算外だった。

「危うくぼくが水に呑まれるところだった。

「ちまちま手順を踏んでいる場合じゃなかった。計画は臨機応変に変更しなければ。やり直しは利かないのだ。軟水のように柔軟に対応しなければ。いや、ぼくはやり直せないことなんて人生にはないと信じているけれど、愛しい人の腹を切り裂くなんて行為は、できれば一回で済ませたい。そうせねばならないというのであれば、二回でも三回でも、何回でも挑戦する気概に満ちてはいるものの。

「どうだろう、よくわからないけれど、なみなみと溢《あふ》れる羊水が、長時間外気に触れるというのは、あんまりいいことじゃないんじゃないのかな？　ぼくはそう思った。医者でないぼくは理系ですらないので、化学変化の知識は皆無だが、切開に料理包丁を使っただけでも、折角の栄養満点な羊水に、雑菌が繁殖しそうな気がする。

「手早く、しかも確実に検証するためには、この羊水に頭を突《つ》っ込むのが一番だ……、水泳の訓練で、洗面器に張った水に顔を浸ける要領である。それでもしも苦しくない、つまり溺れないようであれば、ぼくの推論は証明されたも同然だった。顕微鏡もアルコールランプもいらない。……アルコールランプを何に使うつもりだったのかなんて訊《き》かないでよ。羊水をあぶって蒸発させたら、あとに何か残るんじゃないかという実験……、をするつもりだったのかな、ぼくは？

「何にせよ、そんな遠回りな検証はしなくていい——羊水に頭を突っ込めば。けれど、言うは易くおこなうは難しである……、いくら持論に自信があっても、正体不明の水の中に自分の頭を浸すなんて真似《まね》を、躊躇《ちゅうちょ》せずに実行するのはとても難しかった。なんだか気持ち悪いぞ。そうこうしているうちに、時間は刻一刻と過ぎていく。水はぼくを待っちゃくれない。

「焦らずにはいられなかったが、そのとき、ぼくは手近に、ぼくのじゃない、別の頭があることを発見した……、言っておくが、さっきさて置いた赤ちゃんの頭じゃないよ。元々羊水の中で生きていた赤ちゃんを元に戻すんじゃあ実験にならない——対照実験にならない。ぼくが言っているのは、ぼくの妻の頭だ。切開の激痛で気絶してしまっているけれど、意識はなくとも呼吸はしているはずだ……、むしろ、彼女の呼吸は激しく、荒くなっている。だからチャンスだ。ぼくよりもよっぽど実験に向いている頭である。躊躇する理由はない。むしろ躊躇しない理由がある——ぼくの妻が亡くなってしまう前に、検証を完遂しないと。

「ぼくはぼくの妻の頭部を彼女の胎内へと折りたたんだ。さあここで問題です。彼女はおたまじゃくしのように溺れ死んだでしょうか？　それとも赤ちゃんのように溺れ死ななかったでしょうか？　これも、ぼくがみんなと共有したい疑問だ。

「なぜなら、献身的な奥さんに協力してもらった実験の甲斐《かい》なく、ぼくにはわからなかったから——真実は闇《やみ》の中だ。洒落《しゃれ》のめしたことを言わせてもらえるなら、真実は水の中である。

「結論から言えば、まあ死んだよ。ぼくの妻は死んだ。悲しむべきことに。ぼくは三日三晩、泣き通したね。十月十日かもしれない。がっくりと肩を落として。男らしくないと言われるかもしれないけれど、ぼくは現代人だ。泣くことが男らしくないとは思わない。自分の涙で溺れそうになったことを、誇りにすら思う。

「ただ、その結論は、答ではない。

「だって、泣こうが喚《わめ》こうが、悲嘆に暮れようが、ぼくの妻の死因が羊水で溺れた溺死なのか、それとも妊娠中に腹を割《さ》かれたことによる失血死なのか、その二択に答えられていないからだ——後者ならば、彼女の死は、いわば事故みたいなものであり、人生にはつきものの不運である。誰の責任でもない。だが前者ならば？　ぼくの推論がまるっきりの的外れで、羊水でも関係なく、人間は溺れるというのが答だったならば？　この場合はぼくの考えの浅さが、愛しい人の死に直結する……、検証が最悪の形で終わったのは、不手際による悲劇なのか、愚かさに基づく喜劇なのか？　ぼくの妻は溺れ死んだのか、そうじゃないのか？

「検証しなければならない。怖いが、ぼくは自分の責任からは目を逸《そ》らせない……、たとえ己の罪を暴《あば》くような行為になってしまうとしても、この疑問は放置できない。

「疑問は解決しなければならない。謎は解かなければならない。

「ん？　赤ちゃんはどうなったんだって？

「ああ……、よくぞ気付いたね。普通、思い出せないよ、そんな細部。おたまじゃくしのような極小。そう、それも、問題だ。一番の問題ではないけれど、実に問題だ。本質ではなくとも、水質ではある……、だけど、どうぞご安心を。心配には及ばないし、心肺にも泳がない。その問題に限っては、共有するまでもない、ぼくだけの疑問なので」

■■

第一章　万里の長城

1

あたしがヴェネチアに遊びに行ったって言えば、水都の溺殺魔《できさつま》・アクアクアを退治するためだって思うだろ？　ところがどっこい、さにあらず。少なくとも発端は違った……、そんなアドベンチャーな行程は『旅のしおり』には一切書かれておらず、むしろ当初の目的は、崇高な学術的使命に基づいていた。この場合の『崇高な』って部分は、そのまんま『馬鹿馬鹿《ばかばか》しい』と置き換えることが可能なのだが、まあそれはこの場合に限ったことじゃないのかもしれねーな。崇高であり馬鹿馬鹿しい。いいじゃねーか。

「探したわよ、哀川潤《あいかわじゅん》さん。……本当に探したわ、あっちこっちを。なんでこんな秘境を散歩しているの？」

秘境とはご挨拶《あいさつ》だな。万里の長城は、ギザのピラミッドと並んで、宇宙から見えるただふたつの人工建築物なんだぜ——お前にはここにいる大勢の観光客が見えないのか？

「見えないわ。少なくともこの天才で可愛い私には。観光エリアは遥か遠くよ——万里の長城を端《はし》から端まで歩いてみようなんてトライするのはあなたくらいのものだわ、哀川潤さん。しかもピンヒールでね」

さよか。だとしても、あたしのピンヒールに口出しするな、口出しするのは敵だけだ——いくら天才で可愛かろうとな、みよりちゃん。

「あら意外。覚えてくれていたのね。いつからか音信不通になったから、てっきり天才で可愛い私ごときは、哀川潤さんに見限られたんだと思っていたわ」

音信不通と遅刻癖《へき》はあたしの二大看板でな。悪気はねえんだ、勘弁しとけ。人類最強の請負人であるこのあたしに仕事を依頼するには、まずあたしを発見しなきゃならないってわけさ。あと、みよりちゃんの名字が何だったか忘れちまったけど、それもついでにごめんして。

「軸本《じくもと》よ。軸本みより。みよりだけれど身寄りがない、十九歳の女の子。若くして心理学の権威よ」

自ら『若くして』とか『権威』とか言うなよ。

「自ら最強を名乗っている人に言われたくないわ。と、再会すると同時に喧嘩《けんか》をしたかったわけじゃないの……、はるばる中国まで」

そうだよ。みよりちゃんこそ、なんでここにいるんだ？　あたしの記憶が確かなら、みよりちゃん、あのあと、イギリスの大学だかに招聘《しょうへい》されたんじゃなかったっけ？

「名字は覚えてないのに、それは覚えてるのね」

根に持つなよ。ぶっ殺すぞ。

「こわっ……」

幼少期より独学で権威に上り詰めたみよりちゃんが、青春時代を取り戻すために誘いを受けて大学生になる道を選んだなんて、あたしは感動したもんだぜ。だからよく覚えている。

「情報が不正確だわ。記憶がぜんぜん確かじゃない。天才で可愛い私は学生じゃなくて、講師待遇でケンブリッジ大学に招かれたんだし、誘いを受けたのは青春とかいう謎の概念を経験するためじゃなくって、英語を覚えたかったからよ。論文とかはなんとか騙《だま》し騙しやってきたけれど、やっぱり会話に自信を持てなくて」

そんな理由で教鞭《きょうべん》を執るなよ。英会話教室に通え。で、出世あそばされた軸本教授がどういうつもりで、あたしの休暇を邪魔するんだ？

「天才で可愛い私とて、さすがに教授待遇ではないけれど……、休暇なの？　哀川潤さんは意味もなく万里の長城を、踏破しようとてくてく歩いているの？」

仕事だったら走ってるよ。ほら、人外との戦いもなんだかんだで一段落ついたからな。またちょっと退屈になってんだよ。だから休暇っつーか、ただの暇だ。なんで万里の長城かって言うと、そう言えば月に行ったとき、万里の長城もピラミッドも、噂《うわさ》と違って見えなかったなーって思って、それが気になって。

「月のあとに万里の長城とは。滅茶苦茶《めちゃくちゃ》な旅程ね」

月は人類が作ったわけじゃねーじゃん。自然遺産も好きだけれど、あたしは人間の作ったもののほうが好きだぜ。

「ふむ。だとすればうってつけかも」

うってつけ？　何に？　バナナフィッシュに？　みよりちゃんこそ、どうして万里の長城に来たのか説明しろよ。イギリスからとなると、本当にはるばるだろうに。

「もちろん仕事の依頼よ。仕事の依頼よ、人類最強の請負人。もしもあなたがピラミッドに登頂中なら、エジプトに向かっていたわ……、さっきの話だと、どうあれこうしてあなたを探し当てた以上、天才で可愛い私は、人類最強の請負人の依頼人たる資格があるってことよね？」

資格もなにも。あたしは友達の頼みはなんでもきくぜ。

「よく言うわ。……万里の長城を散歩するのはまた次の機会にしていただいて、哀川潤さん、天才で可愛い私とヴェネチアに飛んでくれない？」

ヴェネチア？　ヴェネチアだって？

「そう……、世界は神様が作ったけれど、ヴェネチアだけは人が作ったっていう、あのヴェネチアよ」

それはオランダじゃなかったっけ？

2

オランダもヴェネチアも、水の都であることに違いはない……、とは言えあたしは実のところ、これまでにヴェネチアを訪れたことはなかった。万里の長城に来るのは今回が初めてじゃないし、ギザのピラミッドにも何度か足を運んじゃいるけれど、ヴェネチアはあたしにとって未踏の地だった。

「そうなの？　なんて言うか……、ちょっと意外だわ。今になってようやく英語を勉強しようって気になった天才で可愛い私なんかより、よっぽど世界を股《また》にかけて活躍している、人類最強の請負人なのに」

心理学的にはその当てこすりっぽい物言いは、どういう意味を持つのかな？　いや、イタリアにはよく行くよ……、なんだったら一番行っている国かもしれん。請負人になる以前も含めればな。だけど、あらゆる州都の中で、ヴェネチアにだけは行っていない。フリウリ・ヴェネチア・ジュリア州の州都には行きこそすれ。

「あなたに請負人じゃなかった頃なんてあるの？　それじゃあまるで、ヴェネチアに行くのを、意図的に避けていたみたいだけれど」

避けていたとは言わねーが、避けていたようなものかもな……、もしかすると、途中からは結構。ほら、あたしって悪い噂があるじゃん。

「いい噂を聞いたことがないわ。どの悪評のこと？」

踏み込んだ建物が必ず崩壊するとかなんとか。デマもいいところで、信憑性《しんぴょうせい》なんてぜんぜんないんだけれど、それでも一回気になっちゃうと。意外と繊細だから、あたし。

「？　ちょっと意味がわからない」

鈍《にぶ》い奴《やつ》だな。いくらなんでも、ヴェネチアを沈めたらまずいだろうって言ってるんだよ。

「意味がわからないのは繊細という言葉の解釈だったんだけれど……、そんな心配をしているの？　いや、一度東京を焼け野原にしてみせたあなたの場合、あながち絵空事じゃあないか……、それを言ったら、この万里の長城だって、ピラミッドだって同じでしょ」

万里の長城やピラミッドは、文字通り盤石だろ。ヴェネチアはマジで沈みかけてんじゃねーか、都市ごと。ヴェネチアに限らず、地盤が柔らかいとこには、なるべく近付かないようにしている。都市を破壊するのは、東京で懲《こ》りてんだ。復興ってすげえ時間かかって大変だわ。だからここんところ、ハーグにも行ってねえ。何回か呼び出されているけれど無視している。

「もしかして、国際司法裁判所に呼び出されてる……？　個人が？　でも哀川潤さん、まさかそんな理由で、天才で可愛い私の依頼を、断ったりはしないわよね？」

内容次第だな。そうは言っても、どうせいずれは沈むヴェネチアなら、あたしが引導を渡してやるのも悪くねえとは思っている。

「とんでもないことを思っているよ、この人……、ぜんぜん懲りてないじゃない。大丈夫、そんな危なっかしいお話じゃないから」

危なっかしいほうが好きなんだ。

「天才で可愛い私が象牙《ぞうげ》の塔の住人になったのを早くもお忘れ？　アカデミックな研究の一環よ——と言っても、天才で可愛い私の研究じゃあないんだけれど。同僚……、って言うのかな？　ある数学者の研究で」

数学者？　心理学者と数学者じゃ、まるで違う畑だろうに。

「心理学は数学みたいなものだから」

そんなロボみてーな主張をする心理学者に、分析されたかねーな……。

「レオンハルト・オイラーって知ってる？」

知らん。それが同僚の名前か？　イギリスっつーか、ドイツ系っぽい名前だが。

「スイス人で、しかも故人よ。オイラーを知らないんじゃ、ちょっと長い話になりそうね……、ひょっとすると、万里の長城よりも」

いいね。長い話は好きだ。ごちゃごちゃ言ったらぶっ殺すけどな。

「なぜ天才で可愛い私が、命を賭《と》してまで、オイラーを紹介しなければならないのか……、オイラーは天才数学者よ。哀川潤さん以外は全員知っている、歴史上の偉人だわ」

天才で可愛いオイラー？

「可愛いかどうかは保証しかねるけれど、現代数学はすべてこの人とラマヌジャンがふたりで作ったと言っても過言ではないわ」

過言だろ、いくらなんでも。ラマヌジャンも知らんけども。

「そうね。だけれど数学的には真よ」

それっぽいことを言う……、天才数学者ねえ。鴉《からす》の濡《ぬ》れ羽島《ばじま》がほっとかねえな。

「オイラーの等式を歩きながら説明しろと言われたら、万里の長城どころか赤道くらいの長さになるところだけれど、幸い、天才で可愛い私が殺されずに済みそうなことに、専門家でもない私がこの一本道で紹介すればいいのは、ケーニヒスベルクの橋よ」

ケーニヒスベルク？　行ったことあるな。ロシアの飛び地の、カリーニングラードだろ？　哲学者カントの出身地だよな。

「オイラーを知らない人が、なんでケーニヒスベルクを知ってるのよ」

仕事でリトアニアに行ったときに、ちょっと寄っただけだよ。んー、でもあそこに有名な橋とかあったっけ？　ああ、ロンドン橋か。

「いいえ、ロンドン橋があるのはロンドンだわ」

軽口をちゃんと正されてもね。で、ケーニヒスベルクの橋って？　あらかじめ言っておくが、小数点が登場したら、鉄拳《てっけん》制裁だぜ。

「あらかじめ言うことじゃないわ。令和のコンプライアンスに全然則してないわね。小数点が嫌いって、どうやって消費税を払ってるのよ……、大丈夫、小数点どころか、四則演算も登場しないから。有《あ》り体《てい》にいえば、ケーニヒスベルクの橋は一筆書きよ。これは知らないとは言わせない」

一筆書き？　一本道ってことか？　この万里の長城のように。

「一本道ではないわ。七本の橋よ。本当は図に描きたいところだけれど、しゃがみ込んで世界遺産に落書きなんて蛮行を働いたら、アルキメデスみたいに殺されるから……」

ギリシャが混ざってきてねえか？

「どうぞ口頭で理解して。ある川に七本の橋が架かっていて……、それぞれの橋を一回ずつしか渡らずに、すべての橋を渡れるかって問題。これがケーニヒスベルクの橋」

そんなもん川上から順番に彼岸と比岸を行ったり来たりすりゃいいだけじゃねーの？　川下から順番でも。

「ああ、じゃなくて。橋は中州を経由するから……、それに三角州もあって……、三角州と中州にも橋が架かっていて……」

そんなわけのわからん橋の架けかた、しねーだろ。

「そこに文句をつけないで。現行のルールとは違う、昔の都市計画なんだから。現代から過去に注文をつけるのは無粋《ぶすい》なのよ。どう？　一筆書きはできると思う？」

さっぱりわからん。一筆書きができるかどうかの条件は、頂点へ至るルートがすべて偶数であることだっていうのを聞いたことがあるけれど、それは参考にならないだろうし……。

「それが正解になるのだわ。参考も何も。理屈を無視して正解を当ててくるの、やめてくれる？真面目《まじめ》に説明した天才で可愛い私が、馬鹿みたいだから。馬鹿で可愛い私みたいだから。厳密には、至るルートの数が奇数の頂点が、ふたつあっても構わないわ」

すべて偶数か、奇数がふたつか。ふうん。じゃあ橋が七本じゃ、どうこね繰り回しても成立しねーな。二筆目は真ん中を渡ったんだって言わない限り。

「日本でしか通じない手でしょうに。前置きが長くなったけれど、このケーニヒスベルクの橋を実践しようってフィールドワークを、天才で可愛い私の同僚の教授が——ちなみにこの人は本当に教授よ、講師待遇である天才で可愛い私と違って——ゼミの学生達の、夏休みの課題にしたの。課題と言っても、あくまでそれは名目で、要するに、偉大なる数学者に敬意を表するって建前にかこつけて、若者達はバカンスを楽しんできなさいって小粋《こいき》なプレゼントだったんだけれど……、かの問題は、疑問の余地なく証明されているんだから。検証するまでもなく……、でも、まるっきり無意味ってわけでもない」

ふうん。まあわかるよ。黒板に書いて理解することと、実際にやってみることとは違うよな。やってみなきゃわかんねーことってあるぜ、ピンヒールで万里の長城の踏破とか。

「それはあなた以外にはできないことよ。スニーカーでも辛いわ、道半分凍ってるし。教授には、ひとりで集中して研究に取り組みたいから、体よく、そして気前よく、ゼミ生達の旅費を捻出《ねんしゅつ》したっていう事情もあるみたいなんだけれど……、厄介なことになって」

？　そりゃ、厄介なことになってなきゃ、あたしに声はかからないよな。なんだよ、バカンス先のカリーニングラードにジェイソンでも現れたか？

「大前提として、行き先はカリーニングラードじゃないの。飛び地とは言え、あそこはロシアになるから。入国しようと思えば、ビザの取得が必須《ひっす》になるわ」

ビザ？　あたしが寄ったときは、そんなもん必要なかったぞ。

「そうでしょうとも。イギリスはＥＵを離脱したし、元よりシェンゲン協定には加入していなかったけれど、それでもロシアに行くとなると、難易度はヨーロッパ圏内の移動とは段違いだから——また、それに見合う実益があるとも言えない。現在のケーニヒスベルクに、つまりカリーニングラードにあんな形に橋のかかっている地域はないもの」

保存されてないの？　有名な理論なんだろ？

「世界遺産に指定されてはいないから——だからヴェネチアなの。文句なくヨーロッパ圏内だし、どころか、世界中を探しても、ヴェネチアくらいケーニヒスベルクの橋を、盛大に検証できる地域はないとも言える」

町全体が世界遺産なんだっけ？　ローマとおんなじで。

「それもあるし、ラグーンの中で独立しているという条件がこれ以上なく最高ね。そして検証のし甲斐という点でも……、中州に橋が七本じゃあ、ゼミ生全員で検証するレクリエーションとしてはちょっと物足りないでしょう？　そこへいくとヴェネチアは、百二十に及ぶ島々に架けられた、四百に及ぶ橋があるのだもの」

ははーん、読めたぜ。盛大ってのはそういう意味かよ。確かに大規模なスケールだな。ま、ヴェネチア本島に限っても、島という頂点に渡る橋の数が、全部偶数だなんてことはないだろうから、絶対に成立するわけのない一筆書きだが、しかしそれでも、できないとわかってることにみんなでわいわい挑むのも、また面白いもんだぜ。そういう無為に夏休みを費やすっていうのも、みよりちゃんが知らない青春って奴だ。

「哀川潤さんだって知らないでしょうに。あなたは青春どころか、学業も知らないでしょ。学んだことがないでしょ。それに、その通りだけれど、ところがよ。あにはからんや、成立しちゃったの。ケーニヒスベルクの橋ならぬ、ヴェネチアの橋は」

ああん？

「ゼミ生全員で検証した結果、一筆書きができちゃったの……、できないはずなのに。これってちょっとやばいことなのよ。数学の徒的には。だって、尊敬すべき先駆者の完璧《かんぺき》な理論を、実際的に覆しちゃったってことだもの」

名誉な功績じゃねえのか？

「それも時と場合による。うっかり人類最強に勝っちゃったりしたら大変なことになるように。時と場合……、このとき、この場合は、不名誉にさえなる……、間違っているのはどう考えてもゼミ生達なんだから。少なくとも理論上は。すべての橋を、一度ずつ渡った上で出発点に戻ってくることなんて、不可能なはずなのよ——なのにできてしまったということは、プロトコルに不備があったと言わざるを得ない。あるいは、数学者として不適格だと。そんな報告を受ければ、教授は教え子を全員、落第させざるを得ないってわけ——それは困る。雑務を押しつける相手がいなくなっちゃう。ひいては教授としての適性を問われる」

憐《あわ》れなくらい自分の心配しかしてねーな、その教授。

「デリケートなのよ。哀川潤さんと同じで、繊細なの。で、精神的に落ち込んだ教授は天才で可愛い私の研究室に、カウンセリングに訪れて……」

十九歳の女の子に、大学教授が泣き言かよ。

「天才で可愛い私が権威であるということをお忘れなく。権威をふるうタイプの権威なの」

そんな奴のどこが可愛いんだよ。

「親身になって相談に乗っているうちに、教授から頼まれごとをされちゃって。現地に飛んでくれないかって。公平な第三者として、偉大なる数学者が誤っているのか、可愛い教え子達が誤っているのか、検算してきてもらえないだろうか——って」

……まさか引き受けたのか？　そんな頼まれごとを？　みよりちゃんが？

「できたら自ら行きたいところだけれど、数学者としての自分はどうしたってオイラーを否定できないし、教師としての自分はどうしたって教え子を贔屓《ひいき》してしまう——その点、数学者ではなく、学内に友達がひとりもいないミズ・ジクモトなら、採点者として相応《ふさわ》しいって」

さらっとひでえこと言われてるぞ。それなのに快諾を？　人がいいな。

「仕方なかったのよ。そのときはまだ、天才で可愛い私は、『NO』って単語を覚えてなかった、イエスガールだったの」

そんなわけあるか。

「損得とか好き嫌いとかじゃなくって、断れない話ってあるでしょ。ケンブリッジの学園都市で、右も左もわからなかった天才で可愛い私に、買い物の仕方を教えてくれたのはその教授なんだから。ポンドってそう使うんだって。でも、ひとりじゃさすがに無理なので」

それであたしか。

「それで哀川潤さんなの。決して学内に友達がいないわけじゃないけれど、今時分、どこで誰がどう繋《つな》がってるかわからないし……、やるからには、検証に手心を加えたくないもの。そこで、生まれてこのかた勉学というものにおよそ縁のない哀川潤さんに、白羽の矢を立てたの」

あたしもそこそこ酷いことを言われてるな。人を野生児みたいに。

「いいでしょ？　一緒に人魚と戦った仲じゃない」

ヴェネチアに人魚はいないと思うが……、あそこにいるのは翼ライオンだろ。まあ、ちょっと興味がわいてるし、なんとなく避けていたヴェネチアに足を向ける口実になると思うと、断る理由はなさそうだが……、ひとつだけ条件がある。

「なんなりと」

教授の依頼は現地に『飛んでくれ』だったそうだが、ここは陸路で行こう。中国からなら地続きだし、ヴェネチアって確か、入口までなら高速列車で行けただろ？

「？　もしかして哀川潤さん、飛行機が怖いの？　人類最強の請負人ともあろうお人が」

馬鹿め、象牙の塔に閉じこもってないで、もっと世間に目を向けろよ。その意味じゃあ、旅に出るのは正解だが、飛び恥って知らないのか？　飛行機ってのは、環境を破壊するんだぜ。他《ほか》の土地ならいざ知らず、これから水害市街に行こうっていうのに、空路を取るわけにはいかんだろ。

「ぼくの妻の死を検証するにあたって、最初の協力者となってくれたのは誰あろう、ぼくの父だった。実験に使用した器具は消防車である。そう言うと、盗んだ消防車で実の父を轢《ひ》いたのかとあらぬ誤解をされるかもしれないので、前のめり気味に否定しておく……、確かにぼくは消防車を窃盗したけれども、それで父を轢いたりはしていない。それなら別に消防車じゃなくても事足りるわけだし。

「あとから思えば道端《みちばた》の消火栓でもよかったのだが……、そうしていれば、ぼくが母国であるオランダから這々《ほうほう》の体《てい》で逃げ出さなければいけない理由もなかったのだが……、欲しかった機能は、消防車の放水機能、つまりホースだ。

「ホースの先っぽを父に咥《くわ》えさせて、放水を開始した。イメージしていたよりも消防車のホースはぶっとかったので、父の顎《あご》を外す必要があって、この工程が殊のほか大変だった。消防車を盗むよりも大変だった……、心理的抵抗という意味で。だけどそれは乗り越えなければならない苦労だった。生前、父はよく言っていた、自分の弱さに負けるなと。だからその通りにした。ぼくは自分の弱さには負けない。

「マックスの水勢で放水した結果、もちろんのこと、父は亡くなった。ぼくは父を失った。ぼくの妻と同様に、腹部を破裂させての死亡である。内側からと外側からの違いはあるものの。さあ、この場合はどうだろう？　ここからが検証だ。

「父は溺れ死んだのか？　それとも、内臓破裂で死んだのか？　可能性は低いけれど、口腔内《こうこうない》への放水で、喉《のど》の奥を殴りつけられたことによる脳挫傷《のうざしょう》というケースも考えられる……、生憎《あいにく》、結論は出なかった。出せなかった。この点はぼくの不手際を認めなければいけない。消防車が盗まれたことに気付いた当局が、ぼくを指名手配したため、満足に検死することができないまま、先述の通り、ぼくは国外に逃亡する羽目になったからだ。

「愛する水の都を捨てるくらいならば素直に捕まることも考えたのだけれど、消防車泥棒はもちろん、父殺しの汚名までは喜んで着るとしても、妻殺しの濡《ぬ》れ衣《ぎぬ》だけは、どうしても晴らさねばならない。

「生まれてくるはずだった赤ちゃんのためにも。

「そう言えば、東洋の島国では、赤ちゃんのことを水子《みずこ》と表現したりするらしい……、ぼくと同じ発想で、その国の国民は、羊水にある種の神秘性を見出《みいだ》しているのかもしれない。斬新《ざんしん》な発見をしたつもりでいても、なかなか先駆者にはなれないものだ――だが一方、地球の裏側にも志を同じくする人々がいるというのは、心強くもある。

「ぼくは孤独じゃないのだ。

「なので、オランダからの亡命先には、いっそのことその島国を目指したい気持ちもあったけれども、臆病《おくびょう》で人見知りなところもあるぼくには、ＥＵ圏外に出る勇気はなかった。第一、ぼくはパスポートを持っていない。つつがなく移動できるのは、シェンゲン協定を結んでいる国に限られる。

「だからぼくが、実験の地としてイタリアのヴェネチアを選択したのは、ほとんど必然でしかなかった——故郷の面影《おもかげ》を求めたのだ。水の都という意味では、ヴェネチアはオランダに引けを取らない……、歴史はよく知らないけれど、たぶんヴェネチアのほうが古参なくらいだろう。

「父の死から得るものはなかったが、学んだことはあった。検証は秘密裏におこなったほうがいい。いくらうしろめたいことがなくても、おおっぴらにすればいいというものじゃない。それがマストではないけれど、理解のない人々に露見すると、痛くもない腹を探られることになりかねない。腹を探るのはぼくであるべきだ。

「地球にヴェネチア以上の水の都があるとは思えない。少なくともEU圏内には。なのでこの地を失うわけにはいかない……、そもそもこれ以上逃げたくはない。だからここからは検証は慎重に進めよう。逃げたくないのなら、ぼくは隠れることを覚えないと。

「幸い、オランダとの相違点として、ここ、ヴェネチアは迷宮都市の異名も持つ。ちょっとした創意工夫で、潜伏場所には不自由しない。

「いくらでも地に潜れる——好きなだけ水に潜れる」

■■

第二章　リド島

1

結局、ヴェネチアには飛行機で向かった。それも赤神《あかがみ》家秘蔵のプライベートジェットである、コンコルドでだ……、オゾン層を破壊すること著《いちじる》しいが、まあ聞いてくれ、地球温暖化を促進したのには言い訳がある。シルクロードを経由して、ミラノまでは実に順調な旅路だったんだ。この時点から正すと、別にミラノに寄らなくともヴェネチア入りはできたのだが、ここはゼミ生達のバカンスのルートを、できるだけ忠実に再現した——彼らはヴェネチアに乗り込む前に、ミラノとフィレンツェに寄り道していたのだ。責められまい、それが若さだ。第一、責める資格さえない。彼らはあたしと違って、ヴィットーリオ・エマヌエーレ二世のガッレリアで、有り金を使い果たし、途方に暮れてはいなかっただろうから。

「そうね。まして、旅の相方のクレジットカードを全部、限度額いっぱいまで、勝手に使い切ったりなんてするわけがないわ。イタリア旅行のガイドブックはこぞって『治安はかつてよりよくなっている が、スリにはゆめゆめ油断せぬこと』って注意してくれていたけれど、まさか身内に手癖《てくせ》の悪いのがいるなんて、天才で可愛い私も思いもよらなかったわ」

あたしだけが悪いみたいに言うなよ。みよりちゃんだって、あたしを置いてひとりで勝手にレオナルド・ダ・ヴィンチ記念国立科学技術博物館に、うきうきと這入《はい》って行ったじゃねえか。

「その隙に哀川潤さんが、五万ユーロのデスクトランクを購入するとわかっていたら、一瞬たりとも目を離さなかったわ。言いたくはないけれど、金遣いが荒過ぎるでしょう。思い出したくもないここまでのシルクロード道程も、一等車ばっかり乗ってるし……」

一番高いものを買わないと、損をした気分になるんだ。割引されてると、むしろ買う気が失《う》せる。キャッシュレスで五パーセント還元とか言われると、現金払いをしたくなるぜ。我慢が利かねえ。マシュマロテスト、零点だったからな。研究生時代の話だが。

「アイドルみたいに言わないで。ER3システムの実験動物時代でしょ。お忍びで来ているってこともお忘れなく……、派手な散財をして、目立っていいことはないのよ」

だからお互い変装してんじゃねえか。チャイナドレスを着て、上海《シャンハイ》の富裕層の振りを。

「思ったんだけど、チャイナドレスでお外を出歩かないでしょう、上海の富裕層。富裕層でなくても。ミラネーゼから、変な声のかけられかたされまくりだったじゃない」

はは。いっそジャパンの忍び装束でも着てくりゃよかったか？　まあそうだな、みよりちゃんの髪型もおだんごにしてみたけれど、三つ編み三本はまだしも、おだんご三つは、本当に変な奴みたいになってるもんな。

「本当に変な奴みたいになってない！　これは気に入っている！」

気に入っているんだ……、でもちょうどいい、それならファッションの街フィレンツェで、イタリア風のお洋服を誂《あつら》えよう。オートクチュールのいい店を知ってるんだ。

「手持ちの残金が五十ユーロを切っているということも知っていて？　天才で可愛い私が下着の中に隠していた、虎《とら》の子《こ》の五十ユーロ札が一枚きり。たぶん今、ミラノで一番貧しい日本人よ、天才で可愛い私達」

財布の中身だけが豊かさの象徴だと感じているようじゃ、みよりちゃんの将来も知れているな。ただまあ、確かに五十ユーロじゃ、フィレンツェへの寄り道はおろか、まっすぐヴェネチアまでも辿《たど》り着《つ》けねえ。あたし達コンビの弥次喜多《やじきた》珍道中は、ミラノで終了ということになっちまう。

「ローマも見られずざまあミラノと言ったところね。そんなことになったら、確かにお金の問題じゃなく、ケンブリッジには帰れないわ。足を向けて寝られない教授に、顔向けできない。完璧にただのバカンスだわ。……何に使うのよ、デスクトランク。書き仕事なんか絶対しないでしょ、哀川潤さん。面白変形筆箱を買うノリで買っていいアイテムじゃないんだから」

へいへい、あたしが悪うございましたよ。仕方ねえ、大好きなみよりちゃんをこれ以上困らせるのも本意じゃないし、ここは助《すけ》っ人《と》を呼ぼう。

「助っ人？　あなたが助っ人のはずなんだけど……」

助っ人っつーか、パトロンだな。あたし達の。鴉の濡れ羽島在住のパトロンに助けを求める。それに、みよりちゃんも、万里の長城まであたしに助けを求めたのは、単純にケーニヒスベルクの橋の検証ってだけじゃなく、旅慣れているあたしに、アテンドをしてもらおうって腹づもりがあったからだろ？

「そうね。ヴェネチアに行ったことがないというのは意外だったけれど、それでも通訳はしてもらえると思っていたし」

うん。でも、旅慣れているのとアテンド能力は、まったく別のものだから。むしろ旅慣れている奴ほど、初心者には見当違いの道案内をする。行程がむやみにきつかったり、謎の寄り道をしたり、変にマニアックな名所に連れて行ったり。

「まさに」

だから、パトロンのところのメイドに声をかけようぜ――三つ子メイドのひとりくらい、言えば貸してくれるだろ。人をお世話するプロだ。特に迷惑な人をお世話するプロだ。クレジットカードを百枚くらい持って、ヨーロッパまで来てもらおう。その間、あたし達はミラノ観光を楽しむってことで。みよりちゃん、ダ・ヴィンチが好きなら『最後の晩餐《ばんさん》』を見に行こうぜ、『最後の晩餐』。ガラス越しじゃないダ・ヴィンチが見られるのは、サンタ・マリア・デッレ・グラツィエ教会だけだぜ。たぶん。五十ユーロあれば、ふたり入場できるだろ。

「なんで哀川潤さんって、自分のお金と他人のお金の区別がつかないの？　天才で可愛い私の虎の子も、赤神財閥の財産も。ギャランティー、一ユーロどころか一円だって、払ってもらえると思わないで。前払いはこの地で済んだ。お仕事十回分くらい。……でも、メイドさんを呼ぶのは、不本意ながらいいアイディアだわ。天才で可愛い私も哀川潤さんの面倒を見るのに……、面倒を起こす哀川潤さんの面倒を見るのに限界を感じていたし」

じゃ決まりだ。ところで、誰がいい？　選べるわけじゃないだろうけれど、希望くらいは出してみようぜ……、あかりちゃんかひかりちゃんかてる子《こ》ちゃんかの三択問題。イギリスで本場のメイドを見てきた立場からの見解を聞きたいね。

「ケンブリッジに三つ子メイドはいない……、と、思う。でも、天才で可愛い私があの島にいたとき、一番お世話になったのがひかりさんであることに疑いの余地はないわね」

あたしはてる子かな。久々にあいつと殴り合いをしたいぜ。とか言ってると、案外、短気なあかりが来たりするんだが。天才をネグレクトしがちなあかりが。

「誰も来ないという線もあるわ。いい加減にしろと見限られて」

見限る？　あたしを？　それはないな。

「自己肯定感が強過ぎるよ、この人……、この旅行中、一回でいいから痛い目を見て欲しいなあ」

心理学者の本音がダダ漏れだったが、しかし結論から言うと、あたし達の予想はすべて外れた。千賀《ちが》ひかりが来るんじゃないかという願いも、千賀てる子が来るんじゃないかという期待も、千賀あかりが来るんじゃないかという望外も、そして誰も来ないというがっかりもなかった。連絡を取ったその日のうちに、つーか数時間以内に、プライベートジェットでマルペンサ空港までやってきたのは、恐れ多くも誰あろう、お嬢様お付きのメイド長、班田玲《はんだれい》だった。

「お懐《なつ》かしゅうございます、哀川さん。それに軸本さん。このたびは私が付きっ切りで誠心誠意、お世話をさせていただきますので、どうぞおふたかたとも、ご自身のお仕事に集中してくださいませ。私が来た以上、お金で不自由はさせません。日本のメディチ家こと赤神家の財力を、存分にご堪能《たんのう》くださればお」

頼もしくも深々とおじきをされたけれども、この意味わかる？　今、あたしの身にいったい何が起きているんだ？

2

で、合流したあたし達は、『最後の晩餐』見学ツアーに参加することもできず、そのまんま水切りの石のごとく、超高速で環境を破壊しながらヴェネチアへと向かったってわけ……、まあメイド長いわく、どっちみち『最後の晩餐』は予約しないと見られないそうなので、それはいいのだが（いくらあたしとて、『最後の晩餐』を見ようって言うのに順番抜かしをしようってほど、横暴じゃない。つもりだ）、遠回りに遠回りを重ねて、ようやくお望みのヴェネチアに到着したというのに、みよりちゃんのご機嫌が麗しくない。みよりちゃんは玲の正体、つーか実態を知らないはずなので（知らぬが仏だ）、やってきたのが彼女であることに感謝こそすれ、不満はないはずなのだが……、いったい何が気に入らないんだ？　訊《たず》ねてみると、

「リド島なんて、ヴェネチアじゃない……」

　とのこと。

「自動車がばんばん走っているし、そもそも空港があるなんて……、天才で可愛い私が『どろぼうの神さま』で読んだヴェネチアは、こんなハイソなリゾート地みたいな街じゃない……」

　みよりちゃん、旅行に来てその土地に文句言うって、最悪だぞ。あたしの親父《おやじ》くらい最悪だ。『どろぼうの神さま』？　小唄《こうた》が黙ってなさそうなタイトルだな。

「それだけ軸本さんは、ヴェネチアへの思い入れが強かったということでしょう。責めてはいけませんよ、哀川さん」

　距離ちかっ。てる子よりもショートレンジからあたしに話しかけてくるのをやめろ、玲。てる子は近接戦闘の達人だったけれど、お前は何の達人なんだよ。

「私は哀川潤の達人です。あなたが駆け出しの請負人だった頃から、心より応援していた大ファンです」

　やりづらいな。あたしのポニーテール時代を知ってる奴がいると。

「鴉の濡れ羽島で、私の双子の姉妹が殺された事件を解決してくれたじゃないですか。そのときからの縁です」

　いちいち設定を丁寧に説明しなくていいよ。新キャラのみよりちゃんが、疎外感を抱いちゃうだろうが。

「天才で可愛い私って、まだ新キャラ扱いなの？　それにしてもリド島って。せめてマルコ・ポーロ空港に着陸して欲しかった。そこからヴェネチア本島に、水上バスのヴァポレットで上陸したかったわ」

上陸ルートに詳しいじゃねえか。教授への義理でやむなく引き受けたみたいに言っていたけれど、そもそもヴェネチアに強い憧《あこが》れがあったようだな。ガイドブックも熟読していたし。

「軸本さん。『どろぼうの神さま』は、私も不勉強で未読ですけれど、でも、このリド島は『ヴェニスに死す』の舞台なんですよ？」

「そうなの？　じゃあもう読まない」

メイドへの態度が横暴だ。若き天才ってのはこれだから。ヴェネチアを沈めてしまうんじゃないかと危惧《きぐ》しているあたしとしては、本島に乗り込む前にリド島を経由する、このポンピングブレーキみてーなソフトランディングはありがたいとも思うがね。確かに、いわゆるヴェネチアっぽさとは無縁のリド島ではあるが……、いっそ本土のメストレに連れて行ってやろうかな、みよりちゃんを。ケーニヒスベルクの橋だかなんだか知らんが、島と橋と運河だけがヴェネチアだと思うなよ？　仕事に取りかかる前に、ビーチで一泳ぎしてこいよ。

「そうそう、実は大胆なビキニを持ってきているのよね、ってそんなわけあるか。確かに天才で可愛い私は変人かもしれないけれど、冬の海でひとり泳ごうとは思わないわ。ここ、宗谷岬《そうやみさき》と同じくらいの緯度でしょ？　オホーツク海で泳ぐようなものだわ」

「鴉の濡れ羽島では、よく泳いでらっしゃいましたよね、軸本さんは。大胆なビキニで」

「あれはお嬢様に誂えられたから仕方なく……、そんなことはどうでもいいのよ。リド島に用はないから、さっさと本島に渡りましょう。ヴァポレットで」

どれだけ水上バスに乗りたいんだよ。よさそうな島じゃねえかよ、少なくとも鴉の濡れ羽島よりは。

「あらあら。哀川さんったら、手厳しい」

距離が近いって、だから。メイドじゃなくて背後霊の距離だろ、それ。骨伝導で話しかけられてんのかと思ったぜ。……でもまあ、確かに騒々しいな。自動車が走っているからってだけじゃなくて……、玲、映画祭の季節って、今だっけ？

「いえ、ぜんぜん。完全に違います」

そこまで否定しなくていいだろ。

「どちらかと言えば、カーニバルの季節のほうが近いくらいです。私の経験上、冬のリド島は、もっと閑散とするはずなのですが……、気になるので、少し調べてきますね」

そう言って玲は、雑踏のほうへと、すたすたという足音もなく向かっていった——ったく、誰よりも好奇心旺盛《おうせい》なメイド長だぜ。イタリア語喋《しゃべ》れるのかな、あいつは？

「鴉の濡れ羽島では、天才を海外から招くことも多かったから、メイドさん達の語学力は卓越していたわよ……、でも、班田さんって、あんなお喋りな人だったかしら。てる子さんほどじゃないにせよ、もっと無口な印象だったわ」

わがままなお嬢様から一万キロ近く離れて、あいつも解放されてんだろ——と、みよりちゃんに玲の本性を隠し通す理由も別になかったけれど、一応あたしはそう答えておいた。あいつのお陰《かげ》で、イタリア仕様のファッションに着替えられたことも確かだしな——みよりちゃんも三つ編みをおだんごから下ろした。ちなみにあたし達に着替え一式を用意してくれた玲自身は、ヴェネチアに到着しようとメイド服のままだが……、ひとりだけ仮面舞踏会みたいで、影に徹している割に、悪目立ちしている。まあ語学力や出で立《い》《た》ちはともかく、社交術については、玲の奴が、あたし達よりも秀でている事実は認めるしかねえ。なにせあのメイド長は、社交界デビューを果たしたこともあるんだから。

「お待たせしました、おふたかた」

しばらくして、玲があたし達の元へと戻ってきた。なんだか足取りが軽やかで、あたしが読心術の使い手じゃなくっても、うきうきしている風なのが伝わってくる。何かいいニュースでも仕入れてきたのだろうか？

「季節外れの混雑の理由がわかりましたよ。実はですね、今このリド島では、映画の撮影中だったそうでして……、さきほど話題に上った、『ヴェニスに死す』……、の、リメイク版のリメイク版、みたいな映画で、タイトルはずばり、『ヴェニスにし過ぎ』」

見てえ。めっちゃ見てえ。みよりちゃんは、心の底からどうでもよさそうな、なんなら嫌悪感さえ滲《にじ》ませる表情を浮かべているが……、だけど、あたしはともかく、玲がうきうきするタイプのニュースじゃないな？　クールな外面に反してミーハーな奴だが、そういうミーハーじゃないんだ、こいつは。A級だろうとB級だろうと、映画のロケに立ち会えたことを喜ぶメイドじゃない。

「ええ。ですので最後まで聞いてくださいい。タイトルは悪ふざけみたいですが、主演女優はかなりの大物でして……、その女優のために、リドの高級ホテルが、一棟まるごと借りられているほどでして」

そんな厳戒態勢にもめげず、大女優のファンが大挙して駆けつけてるってこと？　じゃあ、こっちはちょっと仕事しにくくなるかもしれねーな。大勢のファンが本島に寄らずに帰るってことはないだろうし。

「いえ、ファンは概《おおむ》ねもう帰ったようです」

ん？　クランクアップしたってこと？

「クランクアップではなく、撮影中断ですね。中止かもしれません。現在、大挙して駆けつけているのは、ファンではなく、カラビニエリです」

「カラビニエリ？」

みよりちゃんが、聞き慣れない単語に首を傾《かし》げた——通訳担当としては、訳してあげるべきか？　カラビニエリが、国家警察を意味することを。

「たったひとりの宿泊客である大物女優が、ホテル内で殺されたんですよ。しかも、ヴェネチアングラスで、溺れさせられて！」

真面目ぶった顔で、玲は言った——真面目ぶっても、うきうきをまったく隠せていない。そう、こいつはこういうミーハーなのだ——あたしがどううまく口裏を合わせたところで、天才で可愛い心理学者に、この本性を隠しきれるとは思えないぜ。

3

メイド長が持ち前の社交術で仕入れてきた四方山話《よもやまばなし》を整理すると、以下のようになる――被害者の主演女優はアメリカ在住の役者で、このオフシーズンに、来夏公開の映画を撮影するためにリド島に滞在していた。監督はどうやらタドゥツィオ役を彼女に演じさせるつもりだったようで、それだけ聞いても『ヴェニスにし過ぎ』のB級具合が分明になろうってもんだが……、高級ホテルにたったひとりで宿泊していたという表現は決して誇張《こちょう》されたものではなく、スタッフやマネージャーも近付けていなかったというのだからただ事じゃねえや。まあ単純な警備の問題だけでなく、お騒がせ女優ゆえにってのもあったそうだが――芸能界にゃ疎《うと》くてね、その辺は聞いてもよくわからなかった。とにかく、撮影の時間になっても現場に現れない彼女を、若手が叱責《しっせき》を覚悟で迎えに行ってみると、変わり果てた姿に……、これが本当に、本人かどうかわからないくらいに変わり果てていたそうで、具体的には、スイートルームの天井から逆《さか》さ吊《づ》りにされていたらしい。天井のシャンデリアに足首を縛ったロープを繋がれる形で――そのシャンデリアは、お誂え向きにヴェネチアングラス製だったそうだが、被害者が『溺れさせられた』というのは、そちらではない。

「逆さ吊りにされた被害者は、金魚鉢くらいの水槽に頭を突っ込まされていたそうです――その水槽も、ヴェネチアングラス製だったそうです。金魚鉢に頭が這入っちゃうなんて、さすが女優さんですよね。お顔がちっちゃくていらっしゃる。金魚鉢は、五万ユーロとは言いませんけれど、一万ユーロ近くはするんじゃないかという一品で、部屋に備え付けられていたものではなかったそうです。つまり、犯人が持ち込んだということになりますね——凶器として」

水槽が凶器ってだけで、相当特徴的ではある……、こっちは水槽で頭をどついて殺したと聞かされても、十分驚けただろう。ただ、犯人は水槽を、そういう使いかたをしたのではなかった……、被害者を撲殺ではなく、溺死させるために使ったのだ。

「拷問、みたいなこと？　その女優さんから、訊き出したいことでもあったのかしら。時代劇か何かで似たようなのを見た覚えがあるけれど……、逆《さか》さ磔《はりつけ》にした捕虜の頭の下に水をなみなみと注いだ桶を設置して、水責めにする……」

意外と渋《しぶ》い番組を視聴しているみよりちゃんだったが（『ヴェニスに寿司《すし》』だろうか）、しかしお騒がせ女優は拷問を受けたわけではなかった——もっと酷い。惨《むご》い、と言ってもいい……、あたしもこれまで、いろんな殺人事件を見てきたけれど、そんな殺されかたは初めて聞いた——ヴェネチアングラスの水槽に、なみなみと注がれていたのは、水ではなかったのだ。

「被害者自身の血液だったそうです。頸動脈《けいどうみゃく》と……、あと、吊り下げられた両脚の、アキレス腱《けん》のあたりに鋭利な刃物による切り傷がありまして。メイドの視点から言うと、鳥料理の下拵《したごしら》え、その血抜きの工程ですね」

足首は縛っておきながら、両腕は拘束せずに自由にさせていたのは、それが理由なのかもしれない……、あえて脱出のチャンスを与え、その姿勢で被害者に暴れさせることで、出血を激しくさせる目的があった。頭の這入った水槽を、彼女自身の血液で満たすために。

「じゃあ……、被害者は、自分の血液で溺れ死んだの？」

みよりちゃんが、さすがに面喰《めんくら》ったように言った――逆さ吊りにされた被害者の顔は、鬱血《うっけつ》していただろうか？　それとも、全身の血液を失い、蒼白《そうはく》だっただろうか。伝聞でわかることじゃないし、そもそもそんな無残《むざん》な死に様を、溺れ死んだと言えるのかどうかも、怪しいもんだ。

「そうですね。溺死したのか、それともまだ肺に酸素が残っているうちに、失血死したのか――どっちなんでしょう」

まるであたしから答が聞けるかのように問うてくる玲だったが、その期待には応《こた》えられねーな。何回か死んだことはあるけれど、そんなどっちつかずの死にかたはしたことがないし。やれやれ、そりゃあ撮影中止にもなるわ。警察が押し寄せて来て当然だ――カラビニエリも動くぜ。ただでさえ観光地であるヴェネチアの、リゾート地であるリド島で、他国の有名人が殺されたとなれば、イタリア共和国の威信をかけて犯人を捕らえねばならない。厳戒態勢のホテルに侵入して、女優を殺してみせた正体不明の犯人を突き止めなければ――

「あ、いえ、哀川さん。犯人はもうわかっているそうです」

なに？　正体不明じゃねーの？　水槽野郎の正体は特定されてんのかよ。ここで拍子抜《ひょうしぬ》けみたいな気持ちになるのも変だが、お前が妙にもったいつけるから――わかってるならさっさと逮捕しろよ。それとも、もう確保されてるのか？

「ごめんなさい、『わかっている』は言い過ぎでした。捕まっていませんし、目下捜査中ですし、特定もできていません……、仰せの通り、正体は不明です。ただし、その殺人犯には通称があるんです」

　水槽野郎じゃねーのかよ。野郎とは限らねーけど。

「男性であろうと女性であろうと、水槽野郎じゃ駄目なんです。と言うのも、『前の事件』での手口はまったく違ったそうですから——カラビニエリは、本件を連続殺人の第二の事件と見なしているそうです。第一の事件は、先月、ヴェネチア本島のサンマルコ広場で起こったらしくって……、被害者はふたり。新婚旅行で来ていたフランス人観光客のカップルで、やはり溺死で。溺死のようなもの、で。凶器は水槽ではなく、あえて言うなら、アクア・アルタでした」

　はあ？　高潮が凶器だって？　高潮でふたりの人間を殺したっつーのかよ。確かにそんな奴がいるなら、いようものなら、このリド島で起きた事件も、同一犯によるものだと推察するしかねーが——

「そう。ですからこの溺死ならぬ溺殺の殺人犯には、既に水の水《アクアアクア》という異名がついているんです」

■■

「女優殺しはうまくいった。おっと、この言いかたでは、ぼくの目的が殺人そのものにあったかのように誤解されてしまうじゃないか——むろん、彼女が死んだのはただの結果でしかない。上澄み液のようなものだ。寿命で死んだのと同じだよ。だが、あくまでまだ途中経過でしかないのを承知の上で言わせてもらえるならば、回数を重ねるにつれて、自分がうまくなっているのを感じる。ひしひしと、検証の腕が上がっているのを実感する。あの女優を被害者と言う口さがない者もいることだろうが、ぼくは協力者と呼びたい。

「父同様に敬意を払い、そう呼ぼう。

「ぼくの人生が一冊の本なら、彼女に捧《ささ》ぐ。

「ただし、そんな実感は反省材料でもある。妻の膨らんだ腹を切り裂くときも、ぶっつけ本番ではなく、ぼくはちゃんと事前に練習を積むべきだったのだ。ぼくは今、本番を終えたあとにあくせく練習を積んでいるようなものだ……、妻が通っていた病院に、妊婦はいくらでもいたというのに。

「悔やんでも悔やみきれない。だから悔やまない。

「でも、逃亡先であり、終《つい》の棲家《すみか》となるであろうヴェネチアでは、そうはいかない。ぼくは基本的に隠《いん》遁《とん》しなければならないわけだし、身重の身体《からだ》で、足場のでこぼこな観光地にやってくる女性は、そうはいない。地元民も、妊娠後はそうそう出歩くまい。本気で探せばいずれは見つかるだろうが、今は練習段階だ。とっておかねば。

「ちなみにあの女優を——名前はなんと言ったか——選んだのは、彼女がぼくの妻に似ていたからだ。いや、本当は似ても似つかないのだろう。ぼくの妻はあんな小鳥さんみたいな体型じゃなかった。それでもそっくりだと感じてしまうのは、たぶん思い出の中で、ぼくがぼくの妻を美化しているからなのだろう。逆に、ツーショットの写真を見ても、もう隣にいるのが自分の伴侶《はんりょ》だとは思えなくなっているかもしれない。悲しいことだが。

「ヴェネチアにおける最初の検証に協力してくれた新婚旅行のフランス人カップルにも、同じことが言える——たぶんフランス人だと思う。もしかするとケベック州のカップルかもしれないが、まあ、ぼくは国籍は問わない。地域性も。重要なのは、初々しい彼と彼女に、ぼくは自分達夫婦のありし日の姿を、投影したということなのだ。いや、ぼくと妻が、新婚旅行でヴェネチアにやってきて、サンマルコ広場で、タキシードとウエディングドレス姿で写真を撮ったなんて話じゃない——どころか、ぼく達は、ろくにデートさえせずに結婚した。国内旅行をしたことがあるかどうかも怪しい。そんなことはせずとも、愛は証明できると思っていたから。そんなぼくが、今や単身、国外で逃亡生活を送っているというのもなんだか皮肉だ。こんなことなら、ぼくの妻ともっと海外旅行を楽しんでいればよかったと、痛切に思う。

「ぼくの妻が死ぬとわかっていたらなあ。

「だからこそ、彼と彼女は、ぼくの眼鏡《めがね》にかなったのかもしれない――あり得たかもしれないパラレルワールドのぼくら夫婦として。ふたり同時に検証に協力していただくのは、そりゃあ簡単じゃないことくらい予想がついたけれど、無理を押し通したい気持ちがあった。初心者ゆえに張り切ってしまったとも言える――経験を積んだ今だったら、ふたり同時はもうしない。入念に準備を整えたつもりでも、実際、危ないところだったわけだし。

「変な工夫をしてしまったのも後悔のしどころだ。あそこまで凝《こ》らなくてもよかった。向上心なくして成長はないが、かと言ってマニエリスムに走り過ぎても、初心を見失う。初心者が初心を見失ってどうする。それを学べただけでも、あの新婚さんには感謝している。冥福《めいふく》を祈ることくらいしかできないのが歯がゆいが。

「歯がゆい。あのふたりは歯がゆかっただろうか？　ともあれ、使用したのはスーパーで購入したダクトテープだ。言っておくが、女優に比べて安上がりに済ませたのは、貧富の差を表現したかったわけではない……、それを言うなら、あのカップルも、かなり富める者だったはずだ。なぜなら、女優を溺れさせた――つもりの――ヴェネチアングラス製の水槽費用の出所は、まさに彼らだったのだから。わらしべ長者というのは、東洋の童話だったかな？

「ぼくはカップルを向かい合わせに、ダクトテープでぐるぐる巻きにしたのだった。死がふたりを別つまでと言うけれど、たとえ死んでも、分割できないくらいにぐるぐるに。身じろぎもできないように、足先から手先まで、頭部まで含めて隙間なく、エジプトのミイラみたいにみっちりと包んだ。そうは言っても、エジプトのミイラみたいに、乾かしたりはしない。

「乾かすのではなく潤すのだ。

「自然現象を自分の手柄《てがら》みたいに語る神様気取りは本意ではないので特記しておきたいが、その日、特に高いアクア・アルタが起こったのはただの偶然だ――期待はしていたけれど、狙《ねら》っていたわけではない。もしも起きなければ、ふたり一組をカナル・グランデに放り込んだだけだ。ところで、調査してみたら、カナル・グランデの深さは五メートルだった。思ったより浅いよね？　しかし溺れるには十分な深さである。それは、あの日、サンマルコ広場を満たした、水深七十センチでも変わらない……、ぼくがしたのは、ふたりでひとりの仲良しミイラを、世界一美しい広場にそっと横たえただけである。

「違うか。当然ながら、それだけじゃあ、普通に溺れ死んで終わりで、検証にならない……、ぼくの工夫は、かつてのぼくら夫婦のように愛し合う彼らに誓いのキスをさせた状態で、ふたつの頭をぐるぐるに固定した点にある。もしも歯がゆかったなら、お互いの舌で口腔内を掻《か》けるような状態だが、むろん、カップルに口づけを交《か》わさせた神髄はそこにはない。

「狙いは人工呼吸だ。マウス・トゥ・マウスである……、たとえアクア・アルタの水底に沈められようと、互いに酸素ボンベを抱いて潜水しているようなものだ。冷静ささえ保《たも》っていれば、誰かに発見されるまで、生き延びる望みはきっとある。細かく計算したわけじゃないけれど、たとえ濁《にご》った水が彼らを衆目から隠し続けたとしても、水が引くまで、生存し続けることだってできたんじゃないだろうか？

「冷静さを保てず、溺れなければ。

「女優のときと同じだ、生き残るチャンスは与えた。彼女も自由な両手で金魚鉢を割れば――どっちみち首の傷が致命傷だったかな?

「新婚カップルにしても、軽々に結論は出せない。どちらかひとりだけが生き残るケースも想定できたのだが――ぼくが同じ目にあったら、すべての酸素をあますところなく妻に提供するに違いない、そんなコントロールができればだが――、死がふたりを別つことなく、彼らは溺死した。いや、溺死と判断できるかどうかも、軽々には判断できない……、水底に沈むほど、沈思黙考しなければ。溺れ死んだのか、そうでないのか――彼らを殺したのはこのぼくなのか、それとも冷静さを失ったがゆえの、カップルの心中なのか?

「無理心中。無理を言ったのはぼくだが。

「できることなら、動き出したイタリア警察に、専門家による検死の結果をお教え願いたいところなのだけれど……、彼らの組織力は羨《うらや》ましいが、ぼくはひとりでやるしかないのだ。ひとりだからこそできることも、きっとあるはずと信じよう。ひとりでやるつもりがなければ、ふたりいてもできない。千人いても一万人いても同じだ。

「検証を続ける。まだまだぼくは発展途上だ。次はリド島から河岸《かし》を変えて、ムラーノ島で検証をおこなおう。女優を溺れさせたときに、ひとつ、思いついたことがある。

「思いつきを試したい。無理を言おう」

第三章　ヴェネチア本島（1）

1

「ええーっ！　哀川さん、水都の溺殺魔・アクアクアの確保に乗り出さないんですか⁉」

みよりちゃんの強い希望に従って、リド島からヴァポレットで本島に渡り、ホテルに這入って一段落し、明日以降の予定を話し合う最中に、玲はそんな素っ頓狂《すとんきょう》な声を上げた――不満を隠そうともしないその態度には好感さえ抱く。メイドとしてはどうかと思うが……、溺殺なんて言葉、ねえだろ。ナポレオンの辞書じゃなくても載ってねえよ。

「サンマルコ広場を世界一美しい広場だって評価したのは、ナポレオン皇帝だそうね。広場の近くにはカフェラテ発祥のお店があるらしいわ」

みよりちゃんはみよりちゃんで、ガイドブックのチェックに余念がない……、遊びに来たんじゃねえって、あたしに言われたらおしまいだぞ、お前ら。珍しいトリオになっているが、今のところ、いい化学反応は起こってねーな。

「てっきり捜査を開始するんだと思って、現場検証がしやすいよう、私はサンマルコ広場に激近のホテルを予約しましたのに……、しかも、こんな赤い部屋を」

赤さはナイス。ロッソ・ヴェネチアーノって奴かね。と言っても、最初は玲は、アメリカ人女優が亡くなったリド島のホテルを喜々として予約しようとしたのだが、それはみよりちゃんが、駄々っ子のように止めた……、死人が出たホテルが嫌だったのか、リド島が嫌だったのか、その真意は測りかねる。

というわけで、あたし達の宿泊地は、ヴェネチア本島の老舗《しにせ》オテル・ダニエリだった。絨毯《じゅうたん》から椅子《いす》からベッドからカーテンから、果てはアメニティに至るまですべてが赤い。そいでいてゴージャス——あたしがミラノで買ってきたデスクトランクが、浮くことなくマッチする。赤神家の財力が、遺憾なく発揮されたブッキングの局面である——ちなみにダブルルームとは言え三人一室なのは予算の都合ではなく、玲の都合だ。鴉の濡れ羽島のサロン、その別室って感じかな。

「更にグレードの高い部屋もあるのですけれど、ここまで赤くありませんでしたので、こちらの部屋をチョイスさせていただきました。赤い部屋が黄色い部屋だったら、ここでも殺人事件が起こりかねませんけれど——なーんて」

玲が小粋な、しかしあんまり面白くないジョークを挟んでから、

「折角、久し振りに、哀川さんの名探偵ぶりが見られると思いましたのに」

と、憤懣《ふんまん》やるかたない様子だった。常に誰かが機嫌が悪いな、このトリオ。旅先でしばしば仲違《なかたが》いとか、実に女子旅っぽいけども。でも、スポンサーさまの機嫌を損《そこ》ねたくはねーんだが、この度のこの旅は、別の仕事で来ているからな。ここはみよりちゃんが優先だ。到着するやいなや、思っていたのと違

う感じにテンションが下がって、あまつさえ殺人事件が二件、被害者が三名出ていて、犯人はまだ捕まっていないというシチュエーションなのに、なんだかんだで肝の据わった十九歳である。本人は今夜から、早速ケーニヒスベルクの橋の調査を開始したいくらいだったようだけれど、それにはあたしがストップをかけた——治安がどうたらじゃなく、単純にヴェネチアの夜は暗いので。アテンド役は玲に譲ったが、保護者として、みよりちゃんに石畳でこけられても困る。

「でも、軽くリサーチしてみましたところ、本島のほうは、そんなに騒ぎにはなっていませんでした。世界一美しいかどうかは異論もあるでしょうけれど、間違いなくヴェネチア一番の人気スポットであるサンマルコ広場で観光客がふたり殺されたっていうのに」

その辺は、むしろ本島のほうが『ヴェニスに死す』なのかもな。観光地で観光客が殺されたからこそ、箝口令《かんこうれい》が徹底されているのかも。まあ第二の事件が起きてしまった以上、いつまでも人の口に戸は立てられまいが。

「そうですね。SNS上でも、女優殺しに付随する形で、ぼちぼち話題にのぼり始めています」

お前のほうがよっぽど名探偵な調査力じゃねーかよ。あたしがちょっとくつろいでいる間に、どれだけの情報を仕入れてきてんだ——インターネットまで使いこなしやがって。玖渚《くなぎさ》ちんか、てめーは。

「く……、くなぎさ、さん？」

小首を傾げるな。

「ああ。いましたね、そんな神童も。過去に」

天才じゃなくなった神童に興味がなさ過ぎるだろ。急に班田玲のクールなキャラクターを取り戻すな。お前の前で二十歳は過ぎれねーな。……それこそかつての玖渚ちんなら、放っておかねえ猟奇犯罪って感じではあるが。新婚カップルにキスをさせたまま溺死させるって、いったいどんなトラウマを抱《かか》えていたら、そんな行為に及ぶんだ？

「女優を鳥のように吊《つる》したことも、ですね――おぞましいです」

嬉《うれ》しそうに語るこいつも十分おぞましい。言わねーけど。まあまあ、カラビニエリが捜査を担当することになったようだし、このまま警察に任せておけば、犯人なんてすぐに逮捕されるさ。

「何を枯れた名探偵みたいなことを仰《おっしゃ》っているんですか、情けない。まだまだお若いんですから、依頼がなくても知的探究心だけで捜査に乗り出す積極性を見せてくださいよ」

もう歳《とし》だよ。段階的におっかなびっくり、いざヴェネチア本島に踏み込んでみても、びくとも沈みやしねーし。『来て見れば聞くより低し富士《ふじ》の山《やま》』の逆だな。

「そんなんじゃ哀川さんじゃなくて哀川さんです。イタリアでは十代で通りますよ。私達全員――軸本さんは、こういう話にはあまり興味がありませんか？　謎が謎を呼びますよ」

と、一応、メイドの配慮も見せる玲に、リアル十代のみよりちゃんは、「謎は数学で間に合ってる」と返す。それも探偵っぽい返しだが。

「観光客が減ってくれるなら、調査がしやすくなって助かるくらいよ。邪魔しないで、天才で可愛い私はガイドブックを読み込んで、最短経路を導き出しているところなのだから。粘菌のように」

明日以降の観光計画を立てているわけじゃなかったらしい。こいつは失礼いたしました。てっきりカフェラテを飲みに行きたいのかとばかり。

「カフェラテは飲む。エスプレッソも。このホテルは朝食が素晴らしいそうだわ。以前、浅田次郎《あさだじろう》先生のエッセイで読んだの」

機内誌を読み込んでる……、それくらいの熱意をお持ちだったのなら、リド島で肩すかしを食った気分になっても、やむかたないか。あたしが以前『美味《おい》しんぼ』で読んだ知識によると、京都瓢亭《ひょうてい》の朝食も、素晴らしいそうだ。

「キッチンがあれば、私が腕を振るうのですが、いやはや、残念至極。このあとの夕食には最高のリストランテを予約しておりますので、ご期待くださいな」

玲はそう肩を竦《すく》めて、

「私が強要しなかったところで、意外と哀川さんは巻き込まれ型の名探偵ですから、どうせ殺人犯と対決することになる宿命なのでしょうしね」

と、不吉な予言をした——予言はメイド長の仕事じゃなかろうに。幻姫《げんき》も呼びつけてやればよかったかな。

2

「では、ここからは本格的に明日以降の方針を定めるわね。旅行全体は添乗員として哀川潤さんに主導してもらってきて、含むところはありつつもありがたいと思っているし、今夜からじゃなく、明日明るくなってからの調査だっていうスケジューリングにも納得したけれど、請負人に出した依頼内容はあくまでお手伝いだから、検証の計画は基本的に天才で可愛い私が立てるってことでOK?」

構わないよ、仕切ってくれ。数学とか学術とか言われると、あたしにはちんぷんかんぷんだからよ。ケンブリッジ大学の講師殿にお任せするぜ——玲があたし達の残り湯を浴びている間に、さっさとプランを立てちゃおう。

「嫌な言いかたを……、ヴェネチアの橋の検証は、三段階に分けておこなうつもりでいるわ。天才で可愛い私の冬期休暇も永遠じゃないからね。まず初日は、二手に分かれてそれぞれが独自に、ヴェネチア本島の一筆書きを試みる」

二手に分かれるんだ。せっかく一緒に来たのに。協調性のない奴の旅行かよ。

「あなたが協調性を語りますか。教授のゼミ生達の失敗は、多人数で同時に挑んだことだと、天才で可愛い私は仮説を立てているわ。気の緩《ゆる》みが生まれたんじゃないかしら。だから、それぞれに個別でアプローチしたいの——理想的には、つまり天才で可愛い私の冬期休暇が永遠なら、ひとりで調査するべきなのよ」

あたしに協力を仰いだことを早くも後悔しているみたいに言うなよ。調査には真面目に協力するって。さっき、あたしが玲のほのめかしをきっぱり断ったのを、見ていたはずだろ?

「……念のための確認だけれど、班田玲さんは、この調査は手伝ってくれないのかしら？　三手に分かれての一筆書きだと、より効率はあがるんだけれど」

それは諦《あきら》めろ。あくまであいつは、鴉の濡れ羽島代表のスポンサーであり、世話役だ。生活部分をメイドに任せられるから、存分に研究に臨めると理解しとけ。あと、語学には堪能でも、数学とかはあたしよりできねーと思うぜ。

「了解。それがはっきりしていればいい。……音信不通が看板である哀川潤さんには不本意だと思うけれど、これ、持ってもらえる？」

お。最新型スマートフォン。モバイルバッテリーもセットで。スマホを支給してもらえるの、このお仕事？　こういうの、すぐ壊しちゃうんだけれど、あたし。

「GPSアプリをインストールしてあるわ。それを起動させて、一筆書きの軌道を記録して——なにせここは迷宮都市だからね」

オッケー。勝手にソシャゲに課金したりしないから安心しろ。

「嫌な振りね……、天才で可愛い私のクレジットカードは止まっているから、不安になりようがないけれど。哀川潤さんは、サンマルコ広場から一筆書きを出発してくれる？　天才で可愛い私は、ヴェネチアの正当なる入口である、サンタルチア駅からスタートするわ」

リド島から這入ったことを、いつまで裏ルートみたいに言ってるんだよ。まあわかるけどな。あたしも昭和基地が、南極大陸じゃなくて離れ小島にあるんだって知ったときは、少なからずショックだったもんだぜ。

「そんなわけのわからないショックと一緒にされたくない……、ヴェネチアがフリウリ・ヴェネチア・ジュリア州じゃないっていうのもややこしい。気持ちの問題よ。逆に言うと、一筆書きなんて、どうせできるわけがないんだし」

あらら。やっぱりできないって思ってるんだ、みよりちゃんは。さっきも、『ゼミ生達の失敗』って言ってたもんな。失敗して、一筆書きができちゃったんだって予断は、しかし、検証する上では危険じゃねーのか？

「そりゃ検証担当としては、先入観はなるべく持つべきじゃないけれど、天才で可愛い私も人間だからね。こればっかりは……、ぶっちゃけた話、『ケンブリッジ大学のえり抜きの優等生達に、どういうミスがあったのか』を発見するための検証という性格が強いのよ、この第三者委員会」

偉大なるオイラーさんの理論を覆す新発見を、教授は望んでいるわけじゃねーってことね。数学者なら、そりゃそうか。門外漢のあたしは好きにやらせてもらうけれど。

「そうね。天才で可愛い私が第三者委員会なら、哀川潤さんは第三者の第三者、第六者委員会ってことよ。プランの発表を続けていい？」

どうぞどうぞ。拝聴しましょう。サー、イエッサー。女性だからマムか？　従軍経験がないからわかんねーや。

「意外ね、それ。……初日の検証が終われば、つまり、『橋』と『島』の検証が終われば、その結果に関係なく、二日目は『運河』を見て回りたいと。ゴンドラを丸一日チャーターして、可能なすべての河を通行するわ」

ヴァポレットじゃ駄目なのか？

「水上バスには決められたコースがあるので。速度を重んじるなら水上タクシーでもいいんだけれど——予算は無尽蔵だし——、船体の大きさ的に、這入れないような細かい運河も、きっとあると思うし」

抜かりないねえ。ガイドブックを読み込んでいるだけのことはある——運河まで網羅《もうら》する必要があるのかどうかはわからんが。ヴェネチアでゴンドラに乗りたいだけじゃないのか、こいつ？　歌い手まで乗せるつもりだったりして。

「それが第二段階。第一段階と第二段階の検証を終えたところで、一日休憩を挟んで、最後にもう一度、今度はふたりで島中を歩き回り、一筆書きのコースを作成する——いわば初日がリハーサルで、この四日目が最終本番ね。あるいは作成できないことを証明する。如何《いかが》かしら？」

きちんと一日休憩を挟むあたり、働きかた改革がおこなわれているね。

「ストライキを起こされたら困るもの。イタリアでは、ショーペロって言うんだっけ？」

てへぺろみたいだよな。

「そんな可愛いものじゃ絶対にないでしょ。哀川潤さんも初めてのヴェネチアなんだから、プライベートでどこか見たいところとか行きたい場所とかあるんじゃないの？」

リド島がそうだったんだけれど、険悪な雰囲気にしたくないので、それは言わないとして。

「言ってるじゃない」

まあ本島のほうは、一筆書きの検証の際に、うろうろしているだけで自然に観光できちまいそうだから、やっぱ離島のほうかねえ。そうそう、これって言うならあそこだ。サン・ミケーレ島。

「サン・ミケーレ島って、墓場じゃなかった……？」

他人の墓を見るのが好きなんだよ。

「なにその趣味、怖い……、言いかたじゃない？　お墓参りが好きって言えばいいのに」

確か、ストラディバリの墓があるんじゃなかったっけな。まあ行けたら行くわ。

「確かと言いながら不確かな知識……、そんな同窓会みたいなノリで上陸していい島じゃ絶対にないでしょう、サン・ミケーレ島」

みよりちゃんは、行きたい離島はねーの？　リド島以外で。

「王道だけれど、ムラーノ島は外せないでしょう。ヴェネチアングラスの生産地。そりゃ本島でも普通に売っているけれど」

別の離島で人殺しの凶器に使われたりもしてるしな。金魚鉢が値段の高い製品だったなら、販売店から足がついたりするのかね。えーっと……。

「水都の溺殺魔・アクアアクア。殺人犯の通称にしては、可愛い名前よね。新手の化粧水みたい」

……一応、気をつけとけよ？　あたしが付き添っているのに、みよりちゃんが殺人犯の手にかかったなんてことになったら、親御さんに合わせる顔がねーぜ。

「大丈夫。親いないから」

そうだっけ。じゃあ合わせる手がねーぜ。

「天才で可愛い私を埋葬しないで。墓参りが趣味だからって」

参考までに、心理学者的にはどうなんだ？　カップルをキスさせたままダクトテープでぐるぐる巻きにして水没させたり、綺麗《きれい》どころのお騒がせ女優を逆さ吊りにして自分の血液で溺死させたりする犯人像っていうのは、どうプロファイリングできるんだ？　謎は数学で間に合っているっていうのはわかるけれど、興味半分で専門家の意見を聞きたいね。玲のいないところで。

「特殊過ぎてなんとも言えないわね。類型化が難しい。犯罪者の心理分析は、何度かしたことがあるけれど」

あるのかよ。

「水に関するトラウマがあるんじゃないかって予想ができるくらい。幼少期に溺れた経験があるんじゃないかとか……、カップルや美人を狙っているところから推察すると、犯人像は女性に対する深いコンプレックスを持つ男性？　いえ、これ、思いつきを喋っているだけよ。捕まえてみれば、犯人は孫思いのおばあちゃんかもしれない。結局、面と向かって話してみないと、ちゃんとした心理分析なんてできっこないしね」

つまり犯罪者と面と向かって話した経験があるわけだ、みよりちゃんは。だったらあたしの注意なんて余計なお世話だったな。

「宇宙人と対峙したことのある哀川潤さんには敵《かな》わないわよ。適当な分析でよければこのまま続けるけれど……、第一の殺人と言われているサンマルコ広場でのカップル殺しは、犯人にとって、最初の殺人じゃないんじゃないかしら？　ヴェネチアじゃない他の場所で、既に人殺しを経験している手際を感じるわ」

前科持ちってこと？　だったら記録が残っているわけだ。

「捕まっていればね。捕まってなければ、前科持ちじゃない。もしも、天才で可愛い私が名探偵だったなら、第一の事件、第二の事件なんて局所的な考えかたをせず、もっと過去に遡《さかのぼ》って、かつ、捜索範囲を広げるかしら。ヨーロッパ全土くらいに。括弧、イギリスは除く」

なぜイギリスを除く。ちょっと住んだだけで、愛着が湧き過ぎだろ。天才で可愛い私の第二の故郷に殺人犯なんていません、じゃねーんだよ。切り裂きジャックを知らんのか。ホームシックになれ。日本を懐かしめ。

「もちろん、犯人は日本人かもしれない。フランス人カップルだったりアメリカ人女優だったり、外からの人間を狙っているところを見ると、なんとなーく、地元民じゃない気はするかな」

なんとなーく、ね。その心は？

「別に。観光地の人間なら観光客を大切にするんじゃないかという、観光客の勝手な意見よ。ヴェネチアを荒らす不届きな観光客に天誅《てんちゅう》を下したって見なすには、ヴェネチアングラスの扱いが酷いし」

うん、メッセージ性には欠けるよな。サンマルコ広場でもリド島でも、独自の持論を展開している風で、理解を求めているとは思えない。……その分析、カラビニエリに伝えておいたほうがいいのかな？

犯人逮捕は警察に任せる方向性は維持するにしても、善良な市民ならぬ、善良な観光客の義務として。

「通報するほどの分析をしたつもりはないけれど……、あまり本気にされても困るわ。それに、ガイドブックによると、イタリア警察の組織構造って、日本の比じゃないくらい複雑らしいから、通報の仕方を間違うと、伝達されないわよ。市民警察の頭越しに国家警察に通報していいものかどうか……、誰か知り合いはいないの？　知り合いに雑談ついでに話す感じにしたほうが、話の通りはいいとアドバイスしたいわ――哀川潤さんは世界中の警察にコネがあるんでしょ？」

人を大犯罪者みたいに言いやがって。

「コネがあるとしか言ってないわよ。コネ、イコール逮捕歴みたいに、後ろめたいところがあるから深読みするんでしょ」

だから、ヴェネチアに来るのは初めてだから、ここの警察にコネはねえんだよ。土地勘がねーのと同様に。でも、捜索範囲を国外まで広げるべきだってアドバイスを、国家警察にするのも的外れか。よおし、じゃあユーロポールに電話しよう。非行少女時代に、あたしを何度となく補導した奴がいるんだよ。

「ユーロポールって。頭越しにもほどがあるでしょ。そしてユーロポールに補導される非行少女って、いったいどんな非行を働いたらそんなことになるの？　マジの大犯罪者じゃない。……ああ、呼び出しを無視していたって言っていたの、ひょっとして、それ？　ハーグの、国際司法裁判所じゃなくって……」

うん、そうそう。ユーロポールの本部があるのってオランダ、ネーデルラントだもんな——人が作りし、水の都だぜ。

■■

「大変なことになってしまった。何もかもが順風満帆だったはずなのに、今となってはこれでおじゃんだ。ぼくは完全にしくじったのだ。かくなる上は、天国のぼくの妻のところに、ぼくも旅立つべきか。そうしたかったような気もする。待て待て、性急な判断はぼくの悪癖だ。今までそれで失敗してきたんだよ。冷静にならなければ。まだ彼女の死を、ぼくは何も解明していないじゃないか。すまない、愛しい人よ。まだぼくは、きみのところに行くわけにはいかない。

「顔を洗おう。冷たい水で。

「だが、気持ちを落ち着けたところで、大ピンチには違いない。これは気の持ちようでは修正されない――まさかまさかの展開だ。こんなスペクタクルが、平凡で何の取り柄もないぼくの身に起こるだなんて、驚きだよ。

「あの女がいたのだ。

「あの滅茶苦茶な女が。この町に。沈みゆくこの水上都市に。今やぼくが根付いたこの王国に。誰か知らないが、ふたりの連れを引き連れて、何喰《く》わぬ顔をして――もう二度と会うことはないと思っていたのに。

「いやいや、会ってはいない。すれ違ってさえいない、遠目に確認しただけだ。一度目だってそうだ。

ぼくとあの女は、会ったとはいえない——もしも会っていれば、ぼくはただじゃあ済んでいない。ただすれ違っただけでも終わっていたであろう、そんな災厄だ。

「何喰わぬ顔をしてという表現も、あまり正確ではなかった。あの女は食べていた、連れのふたりと一緒に、高級レストランのテーブルで。ぼくはあの女の、優雅なディナー風景を目撃したのである——言っておくが、ぼくは食べちゃあいない。亡命中の自覚はある。なので、レストランが廃棄する残飯をこっそりもらいに行っただけだ——手持ちのお金がないわけじゃないけれど（金魚鉢のお釣りもあるし、女優さんからも、彼女のネームバリューに相応しい額の施しをいただいてきた）、節約は大切である。なので、窓を隔《へだ》てての視認ではあったのだけれど、あれは間違いない、忌《い》まわしきあの女である。

「気付かれてはいないはずだ、向こうからは。縋《すが》るようにそう思う。ぼくはすぐに窓から飛《と》び退《の》いたし、残飯から判断する限り、あのレストランのイタリアンに舌鼓を打ちながら、周囲に目を配るなんてことはできないはずだ。でも、そんなのはぼくの勝手な希望的観測で、もしも敏感に気付かれていたら——感付かれていたら、対決しなければならないのか。

「あの女と。

「正直言って、気が進まない。何を気弱なことを言っているのかと、ぼくの妻がここにいたら頰《ほお》を、あるいは尻《しり》をひっぱたかれているところだが——いや、ぼくの妻は、暴力を振るう人間ではまったくないのだけれど、イメージとして——ただ失望させることは間違いない——、仮にぼくがあの女を殺したとして、それは自衛のための殺人になってしまう。ぼくが成し遂げたい、溺死の検証とは何の関《かか》わりもない。

「正当防衛が罪に問われないことはわかっている。どちらかと言えば、これまでぼくがおこなってきた数々の検証のほうが、教科書的には法に反していることも重々承知している――その点については、適宜ふさわしい態度を取れるつもりだ。自分が完全に正当であるとは思っていない。

「だからぼくは故郷を捨てたのだ。オランダ警察を敵に回す覚悟があれば、今も検証は地元でおこなっている――逃亡者の不名誉を受けてまで、実験の場所を変えたのは、ぼくが罪を犯したくなかったからだ。

「だが……、こうして思えば、ぼくはもっと昔に、あの女を始末しておくべきだったのでは？　始末……、嫌な言葉だけれど、そうしていれば、こんな窮地に追い込まれることはなかった。

「まさかぼくを潰《つぶ》すために、あの女は再び、姿を現したんじゃないだろうな。そんな被害妄想が、むくむくと頭をもたげてくる。考え過ぎだとは思うが、ありえる話だ。少なくとも、考え過ぎて悪いことはないだろう。こうなったら、常に最悪を想定するべきだ。

「今が最悪である以上。

「いずれにせよ、いったん本島を離れたほうがよさそうである。ぼくに目的があるよう、あの女にも目的があるとして……、鉢合わせにさえならなければ、衝突は避けられる。平和主義者のぼくは、野蛮な展開を望んじゃいない。リド島での騒ぎは思っていたより大きくなってしまったようだし、しばらくはおとなしくしているつもりだったけれど、計画を早めて、ムラーノ島へ渡ろう。こうなったら、検証を急ぐんだ。そうこうしているうちに、あの女がぼくとはまるで無関係の東洋に帰ってくれるという結末もありえるし。すべてがぼくの取り越し苦労だったら最高なのにな。

「ヴェネチアングラスの産地であるムラーノ島は、その技法を守るために、職人を島に閉じ込めていたというけれど、捕まるのが嫌でそこに逃げ込むことになるなんて、皮肉な展開である。

「とにかく、アドバンテージを維持しよう。ぼくから見られたことにあの女が気付いていないという利点を失わないためには、いったん退《しりぞ》くのだ——目撃者はぼくであり、あの女ではない」

■■

第四章　ヴェネチア本島（2）

1

　なーんか、誰かに見られている気がするぜ。つけられてるのかな？　この入り組んだ迷宮都市が、尾行に向いているのは間違いないが……、でもまあ、つけられているのとは違うか。昨夜、玲に連れていかれたリストランテあたりから、変な気配をびしばし感じるんだが……、どーかな、気のせいかもしれねー。

「いつも通り注目を集めているだけじゃないいんですか？　私が用意させていただいた服も、よくお似合いですし。あと、ヴェネチアでもピンヒールですし」

　玲は気楽なコメントだった――はっきりしたことが言えないのは、こいつが間近からあたしを見つめ続けているからというのもあるんだが、まあいいや。調査中はこのメイド長は部屋でお留守番だし、もしも誰かに見られているんなら、本日の町歩き中に判明するだろう。

「じゃあお願いね、哀川潤さん。わからないことがあったら、適宜スマホに連絡して。いつでも出られるようにしておくから」

ホテルの最上階で、評判の朝食を取り終えると、早速、みよりちゃんはサンタルチア駅行きのヴァポレット乗り場へと向かった——ちなみにみよりちゃんも、変わらず、歩きやすそうなスニーカーである。いや、履き替えてはいて、ちゃんと防水仕様のスニーカーにしているあたり、抜かりはない。ただ、それくらい準備に余念がなくとも、トラブルが起こってしまうのが旅である。あたしの場合、旅じゃなくてもトラブルは起こるのだが、今回はなかんずく早かった——みよりちゃんの出航を見送って、オテル・ダニエリからサンマルコ広場へと、つまりあたしの一筆書きのスタート地点へとてくてく（かつかつ？）歩いて移動する途中に、昨日のうちに、なんなら万里の長城で最初に話を聞いたときに確認しておくべきだった疑問点に思い至ったのである。二手に分かれた直後になんだが、みよりちゃんに電話せざるを得ない。

「何？　天才で可愛い私は、まだ船上なんだけれど……、電話していいのかしら？　ヴァポレットの中って」

手短に済ますよ。みよりちゃん、ヴェネチア本島にある無数の橋を、すべて一度ずつ渡るっていうのが、この検証の眼目なんだよな？

「そうよ。何度も説明したじゃない」

この場合、『すべて』ってのは、どこまでの橋を指すんだ？

「え？」

今、ドゥッカーレ宮殿の大運河側にいるんだけれど、ここから見えるのがあの有名な溜《た》め息橋《いきばし》なんだろ？　観光客が写真を撮りまくっているし。ほら、昨日の夕飯中、ケンブリッジにも同じ名前の橋があるって、教えてくれたじゃん。

「ええ、そうよ。ケンブリッジの溜め息橋は、単位が取れなかった学生が溜め息をついたという謂《い》われの橋で……、監獄棟に移送される終身刑の囚人が、窓から見える最後の景色に嘆息したその溜め息橋とは、なにもかもぜんぜん違うけれど」

そうそう、カサノヴァが収容されてたんだよな、監獄には。

「それがどうかしたの？　ああ、もしかして、誰か観光客から聞いちゃった？　この謂われが観光スポットにありがちなデマだって真相を……、そうなのよ、天才で可愛い私もうっかり深掘りしちゃって。愕然《がくぜん》とするわよね。実際にはドゥッカーレ宮殿から繋がる監獄には、比較的刑の軽い囚人が収容されていたんだって。カサノヴァだって、脱獄しているわけだしね」

そうなんだ。それはがっかりだな。はりまや橋よりがっかりじゃねえか。

「天才で可愛い私は、はりまや橋にがっかりしたことはない。ダイヤモンドクロッシングも最高よ」

高知県への謎の愛情。

「最高値県よ。今、こうしてカナル・グランデを航海している最中にいうようなことじゃないかもしれないけれど、透明度で言ったら、仁淀川《によどがわ》に軍配が上がるわね」

仁淀川の橋を調べろよ、じゃあ。だから、そうじゃなくって……、溜め息橋は数えるのか？

「あ」

あ、じゃなくてよ。溜め息橋は、橋とは言っても、あれ、宮殿と監獄を繋ぐ渡り廊下みたいなもんだろ？　でも、確かに運河をまたいではいるし。あたし達が宿泊しているホテルにも、新館と本館を繋ぐ、おんなじような渡り廊下がなかったか？

「あった。ありました。夜中にホテル中を探検したので、知ってるわ。新館のほうは、そんなに赤くないの」

不審者じゃねえか、ルームメイトが。更に細かいことを言うと、みよりちゃんがヴァポレットに乗った船着き場だけれど、ああいうの、日本語では栈橋って言うよな。

「栈橋……、『橋』」

あれは数えるのか？　どこにも繋がってないけれど。本島に到着してからこっち、なんとなく目視していただいたいの橋は、それこそはりまや橋くらいのサイズ感の石造りだけれど、特殊な橋も中にはあるよな。

「そうね。それは言えている。今、天才で可愛い私の乗っているヴァポレットが……、ええと、アカデミア橋をくぐったけれど、この橋は木製だもの」

ガイドブックを見ながら喋っているのかな。木製の橋って、つまり錦帯橋《きんたいきょう》みたいな？

「どこの何？」

山口県にも愛情を捧げろ。山口県にはヴェネチア同様、世界遺産になってる町があるんだぞ。

「木製の橋と言えば、ケンブリッジにおいては、ご存知数学橋よ。ちなみにこの数学橋は、ニュートンが設計したと言われているわ」

ニュートン。リンゴが落ちるのを見て重力を発見したっていうあいつか。さすがにそれは知ってるぜ。数学者でもあったとは意外だが。

「まあニュートンが設計したっていうのはデマなんだけれど。リンゴが落ちるのを見て重力を発見したっていうのと、同じくらいのデマ」

がっかりエピソードばっかりだな、ニュートン。重力がなくてもがっくり肩を落としそうだ。はりまや橋が輝いてるぜ、オランダ坂と共に。

「オランダ坂？　ユーロポールのそばにあるの？」

長崎県にある。そばと言うなら、やはり世界遺産の大浦天主堂《おおうらてんしゅどう》のそばだ。世界遺産ではないけれど、長崎県には、眼鏡橋《めがねばし》ってのもあった。

「あちこちにいろんな橋があるものね。サンタルチア駅の向こうには、ガラス製の橋もあるんだって。一番有名なのは言わずと知れたリアルト橋よね。ただ、この橋は、橋の上に商店街があるくらいの巨大さだから、橋じゃなくて通りだって言われたら、そうなのかもしれない」

まあ、さすがにリアルト橋は橋でいいと思うけれど……、ガラス製の橋っていうのは、ちょっと微妙かもな。反論があるかもしれない、そんなのは歴史あるヴェネチアの橋じゃないって。まさかヴェネチアングラス製の橋じゃないだろうし。

「実際、反対運動や苦情もあったみたいね」

京都タワーとか京都駅みてーに、そのうち馴染《なじ》むんじゃねーの？

「東京スカイツリーは、哀川潤さんがぶっ壊したわよね」

あたしが壊したんじゃねえよ。

「あ、やだ。気付いちゃったけれど、リベルタ橋をヴェネチアの橋にカウントしたら、検証するまでもないってことになっちゃう……、本土と本島を繋ぐ、一本橋だものね。そもそも、ヴェネチアが図形じゃなくて記号になっちゃう」

関空への架け橋と同じ構造だな。線路が単線じゃなかったら、橋は複数かかっているってことになるんじゃねーか？　車道と線路を別に数えることもできるし。……でも、そもそも、人間が歩いて渡っていいんだっけ、リベルタ橋は？　全長三・八キロくらいらしいから、その気になれば歩けそうだが。

「歩けるらしいけれど、うーん。ちょっと待って、船を下りたら、すぐに教授に問い合わせてみる。今上がった疑問点を全部まとめて。イギリスとの時差って、一時間よね？　早いんだっけ、遅いんだっけ？」

それこそ溜め息をつきたげな、どことなく出鼻をくじかれた感じのみよりちゃんだったが、しかしこの些細《ささい》とも思える確認は、必須事項だった……、ゼミ生達が理論とは違う結果に至ったのは、トライした多人数内で、『橋』の定義が固まっていなかったからというのは、大いにあり得るからだ。ある学生にとっては橋でも、違う学生にとっては橋じゃないというルートが、もしも複数あったのであれば、計算通りに進まなくて当然である。定義が曖昧《あいまい》だと、恣意的《しいてき》なジャッジもありえるしな。この補修中の一本を橋と考えなければ一筆書きは成立するというケースがあれば、判断が分散して当たり前だ。

「溜め息橋が橋かどうか、か――考えてみれば、ロンドン塔だって、塔っていうほど塔じゃないものね。近くのビッグベンのほうがよっぽど塔っぽい」

やれやれ、のっけから派手にしくじっちまったもんだ。恥ずかしい恥ずかしい。誰にも見られてなくてよかったぜ。

2

返事待ちの間に、特にすることもなかったので、あたしはサンマルコ広場の鐘楼に登って、ヴェネチアを一望した――天気にも恵まれていて、本島のみならず、向かいのサンジョルジョ・マッジョーレ島やジュデッカ島まで、よく見えた。あたしやみよりちゃんがオフ日に行こうと企画しているサン・ミケーレ島やムラーノ島は、ちょうど反対側なので、そこまでの視認は難しいが――まあ、楽しみはあとに取っておこう。普段はこの鐘楼、もっと混《こ》んでるらしいんだけれど、すぐにエレベーターの順番が回って来たのは、シーズンオフだからなのか、それとも、溺殺の殺人鬼の噂が、ツーリストの間でもじわじわ広がり始めているからなのか。ところで、イタリアと言えばピサの斜塔が有名で、あれはもうそれ以上傾かないように補強したそうなのだが、サンマルコ広場のこの鐘楼は、斜めったどころか、実際に倒れたことがあるそうだ。そりゃまあ、地面が柔らかいところにこんな高い建物を建てたら、危険だよな……、その後、建て直したっていうのも強烈な話である。これも作り話なのかもしれねーけど、鐘楼から見える町の風景において、赤茶色の屋根の色味のみならず、高さまで一定に揃《そろ》っているのは、そういう事情によるものなのかもしれない。まあ、アクア・アルタが起こってねえのは、普通にラッキーかな。あのビニールの長靴みてえなのは、ピンヒールじゃなくても履きたくねえ。あたしの美意識が許さない。

「お待たせ。橋の定義が決まったわ。と言うより、橋じゃないものの定義が決まったと言うべきかしら」

鐘楼から降りたあたりで、みよりちゃんからそんな電話がかかってきた——続けてサンマルコ寺院に這入ろうか、それともカフェラテ発祥の店でも探そうかと思っていた矢先のこと。あんまり待たされると、新婚カップル殺人事件の現場検証をするしかなくなっていたかもしれないので、これはいいタイミングだった。玲の思う壺《つぼ》には嵌《は》まりたくない。

「まず、疑問のきっかけとなった溜め息橋。確かにあれは橋だけれど、公道であるとは言いにくいわよね。だから除外される——オテル・ダニエリの渡り廊下も、同じく」

ふむふむ。誰でも渡れる公道であることが、最低条件ってわけね——その定義は納得しやすい。

「言うまでもないけれど、桟橋は橋じゃない。桟橋が橋なら、青函《せいかん》トンネルのほうがまだ橋だろって突っ込まれた」

ケンブリッジの教授にしては、ローカルな突っ込みだな。ユーロトンネルでたとえろよ。まあそれはそうだと思っていた。あたしも重箱の隅《すみ》をつついてみただけで。

「細かく言うと、ちゃんと両端が、島に接続していることが条件なのかしら。なので、運河の渡し船……、トラゲットを広義の橋として扱ったりはしない」

はいはい。

「材質や年代は問わない。木製でもガラス製でも、もちろん石造りでも……、橋の上に商店街があっても。最古の橋も最新の橋も、同じものとして考える。仮に、現在修繕中で渡れない橋があったとしても、それは渡れるものと仮定してカウントする。教えてもらったんだけれど、石造りのリアルト橋も、昔は木造だったのを建て直したんだって。ただし、完全に落ちてしまい、再建の目処《めど》も立っていないような橋は、数えない」

昔、ここには大層立派な橋がかかっていたらしいって地元の伝承を、鵜《う》呑《の》みにしちゃ駄目ってことか。確かに、歴史のある町でそれをやり始めるとキリがないよな。

「いずれここには大層立派な橋がかかるらしいっていうような世間話も、鵜呑みにしちゃ駄目よ。なにせこのヴェネチアは、アクア・アルタを防ぐためのモーゼ計画が、二〇〇三年に着工されてから、十七年にわたって完成されていないんだから。新本格魔法少女りすかかよって」

突っ込みのローカルが過ぎるぜ。

「他国の政治はわかりにくいけれど、諫早湾《いさはやわん》みたいな二進《にっち》も三進《さっち》もいかない状況になっているのかしら。どこも干潟は大変なのね」

どんなまとめだ。他の条件は？　リベルタ橋は、含まないでいいんだよな？

「うん。哀川潤さんが言っていたよう、本土もヴェネチアなんだから――テッラフェルマって言うんだって――厳密にはリベルタ橋もヴェネチアの橋なんだけれど、あれを含んじゃうと、問題が成立しなくなるから。1を素数に含めちゃいけないのと同じ理屈だって」

ケーニヒスベルクの橋よりも、教授の突っ込みのセンスを問いたいぜ。どれだけニッチをついているんだよ。

「1と自分以外に約数を持たない数字が素数なんだけれど、その定義だと、1は含まれちゃうんじゃないかという――」

丁寧に説明しなくていいし。

「数学者じゃない天才で可愛い私は、2が素数に含まれているほうが気持ち悪いけれどね。一個だけ偶数が含まれているのが、嫌な感じ。続けるわよ？」

素数の定義を？　橋の定義を？

「橋の定義を。ここからは、こちらから発信した疑問じゃないけれど、教授がゼミ生から、グループチャットでコメントを募《つの》ってくれて」

おお、集合知だ。すげーすげー。

「そのすげー集合知で矛盾が生じたから、孤立知である天才で可愛い私達がここにいるんだけれどね」

天才で可愛い私達って言われると、あたしまで天才で可愛いみたいだぜ。あたしも三つ編み三つにしようかな。

「そうやって哀川潤さんは何かにつけ、天才で可愛い私のヘアスタイルを馬鹿にするけれど、学内ではちょっとはやったりしてるんだからね、この髪型」

深刻ないじめに遭ってんじゃねえのか、それ？

「運河の地域によっては、近所の住人が板や木の幹を両岸に張って、橋代わりにしていたりもするそうなんだけれど、そんな（仮）みたいな、橋の代理はカウントしない。まあ、誰でも渡れるって意味じゃ公道だけれど、それを許すと、検証者が自分で橋を架けるのがありになっちゃうから」

トラゲットもそうだけれど、橋代わりじゃなくて、ちゃんと橋じゃないと認められない。了解。仮に水道管がわたっていても、鐘楼が倒れてカナル・グランデにかかっても、それは橋じゃないってことだな。

「何、そのダイナミックなたとえ」

さっき登ったんだよ、サンマルコ広場の鐘楼。

「天才で可愛い私を差し置いて⁉　まさかサンマルコ寺院にも⁉　か、カフェラテは？　カフェラテは飲んでないわよね！」

取り乱すな。悪かったよ、勝手に先んじて。

「哀川潤さんなんて、リド島と一緒に沈めばいい……」

あたしはともかく、リド島を沈めるな。ヴェネチアの中でリド島だけは沈んでいいみたいに言っちゃいけません。

「橋の中には、橋は橋でも、民家の玄関に直結している橋もあるの」

はいわかりましたはどうした、返事をしろ。え？　何？　民家の玄関に直結している橋？　そんなのがあるの？

「うん、それも思いのほか、立派な橋だったりして。大鳴門橋《おおなるときょう》くらい」

それはダウトだ。ゼミ生の中に虚言癖がいる。

「虚言癖がいたら、そりゃ矛盾も生まれるわよね。この中の誰かひとりが嘘をついていますっていう、論理学のクイズになっちゃう。でも、民家に直結している橋があるっていうのは、嘘じゃないみたい。複数の証言があるから。みんながそれぞれ地元の橋にたとえるから、逆にわかりづらかったけれど……、ゼミ生の間でも賛否両論がありつつ、最終的にはこれは私道と扱うしかないねって結論になったんだって」

反対意見を詳しく聞きたいな。その橋を公道と認めた場合は、どう対処するつもりだったんだ？　民家の外にあたるわけだし、無理筋ではないだろうが。

「だから、そういう橋を渡るときは、いちいちインターホンを押して住人に事情を説明し、その家の中を通してもらって、エスプレッソをご馳走《ちそう》になりつつ、向かい側の勝手口からなり窓からなり、抜けていくべきなんじゃやって……」

エスプレッソをご馳走になるくだりは絶対にいらんだろ。最近の若者が図々《ずうずう》しい。他人の家を通り抜けるとか、アカデミックな検証が変なパルクールみたいになってる。

「動画サイトにその様子を投稿したりね。バズるわよ」

バズるじゃ済まないだろ。悪い意味で百万回再生されるだろ。そりゃあその橋は私道扱いにしたほうがいいわ。あたしもあと十年若けりゃ、喜んで民家に特攻していただろうけれど、もうすっかり大人だからなー。

「どこが？　天才で可愛い私は、哀川潤さんを大人だと思ったことは一度もないわよ。なんなら、年上と思ったこともないわ」

それは思えよ。他には？

「次の条件はもう、念のためと言うか、『橋じゃなくて真ん中を渡ったんだ』みたいな、裏技を封じるためでしかない定義ね。アクア・アルタが起こったときにそのサンマルコ広場や目抜き通りに臨時で設置される、木製の橋があるんだけれど……、それらは確かに橋としかいいようがないんだけれど、当然、ノーカウントってことで」

あー、なんか聞いたことがあるな。会議室の長机みたいな奴だろ？　会議室なんて使ったことねーけど。

「ないでしょうね、哀川潤さんは。最後にあとひとつだけ。これは言わなくてもいいことなんだけれど、ゼミ生達は、もしも橋が一本しか架かっていない島があれば、それはカウントしないつもりでいたみたい。行き止まりの袋小路《ふくろこうじ》になっちゃうからって——天才で可愛い私に言わせれば、これはルールを恣意的に運用し過ぎじゃないかって思う。検証者に許された権限を逸脱しているような――行き止まりがあるのなら、それだけで不成立と考えるべきだと、天才で可愛い私は考えるわね。ただし、先任と揉《も》めずに済んでラッキーだったことに、フィールドワークの結果、そういう島はなかったそうよ。どの島にも、必ず複数の橋が架かっていたって……、たぶん、消防法か何かの法律でそうなってるんでしょうね」

アクア・アルタにせよ、火事か何かにせよ、災害があって避難するときに、橋が一本じゃあ心許ないってことか。ミステリーで言うところの『陸の孤島』が生じないための予防策。言われてみれば、そりゃそうだな。以上？

「以上よ。橋の定義は、今ので終わり。後出しのルールはないと思って。あとの解釈は現場に委《ゆだ》ねるって教授は言ってくれたわ……、全権委譲の白紙委任とは気《き》っ風《ぷ》のいいことだけれど、そうでないと、定義に当てはまらない橋が登場するたびに、いちいち指示を仰ぐことになっちゃうもんね。天才で可愛い私としても、朝令暮改は勘弁して欲しいし」

確認すると、その話だとゼミ生達は、それと同じ定義でフィールドワークをおこなった結果、オイラーの理論を覆しちまったってことでいいんだよな？　意見が統一されておらず、定義がバラバラだったから一筆書きが成立しちゃったってわけじゃなくて。

「ええ。それは天才で可愛い私も、何度も念押ししたわ。同じ定義でプレイしないと、違うゲームになっちゃうって」

じゃあ、ある学生にとっての橋が違う学生にとっては橋じゃなかったたって可能性は、消していいわけだな。

「他になにか、哀川潤さんからゼミ生に問い合わせたいことがあれば、今のうちに訊いておくけれど?」

いいや、それだけははっきりしてればいい。あたしもなるべく先入観はないほうがいいだろうしな。せっかく数学的知識がないんだから、この知識のなさを最大限に活《い》かそう。じゃ、のっけから二の足を踏んじまったけれど、仕切り直しってことで。もうスタート地点にはついているんだろ? ご武運を祈るぜ、みよりちゃん。

「こちらこそ。……サンマルコ寺院は教会だから、ぎりぎり許すしかないけれど、もしもフローリアンのカフェラテを先にひとりで飲んだら絶対に許さないからね、哀川潤さんのこと」

武運を祈れよ。呪《のろ》いをかけるな。

3

ややあって、ようやくフィールドワークが開始されたが、その後も一筆書きが、順調に進んだとは言いがたかった——言いやすく言うと、不調だった。例をあげると、ゆうべのうちに渡されていたスマートフォンのGPSが、思ったようには機能しなかったのだ。大通りならば問題ないが、ちょっと小径《こみち》や狭い路地裏に這入ってしまうと、もう正しい座標を表示してくれなくなる。大まかな位置情報は間違っちゃいないのだけれど、衛星との電波のやり取りが、こんがらがって屋内以上にうまくできなくなるらしい……、地図自体は正確なので、そちらをあてに試行錯誤するしかなさそうだった。こうなると、スマホの画面は地図として見るにはやや小さい。アプリは何もいらないから、タブレットを支給して欲しかったぜ。その他にも、いろいろあった検証上の不都合を、臨機応変と言うか、行き当たりばったりにその都度解決しているうちに、イタリアの太陽は暮れなずんだ。すべてのトラブルを並べ立ててもいいのだけれど、面倒な旅自慢みたいになってもなんなので、その辺のくだりをずばっと省略して結論だけ言うと——ケーニヒスベルクの橋ならぬヴェネチアの橋は、成立した。成立した。あたしは定義されたすべての橋を一度ずつ渡りきって、先に検証を終えたみよりちゃんが、玲とフローリアンで待つ、サンマルコ広場に戻ってきてしまったのだ。あれ？　オイラー先生、ちょっと？

■■

「どうやら取り越し苦労だったようだ。ぼくは乗り切ったのだ。まったくぼくって奴は。あの女は、ムラーノ島までぼくを追っては来なかった——やはり、ヴェネチアには別の用事があって、やって来ていたのだろう。ぼくの実験を台無しにしに来ただなんて、とんだ誇大妄想だった。自意識過剰なんだ、ぼくは、昔から。

「案外、と言うより順当に、あの女は、ぼくのことなんて覚えちゃいないんじゃないのか？　ちょっと寂《さび》しい話であり、どこか馬鹿みたいでさえあるけれど、ぼくのほうが一方的に意識してしまっているだけで、つまりこの緊急避難は独《ひと》り相撲《ずもう》だったわけだ。

「寂しいとは言ったものの、あの女がぼくを覚えていないとしても、それは責められない。感謝こそすれ、だ。そもそも、ぼくのほうとて、あの女の名前さえ知らないのだ——シャーロック・ホームズがアイリーン・アドラーをあの女と呼ぶように、あの女と呼んでいるわけではない。縁が切れているのなら、それに越したことはないんだ。踊り出したいくらいに。

「そこまで胸を撫《な》で下《お》ろしてしまうのも、我ながら極端ではある。それだけ安心してしまったということなのだが、油断は禁物だ。水断ちはもっと禁物だ。

「とは言え、しばらくこの島にいれば、あの女はそのうち用事を済ませて、連れのふたりと共に故国に帰るという読みが、今のところ有力だろう。二度と生まれ故郷に帰れないであろう亡命者としては、帰るべき場所のある人がすごく羨ましいが、それは言っても始まらない。そんな嫉妬《しっと》でいちいち人を殺《あや》めていたら、きりがないじゃないか。自制心は大切だ。

「それに、ぼくもいつかは、ぼくの妻と父が穏《おだ》やかに眠るオランダに帰ることもあるかもしれない。今はこのヴェネチアに骨を埋める覚悟を決めているけれど、凱旋《がいせん》もまったくありえない可能性じゃない。何が起こるのかわからないのが世の中じゃないか。考えてもみろ、ほんの数年前まで、自分がヴェネチアに潜伏するなんて将来、夢にも思わなかっただろう？

「今もひょっとしたら、これは夢なんじゃないかとさえ思う……、目が覚めたら、ぼくの妻がぼくの隣にいるんじゃないかって。もしもいたら、今度こそ、上手におなかを割いてあげられるのに。神秘の羊水を、一滴だってこぼしたりはしないのに。

「だけどこれがぼくの現実だ。逃避はできない。泥臭く、失敗を重ね続けよう。オランダもヴェネチアも、そんな風に建国されたはずだ——国とは言えないまでも、ぼくも自分の人生を、作り続けなければならない、泥臭く。

「干拓するんだ。未来を。

「ヴェネチアにはこのままだとその未来がないのだが……、ヴェネチアの未来はぼくの手には負えないが、ぼくの未来はぼく次第である。ヴェネチアは世界中のみんなが助けたがっているけれど、ぼくの妻亡き今、ぼくの未来はぼくにしかどうにかできないとも言える。

「さて、前倒しで、一足早くムラーノ島に上陸したのはあの女から距離を取るためであって、ひとまずその恐れがなくなった以上、取り立てて検証を急ぐ必要もまたなくなったのだが……、いざヴェネチアングラスの産地に来てしまうと、えいやっと済ませてしまいたくなるな。思いついたアイディアを消化してしまわないと、次なるアイディアが湧いてこないし……、それに、正直に言うと、この島にも長居はしたくない。本島やリド島に比べれば人は少ないけれど、身を隠す場所もまた少ない。道も非常にわかりやすく、ここは迷宮都市とは言えない。

「ここではぼくは潜れない。

「帰れるものなら、今すぐ本島のアジトへと帰りたい——ぼくのラボへと帰りたい。実験の拠点で、枕《まくら》を高くして眠りたい。ただし、追ってこなかったとは言え、あの女が当面の、最大の脅威であることに変わりはない。たとえぼくのことを忘れているのだとしても、だったら忘れたままでいてほしい。

「何事もなくあの女が帰国するまでは決して安心するべきではないし、追ってきていないのであれば、溺死の検証はいったん中断するべきだ。いつでも再開できるように備えるにしても、今はひたすら我慢の子である。

「もうしばらくは泳がせておこう、あの女を」

■■

第五章　ヴェネチア本島（3）

1

　みよりちゃんが事前に立てたスケジュールにうべなうと、翌日はゴンドラをチャーターしてヴェネチア本島の運河を網羅する手筈《てはず》になっていたのだが、既に前提が崩れてしまっている以上、予定の変更もありえただろう。たとえば調査二日目も、もう一度、手分けしての一筆書きを繰り返すという方針転換も——ただし、軸本指揮官は、スケジュール通りに進行することを選んだようだ。この辺の頑固さは、なるほど天才児って感じで、嫌いじゃない。フィールドワークの方針に関しては口出ししない約束なので、あたしは余計なことは言わなかった。あたし達の探索中に、できる女・班田玲が、ゴンドラのチャーター交渉を前払いで済ませてしまっていたというのもある。ただのチャーターだったらキャンセルしてもよかったが、できる女は、地元のゴンドリエーレ相手に、そんな凡庸な交渉はしていなかった。

「じゃ、最初は誰が漕《こ》ぎます？」

　合流した喫茶フローリアンで、そう問われたときには一瞬意味がわからなかったけれど、このメイド長は、ゴンドラだけでなく、ストローハットとボーダーシャツと櫂《かい》、どころかアコーディオンまでレンタルしていた。日本のメディチ家は、やることが徹底している——それこそ五万ユーロくらいかかったんじゃないか？　そんなわけで、チャーターどころか貸し切りで、あたし達は午前中から右へ左へ東へ西へ、運河を順繰りに航海中だった。

「次は……、そっちの橋の下をくぐって。この時間は水位があがっているみたいだから、頭ぶつけないように気をつけてね、哀川潤さん」

　みよりちゃんがスマホ画面の地図と首っ引きで、ゴンドラを漕ぐあたしをナビゲートする……、その表情は昨日までと違って真剣だ。いや、語弊があった、昨日までだって真剣は真剣だったのだが、検証ついでに初めて訪れた、音に聞く水上都市を観光しようという雑念も天才少女には少なからずあった——それが、今は綺麗さっぱり消えている。せっかくのゴンドラクルーズだというのに、まるでうきうきしていない——ストローハットまでかぶっているあたしが、ひとりではしゃいでいるみたいじゃないか。

「一曲、奏《かな》でましょうか？　哀川さんが歌ってくれるのでしたら」

あ、いや、ひとりじゃなかった。ちゃっかりゴンドラに乗り込んでいる玲がいた——こいつは本当にはしゃいでいる、アコーディオンを首からかけて。調査をおこなう上では邪魔でしかないが、まさかスポンサーである上、こんな無茶なレンタルを取り付けた功労者に、船を下りろとは言えない。アコーディオン、弾けるの？

「だいたいの楽器は弾けます。鴉の濡れ羽島には、音楽関係の天才も多く招聘していましたから。薫陶を受けました」

　お前も天才なんじゃねえかよ。

「いえいえ、素人の余技ですよ。模倣《もほう》にもならない物真似です。本来はビッグバンドを雇おうとしたのですが、力及ばず」

　ゴンドラにビッグバンドを乗せてたまるか。本当のメディチ家でも無理だろ。

「演奏はメイドの仕事ではありませんが、ご寛恕《かんじょ》いただければ。門前の小娘はラインナップも少なくって――そうですね、カンツォーネとなると……、『ボヘミアン・ラプソディ』でしょうか」

　激ムズじゃねえかよ。『ボヘミアン・ラプソディ』はカンツォーネではないだろうけれど……、あたしは歌わねえよ。歌いたい気分じゃねえ。みよりちゃんは？

「…………」

　船の上だけにってわけじゃないが、水を向けてみたものの、みよりちゃんは黙って首を振るだけだった――すっかり学者モードに入っちゃったなあ。孫悟飯《そんごはん》がなりたがってた奴――最終的には夢は叶《かな》ったんだっけ？　歌いたい気分じゃないどころの気分じゃないと見た。

「哀川さんこそ、初めてとは思えないくらい、ゴンドラの操舵《そうだ》がお上手ですね。どこかでやられてました？」

　みよりちゃん（と、あたしもか）のつれない対応にも、ちっとも気分を害した様子はなく、玲が無邪気っぽく訊いてくる――音楽関係に限らず、各界の才能と、その才能を凌駕《りょうが》するわがままぶりを相手取ってきた風格を感じる。いや、結構難しいぜ、これ……、コツがいるな。ゴンドラの造りが、カヌーみてーに左右対称になってねえ。ピサの斜塔みたいに傾いている。細い運河でも曲がりやすいようになのかな？　それに、パドリングに集中していたら、さっきみよりちゃんに注意された通り、欄干で頭を打ちそうだし。

「欄干で頭を打ちそうなのは、高身長の哀川さんだけでしょうが……、でも、だったら操舵は哀川さんに完全に委ねてしまったほうがよさそうですね。言うまでもなく、腕力も必要でしょうし」

オッケー。力仕事は任せとけ。それでみよりちゃん、頭脳労働のほうはどう？

「……とりあえず、今日の運河網羅に関しては、一筆書きにはこだわらなくていいから、このまま、これくらいの速度で流してくれる？　コースは順次、決めていくから……、目標はすべての橋の下をくぐることだけれど、水位や渋滞で、どうしても無理って場所もあるだろうし」

仰せのままに。……なんか悪かったね、あたしが一筆書きに成功しちゃったりしたせいで、みよりちゃんを悩ませちゃって。

「そんなことで謝らなくていいわ、人類最強が。天才で可愛い私が頼んだことなんだし。哀川潤さんに謝って欲しいことはいろいろ他にあるし」

「サンタルチア駅スタートの軸本さんは、一筆書きは達成できなかったんですよね？　できなかったと言いますか、できないことを証明したと言いますか」

「そうね。かなり早い段階で行き止まったわ。だから、まだ確かなことは何も言えない段階なのよ。どちらかが正しくてどちらかが間違っている――とも、限らない。理論と実践が食い違う現象自体は、実は自然界じゃ起こりえることだしね。計算上はクマンバチは浮遊できないはずとか、飛行機が空を飛ぶ理屈はまだ証明されたわけではないとか、ツェノンのパラドックスとか、マーフィーの法則とか」

マーフィーの法則は違うだろ。飛行機が空を飛ばないんなら、どうやってあたし達はリド島の空港に着陸したんだよ。

「ただ、ヴェネチア本島の一筆書きに、ある種の再現性が生じてしまったことは、認めざるを得ないわ」

再現性ねえ。研究じゃあ、一番大切な奴だな。誰がやっても、何度やっても、同じ結果が出なければ、法則とは言えない――ゼミ生達とあたしが同じ結果を出したのであれば、オイラー理論の崩壊に、俄然真実味が増すってわけだ。くだんの教授はどう言ってんだ?

「現段階では報告していないわ。天才で可愛い私の結果は違ったんだし、いい加減なことは言えないの。哀川潤さんが達成しただけなら、チートな人類最強パワーで次元の壁を破ったんだろうって言えるんだけれど」

いい加減なことを言うな。次元の壁を破ったことなんて……、ないわけじゃないか。

「それ以前に、ゼミ生達も達成しているとなると、より深い考察が必要になる。ケーニヒスベルクの橋に取り組んでいるつもりだったのに、いつの間にか、巡回セールスマン問題に向き合っている気分よ。……予定よりも長居することになるかもね」

基本無料のはずだったのに、いつの間にか大金を費やしてしまっていたみたいな感じなのかね。あんまり嬉しそうじゃないな。昨日までなら、『予定よりも長居』なんて、ご褒美《ほうび》だっただろうに。

「天才で可愛い私は哀川潤さんと違って、難題にぶち当たったとき、わくわくするタイプじゃないので。問題があったら、問題だって思うのよ。……GPS記録アプリがちゃんと機能していればなー。電磁波って微妙。今も現在地表示、ふらふらにズレてるし……、どこの民家を遊泳しているのよ、天才で可愛い私達は」

圏外なわけでもないのにスマホがうまく使えないっていうのは、現代っ子には予想外の困難なのかね。しかし、マジモードのみよりちゃんも可愛いけれど、あんまり根を詰め過ぎても。

「そう言えば、ガリレオ・ガリレイは、ヴェネチアの大学で天文学を嗜《たしな》んでらしたそうですけれど――かの天才はどうだったのでしょうね？　定説たる天動説を覆す地動説を唱えたとき、果たしてどんな気持ちだったのでしょう」

「さあ。天才で可愛い私は、天才で骨のあるガリレオ・ガリレイじゃないから」

メイド長への応対が素《そ》っ気《け》ないな。さすがに自分でもどうかと思ったのか、みよりちゃんは、こう付け足した。

「天才で骨のあるガリレオ・ガリレイは、それこそメディチ家から重用されていたから、意外といけいけで怖い物知らずだったそうよ。単に先進的というだけでなく、彼には権力を味方につけるだけの如才なさもあったということね」

なるほどねえ。でなきゃ、あの時代の裁判を生き残れねーか。そしてその政治力は、みよりちゃんには欠けている資質でもあるのだろう――味方についてくれているのは、赤神家から半《なか》ば勘当されているお嬢様だもんな。だからこそみよりちゃんは、遅まきながら英語を覚えて、ケンブリッジで人脈作りに精を出しているのかもしれない……、だったら尚更《なおさら》、世話になっている教授に、半端《はんぱ》な報告ができるわけもなかろうぜ。

「哀川さん。水都の溺殺魔・アクアクアの追跡のほうの進展は、如何ですか？」

そんなみよりちゃんに気を利かせたらしい玲が、話題を変えた――が、変えた先が、まるで気が利いていない。技術云々《うんぬん》じゃなくて、このメイドに乗り物の運転は任せられねーな。どこに連れていかれるか、わかったもんじゃねえ。

「私も独自に調べてみたのですが、容疑者はまったく絞られていないようですね。やはり警察は、サンマルコ広場でのキス殺人と、リド島での女優殺しを、当然のように同一犯と見なしているようですが、それももしかすると、予断なのかもしれません。無関係ではなくとも、複数犯という線も――」

こいつにお留守番をさせておくのは危険だぜ。どんどん事件に首を突っ込んでやがる。調査の邪魔だと思っていたが、こうして目の届くところに置いておいたほうが良策かもしれない……、あたし達の把握していないところで、リド島のホテルの現場検証をおこないかねない。

「いえ、まだ立ち入り禁止でした。なので、お話だけうかがってきました、カラビニエリに」

既にアプローチ済みだったとは。カラビニエリと臆《おく》せずお近づきになってんじゃねえよ……、鴉の濡れ羽島から解放され過ぎだろ。そう言えば、あたしとみよりちゃんはヴェネチアは初めてだけれど、玲はどうなんだ？　アテンド、すっかり頼り切っちゃってるけれど、ヴェネチアに来たことはあるのか？

「何度かお付き合いで。でも、大昔ですよ。イリアお嬢様と共に、鴉の濡れ羽島に流されてからは、ご存知の通りの軟禁生活ですから」

あれを軟禁と言っていいのかね……、その頃から比べると、ヴェネチアも様変わりしたって感じなのか？

「いえ、町並みはほとんど、思い出通りですね。駅前に無印良品が出店していたことには驚きましたが。治安で言うと、昔は観光客をターゲットにした、いわゆるぼったくりのお店も多かったそうですけれど、今回予約してみた感触としては、その辺りはかなり改善された印象ですね――このゴンドラもリーズナブルな適正価格でした」

あたしが言うのもなんだけれど、お前の金銭感覚は信用できないな……、元々物価が高いのは、島だけに理の当然ってわけか。

「そうね。日本でも、小笠原諸島《おがさわらしょとう》とかだと、ジュースにとんでもない値段がついていたりするものね。運送費も込みだから」

小笠原諸島に行ったことあるの？

「海亀《うみがめ》のお寿司を食べたわ」

本土でもお高そうだな、その寿司は……。

「それがどうかしましたか？　私の古い記憶が、殺人事件の捜査に役立つとは思いませんが」

いや、殺人事件の捜査じゃなくて、橋の調査のほうに役立てようと思ったんだけれど……、サンタルチア駅の向こうのガラス製の橋ってのは、間違いなく最近できた橋なんだろうが、他にも、昔はなかった橋が架かってたりするのかなって。

「どこにどんな橋が架かっていたのかまでは、さすがに記憶していませんね。それに、橋の新旧は問わないのでは？」

そうなんだが、ちょっと引っかかってて。無数の橋をわたっているうちに、うまく言えないんだが……、まあ、みよりちゃんも同じ条件下でおこなっているんだから、橋の総数が重要なわけじゃないって、わかってはいるさ。

「殺人事件へのコメントもいただけますか？　その調子で、名調子で」

食い下がるね。その熱意に頭が下がるぜ。軸本・『謎は数学で間に合ってる』・みよりちゃんは地図に熱中しているみたいだし、そっちの話題に合わせてやってもいいんだが……、言うべきことは、特にないんだよな。あのあと、久し振りにユーロポールに連絡を取ってみたけれど、生憎、うまく繋がらなかったし。しばらく呼び出しを既読スルーしている間に、向こうから着拒されたのかもしれない……、女子高生みたいなやり取りだぜ。あのおっさんには散々、電話以前に迷惑をかけたもんなあ、非行少女時代。元気にしてりゃいいんだけれど、サンヴェローゼ警部。今はもっと階級上がってるかな？

「結果は違っても、哀川さんや軸本さんが一日足らずでルート検証できたように、入り組んではいますけれど、ヴェネチアの町そのものはそんなに広くはありませんからね。犯人が警察の目をかわして隠れられる場所があるとは思えません……」

そうだな。ヴェネチア本島が、五平方キロメートルくらいなんだっけ？　警察の目はもちろん、年間のべ数千万人に至る観光客の目もあるわけだし、長期的な潜伏には向かないよな……、短期的な尾行とかならまだしも。

「短期的な尾行？　とは？」

気のせいのことだよ。だから気にするな。

「『どろぼうの神さま』では、子供達は潰れた映画館を隠れ家にしていたわ」

話を聞いていないわけではないようで、みよりちゃんがそんなことを言った。独《ひと》り言《ごと》みたいな口調で、で、上の空って感じだが――ふうむ。たぶんどこかにそのたぐいの、盲点となる場所があるんだろうが……、それとも案外、堂々とホテルに泊まっていたりするのかな？　犯行が大胆なんだから、アジトも大胆って読みは、信憑性が高いぜ。

「GPSは精密には作動しないにせよ、ヴェネチアにも近代化の波は押し寄せていて、あっちこっちに防犯カメラが設置されているというのに、犯人の姿を捉《とら》えられていないなんて、おかしな話ですよね。アクアクアは透明人間なのかしら？　水だけに、透き通っていて」

カナル・グランデはまったく透き通ってねえけどな。底が見えねえ、この小運河も。……ああ。お前を喜ばせたくはないが、ひとつ思いついちまった。

「なんですか。喜ばせてくださいよ」

勿体《もったい》つけるほどの着想でもなかったので、あたしはさらっと言った――教会だよ。

「教会？　教会の、懺悔室《ざんげしつ》という意味ですか？」

違って、もっと広義の教会そのもの。ほら、たとえば……、昨日三人でカフェラテを聞こし召したあと、その流れでサンマルコ寺院に這入ったじゃん。

「ええ。子供の頃も、いつも外から眺《なが》めるばかりだったので、中に初めて這入れて、実は嬉しかったのです」

そういう可愛いことをその場で言ってくれりゃ、お前の好感度も上がるんだがな。

「壁も天井も隈無《くまな》く金色で、私、金閣寺の中に這入ったときのことを思い出しました」

可愛くねえこと言ってるな……、あの寺は普通、這入っちゃ駄目なところだろ。

「空港の名前にもなっているマルコ・ポーロが、日本を黄金の国と評したのは、サンマルコ寺院を念頭においてのことだったのでしょうね、きっと。私は赤神家の者ですから、哀川さんと同じく赤も好きですけれど、金も好きです。祈りの場なので当たり前ですけれど、記念撮影ができなかったのが、残念なくらいでした」

金閣寺の中に這入った奴がそんな殊勝《しゅしょう》なことを言ってもな――でも、それだよ。記念撮影、つまり、写真撮影の禁止。サンマルコ寺院みたいにはっきり禁止されてなくっても、信仰の対象となる場所じゃ、撮影って憚《はばか》られるだろ。ネガポジ反転で裏を返せば、駆け込み寺じゃなくっても、後ろ暗いところのある奴が、この現代社会でも、カメラを気にせずに振る舞える場所なんじゃねーのか？

「なるほど。盲点、ですね。逆転の発想です」

「ネガポジ反転って言われても、デジカメ世代の天才で可愛い私には、ぴんと来ないけれど……、リド島のほうは？　あっちでは、もろに映画の撮影がおこなわれていたんでしょ？　ディストピアの様相を呈《てい》する監視社会よりもカメラだらけだったんじゃ」

ロケの最中はそうだったかもしれないけれど、映画の撮影なんて、秘密厳守で進められるもんだろ？　厳戒態勢で貸し切ってたリゾートホテルの防犯カメラを、オールオフにしていたとしてもおかしかねーだろ。たとえファンでも、女優さんの写真を勝手に撮っちゃ駄目なんだろうし。

「さすが哀川さんですね。目のつけどころが違います、素晴らしい」

あたしの思いつきを、息をつく暇もなく玲が絶賛してくれたが（だから嫌なんだ）、

「机上の空論ね。理屈と実践がすれ違う好例を、こんなにもわかりやすく示してもらえるとは意外だったわ」

と、みよりちゃんは辛辣《しんらつ》だった。

「写真撮影禁止のマナーなんて、どれだけ口を酸っぱくして言っても、観光客は無視して撮るわよ。旅の恥はかき捨て。女優のファンだって、全員が盗み撮りをしないわけじゃないでしょ。もちろん、そんなマナー違反者は少数派よ？　でも、全体の人数が多くなれば多くなるほど、少数派の数も増大する。天才で可愛い私が犯人なら、そんな危ない賭《か》けはしないわ。ヴェネチアにとどまらず、普通に、本土のほうまで逃げるんじゃないかしら」

仰る通り、言葉もねえよ。そうだよな、ヴェネチアにこだわる特段の理由がない限り、いっそ国外逃

亡でもしたほうが賢いか。でも、あんまり賢そうな感じはしねーよな、この犯人。馬鹿とか愚劣とかって意味じゃないけれど、犯行を隠蔽《いんぺい》しようという努力は、そんなにしていない。

「そうですね。完全犯罪を目論《もくろ》む知能犯ではありませんね」

「法律は理解しているけれど、自分のほうが正しいと思っているから、隠す必要を、心からは感じていない……」

またも独白めいた、みよりちゃんのプロファイリング。本来の意味での確信犯って奴か。警察に逮捕されたら逮捕されたで、悪いと思っていなくとも、反省していると謝れてしまうタイプの犯罪者。ならば、本島とリド島における、二種類の変てこな殺しかたが、アリバイトリックや密室トリックに、密接にかかわっているというようなこともないのだろう。

「確信犯……、でも、確信はないのかもしれないわ、ひょっとしたら。天才で可愛い私は、どちらの事件からも、むしろ試していい、いるような印象を受けるもの」

試している？

「今、天才で可愛い私が、ケーニヒスベルクの橋を検証するために、こうして試行錯誤しているから、そう思っちゃうだけかしら……、危ない傾向よね、心理学者が犯罪者に自身を投影するなんて。ミイラ取りがミイラとはこのことだわ」

確かに危うい。見ていて、ちょっと心配になってしまう……、みよりちゃんは謝らなくていいと言ってくれたけれど、やっぱ幾許《いくばく》かの責任は感じちまうな。単にあたしが道に迷っただけかもしれねーのに、友達を迷走させちまうのは本意じゃねえ。何かしてやりたくなる、切実に。償わせてほしいと思う。

「ヴェネチアから逃亡されてしまっていては、私達には追いようがありませんけれど、その前段階……、本島やリド島、つまり事件現場から離れたという想定をしたなら、アクアクアはどの島に行ったと思います？」

猟奇殺人事件と同じくらい追い詰められた天才を見ることも好む、悪魔の笑顔のメイド長からの、容赦のない質問には、あたしが代わりに答えておいた——交通の便を考えないのであれば、それこそ廃墟《はいきょ》のある無人島とかじゃねーの？　ヴェネチアにはそんなもん、ごろごろしてるだろ。ぎりぎり本島との行き来を考えるなら、ヴェネチア発祥の地である、トルチェッロ島かな。

「そうね。今はその島、住人が十数名だっていうものね。アクアクアにとっては狙いどころかも。リド島は断じてヴェネチアじゃないけれど、トルチェッロ島をヴェネチアじゃないとは、さしもの天才で可愛い私でも、言えないものね。反対に、よっぽどの変わり者じゃない限り、観光客が押し寄せるムラーノ島には潜まないでしょうね」

うんうん。

2

というわけで、十分後、あたしの操舵するゴンドラはヴェネチア本島から、ムラーノ島に舳先《へさき》を向けていた。小運河を抜けて、大海原に打って出る——さあ航海の始まりだ。

「え？　ちょっと待って、ちょっと待って、なんでなんでなんで？　まだ運河の探索、ぜんぜん、半分も終わってないのに——終わっていたとしても、ゴンドラで大海原に打って出ていいわけないでしょ？」

大海原っていうのは冗談だよ。ムラーノ島までのルートも、まだラグーンのうちだ。波は思いっきり荒いけれど。

「波が思いっきり荒かったら大海原よ！　班田玲さん、このいかれたゴンドリエーラの暴挙を止め——そうもないわね、あなたは！　いい顔しやがって！　なんでナビに従ってくれないの、次はドルソドゥーロ地区に行ってって言ったのに！　指揮は天才で可愛い私が執る約束でしょ⁉」

電磁波の乱れがナビ情報の伝達を妨げたんじゃねーか？　立ち上がるなよ、ゴンドラから落ちるぜ。縁《へり》にしがみついとけ。いいじゃん、言ってただろ？　みよりちゃん、ヴェネチアを観光するなら、ムラーノ島へ行きたいって。

「そ、それはオフ日である明日のスケジュールで……、そもそも、もう、天才で可愛い私は、休日返上でフィールドワークに取り組むつもりだったし——とてもじゃないけれど、観光気分なんてなくなっちゃったし」

それが見てとれたから、こうして無理にでも、みよりちゃんに休んでもらおうとしてんじゃねーか。無限の体力がある若いうちにはわからないかもしれないけれど、人間、休むのも仕事だぜ。

「休暇中に万里の長城を踏破しようとしていた、無謀の体力のあなたに言われたくはないし、死出の船旅に出るのは仕事のうちじゃない！　黒光りする素敵なゴンドラが、三途《さんず》の川《かわ》の渡し船に見えてきたわ！　どこに連れて行くかわかったもんじゃないのはあなたじゃないの！」

ムラーノ島だってば。ヴェネチアングラスの生産地。せめてものお詫《わ》びに。

「だから謝らなくていいって言ったのに！　あなたが責任を感じると、ロクなことをしないんだから！　償おうとしないで、あなたが何をやっても罪に罪を重ねるだけなのに！」

息抜きも大切だ。

「息もできなくなる！　う、うわあ、ゴンドラの中にがんがん水が入ってくる、柄杓《ひしゃく》で汲《く》まれているかのように！　船幽霊がいる、イタリア共和国に！　海面が近いとこんなに怖いとは！　傾いている通りに船体が転覆しそう！　哀川潤さんはなんで立っていられるの⁉　そ、底の抜けた柄杓はどこ⁉」

積んでねーよ、そんなの。救命ベストさえ積んでねーのに。みよりちゃん、しかめっつらして地図と向かい合ってねーで、顔を起こし、雄大な風景に目をやって、抱えている悩みのちっぽけさに気付こうぜ。

「大きな失敗だった、旅に火種を抱えてきたのは！　ヴェネチアより先に、天才で可愛い私が沈んでしまう！　地図じゃなくて海図が必要だった！　なりたくない、海の藻屑《もくず》に！　アクア・アルタに遭遇していないのにこんな目に遭うなんて！　今すぐモーゼ計画を再スタートしよう！　わかったわかった、謝る！　天才で可愛い私が謝る！　可愛くない態度をとってごめんなさい、愚かで可愛くない私でした！　リド島の、ヴェネチアのリド島の、素晴らしいリド島の魅惑的なビーチで泳ぐから！　たとえ流氷で満ち満ちていても、大胆なビキニで泳ぐから！　飛行機で行こう、飛行機で！　だから、お願いだからムラーノ島へは行かないで、嫌な予感がするの！　水都の溺殺魔はきっとそこにいるんだわ、心理学の権威のプロファイリングなんだから間違いない！」

　玲、ミュージックを頼む、歌いたい気分だ。カンツォーネでなくてもいいから、とびっきり陽気なのをリクエストするぜ。

■■

「聞いた話によると、ガラスとは液体であるらしい。にわかには信じられない、あの固くて丈夫な材質の、どこが液体なのだ？　しかし、他ならぬヴェネチアングラスの販売店で聞いた話なのだから、疑うわけにはいかない。専門家の教えには、恭しく耳を傾けるべきだ。ぼくが次なる検証をおこなえるのは、すべてあの店員のお陰である。感謝してもしきれない。ぼくの自伝は、あの店員にも捧げよう。

「金魚鉢。わざわざ遠くアメリカ大陸から、ぼくの疑問を解消するために渡航してきてくれたあの女優のための、あの金魚鉢を購入したときには、それがヴェネチアングラスであることに、深い意味があったわけではない。単に金魚鉢のサイズが、彼女の頭にぴったりだったただけだ。血液で満たせる器。血液で溺れるための器――だが、その器自体が液体だったというのであれば、血液で満たす必要はなかったのではないか？

「ガラスそのものに――ヴェネチアングラスそのものに溺れることだってできたはずだ、ひいては、溺死することも。あるいは、羊水が特別な液体であるよう、ガラスもまた、特別な液体であるのなら、その中にどぼんと沈められても、生き続けることができるのかもしれない。琥珀《こはく》に閉じ込められた羽虫のように。

「試さねば。思いついてしまった以上。

「理想的なことを言えば、どろどろに溶かしたガラスをバスタブか何かにたっぷりと溜めて、そこに協力者の全身を浸けられたら望ましい。それができたらどんなにいいか――だが、ガラス工房をいくつか見学した結果、それだけの物量に相当するガラスを用意するのは、どうやら簡単ではなさそうだ。ヴェネチアングラスの製法は、観光客向けに公開されつつも、肝心なところは現代でも謎に包まれたままなので、その辺は推測するしかないのだが……、あちこちのお店でヴェネチアングラス製のインテリアを購入しまくって、バスタブにがんがん放り込み、ガスバーナーで焼いたとしても、ぼくが思うような水質にはならないんじゃないだろうか？　それこそ、ユーロを湯水のように使わねばならないだろうし（新婚カップルや女優からの寄付金は、そろそろ底をつきそうだ――ぼくは出費を惜しまない）、追い焚《おだ》きを続けないと、すぐにガラスは固まってしまいそうだ。『温泉』じゃあ駄目なのだ。『熱海《あたみ》』でないと。

「そもそも、そんな熱々のガラスをプールできるバスタブがどこにある？　古代ローマにはカラカラ浴場というレクリエーション施設があったらしいが、さすがに鉄製のバスタブは常設されていなかっただろう。

「予算に合わせて企画を縮小せざるを得ない。忸怩《じくじ》たる思いはあるけれど、理想ばかり追っていても、夢は叶わないのだ。夢を叶えるという行為は、極めて現実的であることを牢記《ろうき》しなくてはならない。特にぼくのような凡人は。大の虫を生かすために小の虫を殺すのだ、たとえ貴重な、琥珀に閉じ込められた羽虫であっても。

「それに、意外と嫌いじゃないのだ。あーでもないこーでもないと、企画を練り直すのは——低予算でもいい映画は撮れる。どうすれば志を失うことなく、検証を成し遂げられるか？　ガラスでどう溺れる？　問い続けよう。……面白がっているわけではない。一番忘れちゃあならないのは、すべてはぼくの妻の弔《とむら》いだということだ。

「ぼくの妻ならガラスでどう溺れる？　限られた予算の範囲内で」

■■

第六章　ムラーノ島

1

日本で水の都と言えば、堺《さかい》のことを言う。ヴェネチアも、必ずしも水没しそうだからという理由だけで水都の名をほしいままにしているわけではなく、海運事業で一世を風靡《ふうび》したからこそ獲得した令名であることを思えば、大阪府《おおさかふ》というのは極めて適切な選考ではあるのだけれど、しかしムラーノ島に限って言えば、長崎県にだって一考の余地がある。オランダ坂があるからじゃなくって、なんたって、びいどろの産地だからな——いや、びいどろもオランダ由来なんだっけ？　ともあれ、哀川潤海運のゴンドラは転覆することなく、無事にイタリアの長崎県、ムラーノ島に接岸した。まあ昔はみんなこうして渡航していたわけだし、大騒ぎするようなことじゃねえ。やいのやいの言っていたみよりちゃんも、念願のヴェネチアングラスの産地に到着してしまえば、いっそ調査に諦めもついたようで（単にほっとしたのか）、きらめくガラスの商店街へ向けて駆けだしていった。船酔いで吐《は》きに行っただけかもしれんが……、来てしまった以上、帰りもゴンドラだってことをわかってんのかね、あの子は？　団体行動なんだから、自分だけヴァポレットで帰ろうなんて協調性のない姿勢は、先生は許しません。ただまあ、協調性と言うなら、あたしにとってあまねくガラスはインテリアじゃなく、叩《たた》き割《わ》るためにある瓦《かわら》なので（瓦も本来、叩き割るためにはないが）、あんまり近付かないほうが身のためならぬ店のためだ。なので、みよりちゃんがウインドウショッピングで目の保養をしている間、あたしはムラーノ島をぶらぶら散策することにした——ウインドウもヴェネチアングラスなのかね、ここは？　本島同様、この島も自動車は禁止されている。みよりちゃんのご機嫌も直るわけだ——ちなみに自転車も禁止だ。ここまで何かとオランダとの共通点を挙げてきたが、そこは大きな違いなのかもな。シェアライドが定着して以来、ヨーロッパ各国は昔懐かしい中国の朝の風景かってくらい、自転車が幅を利かせている。事実、あたしみたいなマッスルカー使いは、がんがん幅寄せされている気分だ。飛び恥同様、環境にはいいんだろうが、自転車ってのは、破壊魔のあたしにゃどうも向いてねえ乗り物だな。

「ムラーノ島には、以前来たことがあるつもりでしたが、勘違いだったようです。私が幼少期に訪れたのは、レース編みの島、ブラーノ島でした」

なんてことだ、玲があたしのほうについてきた。財布役なんだから、買い物するほうについていけよ。

「ご心配なく。軸本さんには五百ユーロ紙幣を五百枚渡してありますので」

五百ユーロ札って、今、ヨーロッパで受け取ってもらえるのか？　偽札じゃなくても受け取ってもらえないんじゃねーの？　……みよりちゃんが暮らしているイギリスじゃあ、紙幣って、ポリマー製になったんだっけ。

「そうですね。ですから、紙幣ではなくポリマー幣ですね。私はこれまで、日本のお金が一番綺麗だと思っていましたが、最近いらした海外からのゲストに実物を見せていただいたところ、ポリマーのつるつるさには、さすがに一目置かざるを得ません――まあまあ、日本のお金が本当に綺麗かどうかは、諸外国でも判断がわかれるところでしょうが」

風刺を利かすな、政治の責任の一端を握ってるのはてめーらだろうが。あたしなんかは、くしゃっと丸められねーから、ポリマー製は苦手だけどな。逆にドル紙幣って、汚れやすい反面、くしゃくしゃになっても破れにくいという特性を持つらしい。何事も一長一短だよな。

「渋沢栄一《しぶさわえいいち》が紙幣かポリマー幣か、注目しています」

たぶんネットで検索すればわかるだろ。

「新紙幣の肖像から文学者がいなくなったという事実が、出版不況を如実に表していますよね。夏目漱《なつめそう》石《せき》も樋口一葉《ひぐちいちよう》もお役御免になって、あとはもう、紫式部《むらさきしきぶ》が残るだけですか」

二千円札が残ってねえんだよ。電子マネーに移行しろ。

「財布を持ち歩かない哀川さんに言われましても……」

まー、ついてくるのは財布の勝手だけれど、本当にただ、その辺を散歩するだけだぞ。お前も午後はオフ日にして、鴉の濡れ羽島に飾るシャンデリアでも買って来いよ。

「そうですね。たまには貧者の一灯もいいかもしれません」

お前がヴェネチアングラスで殺されろ。広場で処刑されろ。

「広場だらけですものね、ヴェネチアア。その辺を散歩と言いつつ、哀川さん、なんとなーく一筆書きをしようとしていません？　ムラーノ島の、運河と橋を」

ん？　そうかな？　気付かなかったけれど、そう言えば。くくく、ワーカホリックはあたしのほうか。みよりちゃんのことは言えねーや。歳は取っても、なかなか大人にはなれないもんだね。

「あなたは今でも、初めて会った頃の非行少女のままですよ」

いい感じの台詞だが、その頃会ってねーだろ、お前。お前は変わったんだか変わってねーんだか……、まあ昔だったら、もっと積極的に、水都の溺殺魔にウザ絡みしてるよな。

「うふふ。わかりませんよ？　意外や意外、このムラーノ島が犯人のアジトなのかも」

みよりちゃんも波に揉まれながら、苦し紛《くるまぎ》れにそんなことを言っていたな。観光客が多いから避けるはずって読みは常識的だったが、そんな常識が通じる犯人ならば、そもそも世界有数の観光地であるヴェネチアで事件を起こすはずもないか。

「哀川さんは撮影禁止の教会に、アクアクアは潜伏しているんじゃないかと仰っていましたけれど」

仰っていて、みよりちゃんににべもなく却下されたな。木で鼻をくくるような物言いとはあのことだった。

「だとしたら、候補は教会には限りませんよね。ほら、美術館でも、撮影禁止のエリアはあったりするじゃないですか」

そっか。イタリアは教会と同じくらい美術館があるんだったたな。つーか、教会がほとんど美術館みたいだったりもするんだが。

「お勧めはカ・レッツォーニコのヴェネチア十八世紀博物館ですよ。アントニオ・コッラディーニ作の胸像があります」

ヴェールドレディの話はよそでやってただろ。そう言えば、お前がコンコルドで来たせいで観光できなかったミラノのドゥオーモには、全身の生皮を剝《は》がれた聖人の像があるらしいぜ。

「ふはああ。対極的ですが、どちらも天才の技巧ですね」

腹の底から感嘆してねーで、急な呼び出しにもかかわらず、地球の裏側から押っ取り刀で駆けつけたのに、責任を押しつけられたことに怒れよ。

「私は責任者ですから。私の手の届くところで起こることの、すべての責任は私にあります」

メイド長の責任が重過ぎるだろ。責任者という称号が、めっちゃ格好良くなってる。

「責任者が格好いいのは当たり前では？」

仰る通り。トラブルの貧乏籤《びんぼうくじ》を引いた責任者はダサいみたいな風潮はよくねーよな。あたしもいつか負ってみたいもんだよ、その責任って奴を。

「だから、哀川さんが責任を感じると、依頼人を死出の船旅に誘拐したりするから、感じないほうがいいんですって」

請負人なのに負っちゃ駄目とは、言われたもんだぜ。

「『ニュルンベルクのマイスタージンガー』のリヒャルト・ワーグナーが亡くなった世界最古のカジノ

も、調べたわけではありませんが、まず撮影禁止でしょう」

カジノにはイカサマ防止用の天井カメラがあるんじゃねーの？　それに、歌劇王がゲーミングの最中に亡くなったみたいな言いかたになってるぞ。サン・ミケーレ島に墓、あるのかな、ワーグナー？　ストラディバリの墓の隣に。

「サン・ミケーレ島にあるのは、ストラディバリのお墓じゃなくって、ストラヴィンスキーのお墓ですよ」

教養があるね、天才が集まる島のメイド長は。広大な墓地であるサン・ミケーレ島は、思えば教会よりも、犯人の潜みどころって気もするが――もしもアクアクアが意表をついて、このムラーノ島にこそ隠れていたとしても、隠れているんだからこそ、逆説的に安全なんじゃねーの？　お前にはつまらないことに。

「失礼しちゃいますね、安全がつまらないと感じるのは哀川さんのほうでしょう。なるほど、確かに犯人が隠れず、おおっぴらに行動していたら、危険ですが。……ただ、それも常識の範囲内と言いますか、理屈で言えばそうだって意味でしかありませんよね。逆説もまた、説ですから」

なんだよ、またケーニヒスベルクの橋か？　その場合の、理論と実際との違いはなんだ？

「これは数学じゃなくて推理小説のリアリティですよ。私のようなマニアが、一番興ざめする突っ込みです」

お前は推理小説マニアじゃなくて世にもおぞましい殺人マニアだろ。哀川潤の達人でもねえ。

「こんなトリックは現実には成り立たないとか、人をひとり殺すためにここまではしないとか、こういう理由で人は人を殺さないとか、これじゃあ犯人はもっと昔に逮捕されてるとか。面白い推理小説であるほど、プロットが現実と乖離《かいり》していく——あくまで私に言わせればですけれど、『隠れ続けること』なんて、無理だと思うんですよ」

そりゃそうだ。国家警察が動いているとなれば、無粋な突っ込み通り、遠からず捕まるだろ。外国人が殺されている時点で、国際問題になりかねないし。

「じゃなくって。追われているからこそ、『今は隠れていたほうが得策だ』って、仮にアクアクアが、常識に基づいた判断を、賢明にも下せたとして——人を殺すような人間は、その判断に従えないと思うんですよね」

………………。

「そんな自制心があるのなら、最初から人殺しなんてしませんってば。私達は——失礼、許されざる人殺し達は、我慢ができないから人を殺すんです。怒っているからでも恨んでいるからでも、まして楽しいからでもありません。人を殺すために、努力はできるけれど、我慢はできないんです。我慢できずについ殺しちゃったあと、『なんで殺したんだっけ？』と不思議に思います。その疑問を解消するためにだったら、また殺しちゃうのかも」

素直に殺人衝動とか、そんな言葉を使ってくれたほうがよっぽどすっきりすることを、ざっくばらんに語る玲に、なんと言い返したものかうっかり考えてしまったあたしだが、答が導き出される前に、

「きゃあああああああああああ！」

という、既に遠く離れたガラス商店街のほうから、しかし耳をつんざく勢いで聞こえてきたみよりちゃんの悲鳴に、そんな思考は中断された——おや、天才少女に何かあったのかな？　まあ乗りかかった船だし、このままムラーノ島は一筆書きできるのかどうかを、あたしは検証してみるか。何があったのかは、あとで聞こう。

「哀川さん、哀川さん。いけませんよ。連れの悲鳴が聞こえたんだから、助けにいかないと」

ん？　助けに？　助けにって？　ああそっか、ピンチなのか。悲鳴とか上げたことがねーからわかんなかったわ。ヴェネチアングラスの値札でも見たのかと思った……、ほんじゃあ折り返すか。走ったほうがいいのかな？

2

溺殺の殺人犯の第三の事件、四人目の被害者は、ガラス職人だった。ヴェネチアングラスの製法を守るために、かつて職人はこのムラーノ島から外に出ることを許されず、禁を破った者には過酷な罰が与えられたそうだけれど、しかしそんな逃亡職人でさえここまでの目には遭わされなかっただろうという、それは凄惨《せいさん》な死にざまだった。日本には煮え湯を飲まされるという慣用句がある——アクアクアがそれを知っているかどうかはともかく、やったことはそれと同じである。ただ、煮えていたのがお湯ではなくガラスだったという違いはあるにせよ。

「どろどろに溶かした液状のガラスを――飲ませたってことだったんですか？　あれは」

駆けつけたガラス店の工房で、へたり込むみよりちゃんを保護し、肩に抱えて、とりあえずあたし達は、安全地帯まで避難した――できれば現場検証って奴をしたかったところだが、観光客による撮影会が始まってしまったので。あたしはともかく、若くして学会の権威であるみよりちゃんや、お嬢さまのお付きであるメイド長の写真が世の中に出回っては困るのだ。通報は、撮影班の誰かがしてくれるだろう。

「液状のガラス、と言っていいのかどうか。ガラスは物理的には流体――液体だから」

それこそ物理的にも、殺人現場から距離を取ったことで、みよりちゃんも落ち着いたようで、第一発見者として、玲の疑問に答える。

「でも、熱々に熱せられていたのは間違いない。水死じゃあ、絶対にない。熱死――火死というべきかしら」

あるいは溺死かよ。なるほど、我慢が利いてねえ。閃《ひらめ》いたアイディアを、我慢できずに試しちゃった、って感じだぜ――火傷《やけど》どころか、頭部が内側から焼《や》け焦《こ》げていたじゃねえか。喉元過ぎても、熱さを忘れられそうにない。と言うより、喉元を過ぎていない。冷えたガラスは、食道や気管を塞《ふさ》ぐ栓みたいな形で固まっていた。のみならず、上半身の熱傷の隅々まで透明なガラスが行き渡っている。空襲で絨毯《じゅうたん》爆撃の被害を受けたら、人間、こんな風にガラスと一体化するんじゃないかというような有様だ。ガラス職人だからって、まるでこんなの、本意ではあるまい。ただ、こうも愚かな火遊び、もとい、水遊びをすれば、施行者である犯人のほうだって、ただじゃ済まなかっただろうに……、努力はできても我慢ができない、か。

「世界は優秀な職人をひとり失いましたね」

悼むように玲が言った――いや、本当に、心から悼んでいるのだ。奇妙奇天烈《きてれつ》な言動の目立つメイド長ではあるが、才能への敬意だけは、常に持ち続けている。

「今はもう、ムラーノ島に閉じ込められているわけではないでしょうけれど、それでも当然ながら、現地人であることは確かでしょう――ルールが乱れましたね。アクアクアは外国人ばかりを狙っているわけではなさそうです」

確かに、ガラス職人はフランス人の観光客カップルでも、海外ロケのアメリカ人女優でもなかろう。たとえ外国人労働者だったとしても、ワーキングビザで滞在中、みたいな感じとは思えない。犯人は多様性を重んじる、ダイバーシティの申し子みてーな奴なのかな。若いカップルや華やかな美女に強いルサンチマンを抱いているという人間らしい可能性のほうも、これでさっぱり途絶えたと思っていい――地域に根差した骨太の職人を狙ったというのであれば。むしろ、ガラスで殺すためにガラスのプロを狙ったという、目的と手段の逆転を思わせる。アクアクアにとっては、本末転倒などしておらず、それが正しい目的と手段のありようなのだとしても。

「アクアクアが、殺しかたで殺す相手を選んでいるのだとして――もしも、キスをさせて溺れさせるためにカップルを選定したのだとすれば、女優さんを選定したのにも、主客がひっくり返った理由があるんでしょうか？」

それは今のところわからない。ただまあ、あるんだろう。たとえアクアクアがダイバーシティの申し子でも、一連の事件は無差別殺人とは言えまい。はっきりとした、ぶれない軸はある——溺殺。溺殺、あるいは、そう、溺愛《できあい》。まるで何かを愛するように、人を溺れさせて——何を愛しているんだ？　犯人は誰を——

「自分へのお土産を買おうかと思ったんだけど、店に誰もいなくって——個人経営の小さなお店だったから、物音はするし、奥で作業中かなと思って、導かれるように工房のほうへ這入っていったら、あんな惨状で」

自分へのお土産という概念が意味不明ではあるが、そういった経緯で、みよりちゃんは第一発見者になったようだ——紙一重とも言える。タイミング次第では、工房で犯人と鉢合わせしていたかもしれないのだから。

「あー、もう……、最悪……、服に匂《にお》い、ついちゃった……、新しいの買ってもらわないと——」

怖がるより匂いを気にしている辺り、みよりちゃんも一筋縄じゃいかない。まあ、殺人死体を見るのはこれが初めてってわけじゃないんだろう……、身寄りがないということ以外、生まれと育ちをこと細かに聞いたことがあるわけじゃないけれど、凪《なぎ》の人生を歩んできた十九歳とは思えない。

「女優さんを殺した手口もそうだったけれど、まるで拷問ね」

煮え湯だったら拷問だが、ガラスだったら残虐な死刑だよ。まだしも、尖《とが》ったガラスを飲まされるほうがマシなんじゃねーの？　あたしは尖ったガラスしか飲んだことがねーから、溶けたガラスと単純に比べることはできないが。

「尖ったガラスを飲んだことがあるの？」

旨《うま》い吟醸酒をがぶがぶと飲んだときにがぶがぶと……、まあその話はいいわ。みよりちゃん、確認だけれど、犯人の姿は見てないでいいんだよな？

「ええ。……少なくとも、天才で可愛い私は気付かなかったわ。もしかしたら、工房のどこか物陰にでも、潜んでいたのかもしれないけれど。まさか本当に、ムラーノ島にいるなんてね。しかも潜んでじゃなく、堂々と第三の事件を起こしたりして……」

そうだな。潜んでいるつもりだったのに、ついやっちゃったってイメージも強いけれど、犯人がいるとわかってれば、絶対に来ていないよな、この島には。

「天才で可愛い私は、来たくて来たわけじゃない……、今日に限っては。まったく、退屈しないわ、ツーリズム人類最強は」

そんなけったいな旅行会社は経営してねえよ。哀川潤海運だ。あたしのせいみたいに言われてもなあ

——おい責任者、何か言うことはあるか？

「そうですね。責任者が思いますに、犯人はもう、この島にはいないでしょうね。ガラス工房が撮影可能な美術館みたいになっちゃってましたし、これはどんな権力でも隠蔽できないでしょう。新婚カップ

ル殺しは濁った水の底でおこなわれましたし、女優殺しは、関係者以外立入禁止のホテル内での犯行でしたから、まだしも官公庁、もとい観光庁にも隠しようがあったでしょうが――この拡散で、いよいよ本格的な騒動になるんじゃないでしょうか」

ほうぼうに拡散するのは職人の死体の写真よりも、観光客のほうじゃねーの？　騒動になるんじゃなくて、閑散とするかもな、このヴェネチアが――だったらいっそ、観光客に紛れて犯人に逃げられないようにヴェネチア全体を閉鎖するって考える奴が、現れないことを祈るばかりだぜ。

「リベルタ橋を封鎖すれば、事実上の『陸の孤島』化はできそうね。いい考えとは言えないけれど。その昔、政府はヴェネチアの島の中のひとつを、病人を隔離するために使っていたんでしょ？　負の歴史には違いないわ」

「私達はどうします？」

と、玲。

「封鎖云々はまだないにしても、逃げるなら今のうちでもあるでしょう。逃げるが勝ちと言いますし、幸い、我々はプライベートジェットで来ておりますので、帰りの便が満席で予約が取れず、逃げたくても逃げられないという心配はありませんよ」

返事がわかってて訊いてやがるな。つーか、『逃げる』だの『逃げたい』だの、逐一挑発的な言葉遣いだぜ、メイド長。

「天才で可愛い私は、このまま手ぶらでは帰れないわ。戦争ならともかく、殺人事件で怖《お》じ気《け》づくほど柔《やわ》ではないの。自分へのお土産も、結局、買えなかったし……、せめてもう一度、迷宮都市を巡って、自分なりの意見を持たないことには、ケンブリッジの門はくぐれないの」

手土産なしじゃくぐれないとは、一切の希望なしじゃ通れない門より厳格だぜ。ま、だとしたらあたしはクライアントの意向に従うまでさ。みよりちゃんがどうしても『殺人犯がいるかもしれないこんなところには一秒だっていられない！　天才で可愛い私は帰らせてもらうわ！』って言うなら、最悪の場合、たとえ橋が封鎖されても、ゴンドラで逃亡を図るって手もあったがな。

「最悪にもほどがある。無駄よ、哀川潤さん。天才で可愛い私だって馬鹿じゃない。あのゴンドラは、係留するときに底に穴を開けてきたわ、柄杓のように」

お前が犯人みたいなことをしやがってるな、船を沈めるとか。借り物だぞ。誰が弁償すると思ってんだ。

「哀川さんでないことは確かですね」

言うじゃねえか、パトロン。哀川潤は赤神財閥の提供でお送りします。本島の巡回ゴンドリエーラ問題が、まだ途中だってこと、忘れてんじゃねえだろうな。

「ところで——撮影会から荷物みたいにかついで避難させてもらったのは助かったけれど、落ち着いたところで、天才で可愛い私は、第一発見者として、カラビニエリに出頭したほうがいいのかしら？　天才で可愛い私こそが、現場から逃げ出した真犯人みたいな扱いになってそうで怖いわ」

あー、いいんじゃねーの、別に。何か訊きたいことがあったら、向こうのほうからアプローチしてくるだろ。善良なる市民として、捜査に協力したいのはやまやまだが、公式な手続きを踏んでいたら、すげー時間を取られそうだし――善良なる市民ではあっても、ヴェネチア市民じゃねーしな、あたし達。怖がらなくっても大丈夫、もしもみよりちゃんに疑いがかかるようなことがあったら、あたしと玲がアリバイを偽証してやるから。

「偽証となると、善良なる市民かどうかさえもはなはだ怪しくなるわね。そんなことを頼むつもりはないわ――殺人犯がいようと殺人鬼がいようと、天才で可愛い私の依頼は、ケーニヒスベルクの橋、その検証のみよ。言っておくけど、今日こうして遊んじゃった分、明日のオフ日はオフだからね、哀川潤さん」

オフ日がオフとは、新しい概念だぜ。いいよ、ワーカホリックは労働環境の改善は望まねえ。サン・ミケーレ島参りは、またの機会もあるだろう。メイド長もそれで構わないな？

「私はお仕えするだけです。セカンドカーならぬセカンドゴンドラも、すぐに手配いたしましょう」

「今度はちゃんとゴンドリエーレを雇って頂戴《ちょうだい》。天才で可愛い私に言わせれば、溶けたガラスを飲まされるより、哀川潤の操舵する船に乗るほうが、よっぽど凄惨な刑罰だわ」

その言葉、飲み込むなよ。たとえゴンドラを沈められようが、帰りのヴァポレットをあたしがジャックするって可能性は残されてるんだぞ？

「哀川さんのほうがよっぽど犯人みたいなことを言っていますよ――アクアクアが次なる殺人事件を起こすまでに、フィールドワークに進展があればいいですね」

次か。まあ、次がないとは思えないよな。アクアクアが、たとえまた潜水に入ったとしても、長持ちするとはとても思えない。

3

その後、島に大挙してやってきたカラビニエリと入れ違いになるように本島に戻ったあたし達は、脱線航海から本来のスケジューリングに復帰して、おニューのゴンドラにて運河を四方八方へと網羅した——余計な寄り道があったせいで幻想的な夜更けに至るまでの、長丁場の調査になったけれども、ムラーノ島での息抜きでリフレッシュできたのか、死体発見のショック療法が効いたのか、はたまた玲が雇ったゴンドリエーレがイケてたからか、みよりちゃんは最後までゲージ満タンで張り切っていて、ヴェネチアの橋の調査二日目はつつがなく終わったと言っていいだろう。もっともこのケースでは、つつがないという形容は、イレギュラーとなる新しい発見がまるでなかったという残念な意味でもある——ふと思う。水都の溺殺魔も、あたし達同様に、水の都で人を殺し続けることで、何らかの試行錯誤をしているのだとすれば——今回の殺しで、あちらさんには進展はあったのだろうか？『次』につながる進展が……、何がしたいんだか、どこを目的地に定めているのかさっぱりだが、カナル・グランデばりに底の見えない運河を、溺殺魔は最後まで泳ぎ切れる自信があるのだろうか。果てにあるのは、河口なのか、それとも火口なのか——

■■

「ムラーノ島での検証は大成功に終わった、と言いたい。そうでなければ尊い犠牲となってくれた熟練のガラス職人のかたに申し訳が立たないからだ。彼が浮かばれない。溺れたのだとすれば、浮かばれないのは当たり前ではあるにせよ。

「しばらくはおとなしくしておくつもりだった計画を臨機応変にも変更し、チャンスを逃さず行動したぼくに、彼は共感してくれたのだ。口に出して言われたわけではないけれど、そうでなければ、あれほどうまく物事が運ぶはずがない。無意識のところでは、ガラス職人はぼくの動機を、正しいと思ってくれたのだろう。ぼくを理解してくれたのだ。

「むろん、身も蓋《ふた》もないことを言ってしまえば、ガラスによる溺死の協力者が、ガラス職人である必要はなかった。誰でもよかったとまで割り切るのはさすがに極端であるにせよ、術式が終わってしまえば、その辺の観光客を捕まえても、結果は同じだったと思う。

「だが、ぼくは彼に協力してほしかった。彼のお手本なくして、ぼくのような素人が熱せられたガラスを扱えるはずもなかったのだから――大袈裟《おおげさ》でなく、先祖伝来で一子相伝の秘術を体現してもらった感謝を表すには、ベルトコンベア式の分業なんて、許されるはずもなかった。両腕に軽い火傷（あえてここは、水ぶくれと言うべきか）をするくらいで済んだのは、まぎれもなく彼のお陰だ。

「彼は陸上で溺れ死んだ。あるいはぼくの妻と同じように。

「これは決して比喩《ひゆ》じゃない、コップに汲んだ一杯の水を飲むだけでも、まかり間違って気管に入れば、溺れたときと同じ苦しみを、人は味わうことになる――ガラスを飲んだときのガラス職人のリアクションは、まさにそれだった。手足をバタつかせ、息継ぎをしようと必死だった。そりゃあ必ず死ぬのだから、必死にもなるだろう――ぼくも必死だった。死んでもいいくらいのつもりで、彼の身体を押さえ込んだ。その動作は、皮肉にも心臓マッサージに似ていたかもしれない……、水難者を救助したときのマニュアルである。

「彼は救われなかった。ぼくがその分助かった。

「なのでぼくは彼の職人技を褒《ほ》め称《たた》えたい、実験が成功したのだとすれば、このムラーノ島のそれに限って言えば、彼の手柄である。そう、成功したのだとすれば……。

「大成功に終わったと言いたい。けれど、そうは言えない要素が残ってしまった。そもそもぼくがこの島にやってきたのは、あの女との再会を避けるためだった。忌避するためだったと言ってもいい――あの女がヴェネチアを去るまで、我慢するつもりだった事実に変わりはない。我慢することを我慢できてしまったぼくの忍耐強さが、今回ばかりは裏目に出たのだ。

「幸運の女神（つまり、ぼくの妻）はぼくの味方なようで（当たり前だ）、あの女がぼくを追いかけて、名探偵かストーカーのようにガラスの島に来たのだとしても、先に気付いたのはぼくのほうだった――迷宮都市ではないムラーノ島には身を隠すような小径や路地裏はないが、脇目《わきめ》もふらず、一目散に逃げることくらいはできる。しかし本当にぎりぎりだった。ガラス職人がもうちょっと生命力に溢れていたら、ぼくは今頃、道半ばにして倒れていただろう。沈んでいた、と言うべきか。

「言うまでもなく決めつけだ、あの女がぼくを追跡して、ムラーノ島まで来たなんて。だってヴェネチア観光の定番コースである。本島を見回ったら、次いでムラーノ島に来るなんてのは。現実的には思い込みの激しいぼくが、自分の妄想に苦しめられているだけで、滑稽《こっけい》にもぼくは、なんでもないことに一喜一憂しているだけなのだ。

「が、裏を返せば、現実がどうであるにせよ、ぼくがそう思い、感じるというのであれば、その感覚のほうがぼくにとっては現実である。真実がどうであるかなんて関係ない。大成功にも心から喜べず、うまくいったにもかかわらず、なんだか失敗したみたいな気持ちにさせられるのは、うんざりだ。

「だから、もういちいち、ちらちらと見え隠れするあの女にどぎまぎしたり胸を撫で下ろしたりしている場合じゃない。こうなったら腹をくくろう。あちらがどういうつもりでも、こちらから打って出るのだ。先制攻撃である、冷や水を浴びせてやれ。

「いや、そんな敵対的な姿勢はぼくらしくない。ぼくは暴力は嫌いなのだ。肉体的な暴力も、精神的な暴力も、最低だと思う。だから敵として立ち向かうのではなく、協力者になってもらうのだ。協力者なら、たとえぼくが暴力を振るったとしても、許してくれるはずだし。ぼくの妻がぼくのすべてを許してくれていたように。

「今もぼくは贖罪《しょくざい》の最中だ。邪魔はさせない。あの女にも、絶対に水は差させない。

「ムラーノ島での動きを分析する限り、どうやらあの女は、常にふたりの取り巻き？　と一緒にいるわけではなさそうだし、次にひとりになったときがチャンスだ。ひとりにならないようなら、ひとりにする。孤立させる。ぼくの妻の謎の死の真相が明らかになりつつあり、検証が大詰めを迎えているがゆえに、ぼくが神経質になっているのは間違いないし、過敏に反応せず、無視するほうが得策だとわかっていても、ぼくは決してチャンスを逃さない。チャンスの神様には前髪しかないのだ、藁《わら》のようにつかめ。

■■

「我慢することを我慢する」

第七章　サン・ミケーレ島

1

　翌日、あたしは単身、つまりひとりで、サン・ミケーレ島を訪問していた。言いたいことはわかるぞ、十九歳の女の子に協調性がどうとか説いておいて、舌の根も乾かないうちに何を単独行動を取っているんだ、だろ？　サン・ミケーレ島に行くのは今回の旅程では諦めたんじゃ、かな？　しかし、これに限っては、哀川潤のお決まりな気まぐれってわけじゃねえ、ちゃんとした理由がある。オフ日がオフになるはずだった今朝、オテル・ダニエリ最上階レストランでの朝食の際に、ドクターストップならぬ、

「メイド・ストップです」

が、玲からかかったのだった――メイド・ストップって、昔よくあったメイド喫茶の店名みてーだけれど、おいおい、それこそ昨日は『お仕えするだけです』とか言ってた癖に、どういう手のひら返しだよ。

「自然現象には勝てないということですよ。今日はそこそこのアクア・アルタが起こるという予報が発

令されました。午前中に潮位百センチくらいまで、水位が上がるそうで――例年からすれば大したことはないと言いますか、くるぶしを洗う程度で実害はないのですが、町歩きはあまりお勧めできませんね。橋の検証なんて、水浴びにいくようなものです」

まともなことを言いやがる。昨日は殺人犯のおぞましくもだらしない心理について、滔々《とうとう》と語りやがった奴が。

「ちなみにアクア・アルタの水は、あまり衛生的ではありませんよ」

「天才で可愛い私は、アクア・アルタではしゃいで、水遊びなんてしないわ。泥遊びみたいなものだしね。……ま、気勢を削《そ》がれた感は否めないけれど、確かに、自然現象には勝てないわ」

あたしは勝ったことあるけどな。まー、指揮官とスポンサーがそう言うんであれば、異論はねーよ。

今日はオフ日にリスケのリスケ？

「哀川潤さんは休んでくれていいわ。天才で可愛い私は、部屋にこもって机上の頭脳労働に勤《いそ》しむことにする。そんなわけでおふたりさん、本日のハウスキーピングは諦めて。ターンダウンも」

「そのために私がいるのです。……と言いたいところですが、一度買い物に出てもよいでしょうか？手に入れたいものがあるのです」

おっと、あたし達に外出を禁じておいて、自分はショッピングかい？

「禁じたのは調査ですよ。外出はご自由に、個人の責任で。ストラーダ・ヌオーヴァあたりは海抜も比較的高めなので、安心してお買い物が楽しめますよ――私が欲しいのはコーヒーミルとミルククリーマーです。フローリアンのカフェラテに感銘を受けまして、私も挑戦してみようかと」

ショッピングじゃなくてクッキングかよ。メイド属性が骨髄に染《し》み込《こ》んでるな。

「哀川潤さんも、足下が悪いから部屋でおとなしくしているってタイプじゃないでしょう？　ヴァポレットは動いているはずだから、憧れのサン・ミケーレ島にでも行ってくれれば？」

憧れてはねーよ。頭脳労働に集中したいからって、みよりちゃん、あたしを部屋から体よく追い出そうとしてないか、しかもアクア・アルタの最中に。未必の故意を目論んでないかい？

「大丈夫。もしも哀川潤さんの身に万が一のことがあったら、天才で可愛い私が、ちゃんと埋葬してあげるから。地中の深く深く、煮えたぎるマグマのところまで深く」

さしもの水都の溺殺魔も、人間をマグマで溺れさせようって発想には至ってねーだろうよ、それじゃヴェネチアじゃなくてポンペイだしな——というわけで、あたしは高潮が発生し、噂に聞いていた仮設通路が設置されている最中、サン・ミケーレ島にまで渡航したのだった。参考までに言うと、単身、と言ったのは、トリオのうちあたしだけが来たという意味ではなく、サン・ミケーレ島で船を下りたのがあたし一名だったって意味である。島の内部にも、他に誰も見かけない——昨日のムラーノ島とはえらい違いだ。海が荒れているからとか悪天候だからってのももちろんあるのだろうし、またヴェネチア全体から、今、観光客が避難しつつあるという事情もあるにしても、まあみよりちゃんも仄《ほの》めかしていた通り、この島は観光地じゃあねえし、ましてリゾート地じゃあないからな。島の全体図に関しては、

「地図で確認してみたら、サン・ミケーレ島には運河も橋もないみたいね」

と、天才で可愛い私が、親切にも下調べしてくれていた。その手回しのよさは、なんとしてでもあたしをダニエリから追い出そうという執念さえ感じたが、まあ甘んじて受けよう。

「あら。サン・ミケーレ島も、写真撮影禁止みたいよ。まあ死者の安らかなる眠りを妨げちゃ駄目だものね。でも、哀川潤さんの説に従うと、ひょっとしたらその島こそが、アクアクアの本拠地だったりしてね。もしいたら、退治してきてよ」

そんな説にぜんぜん固執してるつもりはねーんだけれど。鬼ヶ島に行くみてーに送り出されてもな。

「撮影と言えば、自動車も自転車も禁止されているヴェネチアでは、今のところ、なぜか無線式撮影機、つまりドローンは禁止されていないそうよ」

それもガイドブックに書いていていたのか？

「いいえ、『スパイダーマン　ファー・フロム・ホーム』のパンフレットに、そうやって撮影したんだと書いてあったわ。天才で可愛い私は、字幕吹替字幕字幕吹替で五回見た。英語の勉強のために」

天才の割に勉強が苦手と見えるみよりちゃんがくれた、そんな意外な豆知識も思い出しつつ、あたしは島内を散策する……、降りた桟橋から、煉瓦《れんが》の壁を迂回《うかい》するように這入ったサン・ミケーレの墓地にも、人っ子ひとり見当たらない。あたしが言うのもおかしいけれど、誰かひとりくらい墓参りをしている奴がいてもよさそうなものなのに。ただし、献花が供えられたり、清掃が行き届いていたりはしているようなので、訪ねてくる人がいないわけではないようだ——誰も見かけなくとも、その気配は感じられる。死者への思い……、祖父母や、両親や、子供や——伴侶。そういう思いを感じ取れるだけでも、無人島に辿り着いたロビンソン・クルーソーって気分じゃねーな。それに、実を言うと、今もあるのだ。どこかから、背中を見られている気配が、今もある……、最初に気付いたときよりも今のほうが、より強くある。

「本拠地だったりしてね」

なんて、みよりちゃんは当てこすりで言っただけに決まっているし、ムラーノ島以上に隠れる場所のないこの島が、水都の溺殺魔のアジトってことはまずなかろうが、しかし姿は見えずとも、確実にあたしをつけ回している奴がいる。ヴァポレットを降りたのはあたしひとりだった、と言うことは、慎重にも一本あとの便で上陸したのか？　それともあたしの動きを読んで、先んじてここで待ち伏せしていたのか？　いずれにしても、この人類最強につきまとうとは、いい度胸だぜ。橋も運河も、ガラスさえもないこの島で、あたしをどう溺れさせてくれるのか、実に興味深いね。マジでマグマまで、あたしを埋めてくれるのかな？　いや、ひょっとして、昼から降るって言っていた小雨《こさめ》を、犯行のトリックに利用するつもりとか？　くくく、いくつになってもわくわくの種は尽きないね。レジャーで来ているんなら、このまま仕掛けてくるまで放っておいてやってもいいんだが……、残念ながら、先手を譲ってやるには仕事で来ちゃっているもんでね、この仕事人間は。二転三転して、結局オフ日にはならなかったか

――タイミングを見計らって、よきところであたしは振り向いた。

「よう。俺の娘」

果たして。そこにいたのは、狐面《きつねめん》の男だった。

2

……よう。人類最悪の親父殿。お誂え向きだな、墓場で再会とは。なんだよ、死んでも死にきれなくて化けて出たのかい、今更のように？

「『化けて出たのかい、今更のように？』。ふん」

季節感も土地柄もまるで無視した、着流し姿の狐面の男は、あたしの言葉をこれ見よがしに反復した
——あたしのピンヒールも相当ＴＰＯを弁《わきま》えてねーけど、この男の下駄《げた》は、悪質な冗談の類でしかない。適切な距離感で振り向いたつもりだったのに、純和風のこの男は、思ったよりもすぐ後ろまで迫ってきていた。殺せる距離まで。互いの首に、手が届く距離まで。

「確かに今更だな。俺に言わせれば、死んでも死に切れていないのはお前のほうだぜ、俺の娘」

……ヴェネチア共和国のメインイベントである仮面舞踏会は、まだ先だぜ。そんな狐のマスクをかぶってる参加者はいねーしな。あー、えっと、十年ぶりくらいか？

「そんなところかな。お前もたまには実家に帰って来いよ」

実家なんかねーだろ。

「もちろん、俺は仮面舞踏会に参加しに来たわけではない。『十三階段』の新たなる候補探しとでも言っておこうか。新たなる『世界の終わり』のための」

念のために言っておくが、もしもみよりちゃんを勧誘しようって腹なら、ぶっ殺すぞ。そうじゃなくても殺すけどな。あたしの前にのうのうと姿を現したってだけで、死罪に値するよ、てめーは。

「『死罪に値するよ、てめーは』。ふん。軸本みより。天才ではあるんだろうな、ありゃあ。少なくとも優等生だとは思うぜ、そう評価してやらんでもない。しかしまあ、『世界の終わり』を構築できる個性かと言えば、ちょっと違うだろう。ヘアスタイルは変わっているが、それが一番の個性じゃあな」

言ってやるなよ。あたしが言うのはいいけど、友達の悪口を言われると業腹だぜ。きっと事情があるんだろう。変なトラウマとか。てめーの眼鏡に適《かな》わなかったなんてのは、みよりちゃんにとっては幸運でしかねーがな。それよりも、自分の父親のうちひとりが令和の時代になっても、まだ『世界の終わり』がどうたら言っていることに、一人娘として驚愕《きょうがく》を隠し切れねーよ。いつまで世紀末のつもりなんだ、家父長制の、時代遅れの亡霊が。

「『いつまで世紀末のつもりなんだ、家父長制の、時代遅れの亡霊が』。ふん。俺はむしろ、時代を先取りしているんだがな。ヴェネチアで学んだ天文学者のように——同じ天才でも、あの男ならば、世界を終わらせるに足る個性だったと言ってもいいだろう。どうせ時代に遅れるなら、あの時代を生きてみたかったものだ。地動説が提唱されたとき、体系的なひとつの世界が、確実に終わったとは思わないか？　ひょっとすると、無数の世界かもしれないが」

なるほどなるほど、こじらせてやがる、ますます。場違いでさえあるぜ。片腹痛いとはこのことだ。

「時代遅れもお前のほうじゃないのか？　俺の娘。未《いま》だ最強を名乗るなんて。強さとは相対的なものでしかないと、令和の時代になっても、まだわからないか。あれだけ教えてやったのに」

やかましいぜ。強さが相対的なものだったら、あたしはとっくにおっちんでるよ──強さは絶対的だ。てめーに教えられたことなんかひとつもねえ。

「受けるぜ」

みよりちゃんじゃねーなら、誰をスカウトしようってんだ、『十三階段』とか言うアイドルグループに。まさかメイド長だって言うんじゃねーだろうな？　あいつは──あいつを誘おうって言うなら、まあ、口出しはしねーが。変人同士、好きに意気投合してくれって感じ？

「わかっているだろう。俺がスカウトしたいのはアクアクアだよ。今、この水上都市を騒がす犯罪者は個性の塊《かたまり》だとは思わないか？　たったひとりで世界を終わらせかねないほどに」

罪深いね、水都の溺殺魔も。観光客を怖がらせて追い返してしまうのみならず、てめーみたいな社会不適合者のおっさんを引き寄せてしまうなんて。

「『罪深いね、水都の溺殺魔も』。ふん。実際その通りだ──アクアクアの罪状は殺人そのものではなく、愛があれば人を殺しても許されると信じていることだ」

愛。てめーが口にすれば、そんなにうすら寒い言葉もねーな。殺し屋だの暗殺者だの、果ては殺人鬼だの、個性豊かな変態どもを引き連れていい気になってた人類最悪からすれば、たかがいち地方の連続殺人犯なんて、いささか小粒なんじゃねーのか？　放《ほ》っといてやれよ、そんなローカルヒーローは。

「逸材は地方に隠れているものさ。お前も隠れた逸材を探しに、このサン・ミケーレ島に渡ってきたんじゃないのか？　親の墓にも参らないお前が」

てめーに墓を建てた覚えはないな。どうしてもって言うなら、墓石を注文してやってもいいけれど。墓標に刻む言葉はこうだ。『人類最悪の遊び人、遊び疲れてここに眠る』。

「ふん」

本筋じゃねーんだよ、あたしにとっては。

「つまり、お前こそ、小粒と思っているわけだ。宇宙人や人魚や自然現象を相手取ってきたあとじゃあ、たかが連続殺人犯なんて、テンションが上がらないか」

そうは言ってねーよ。人間が一番怖いと思っているさ。ただ、変に暴れてバトル展開に持ち込んで、ヴェネチアを沈めちまってもつまんねーしな。

「昔のお前なら、それを面白いと言っていただろう。潤よ、お前は人の迷惑を顧みる奴じゃなかっただろうに、そんなに我慢が利く奴だったか？」

いつの間にか、首に手どころか、息がかかるほどまでにじりよってきた狐面の男にそう言われた瞬間、あたしは——その面を思い切りぶん殴っていた。

3

痛いところを突かれて逆上したあたしが家庭内暴力を振るったと思われがちなシークエンスではあっ

たが、別にこれは、初期の哀川潤が帰ってきたというわけではない。かと言って現代のコンプライアンスに合わせた軟着陸というわけでもなく、単純にあたしは冷静だった――あたしの親父はあたしのことを潤とは呼ばない。たとえどんなに敵対したところで、名字でさえ呼ばない。一貫して『俺の娘』とし か呼ばない――そもそもあたしが哀川潤と名乗るようになったのは、クソ親父と絶縁したあとだからな。誰だてめーは？

「……呼びかたを間違えるとは、アバン・デ・ジニュアールⅢ世と同じミスをしてしまったか」

ぴしぴしとひび割れていく仮面を押さえながらそう分析する狐面の男――まあ呼びかたについては、あくまで基本的にはであって、例外が皆無だったわけじゃないのだが（別に本物だったら本物だったで、殴って問題があるわけじゃないし）、あたしの親父は週刊少年サンデー派だぜ。『世界の終わり』とか『十三階段』とかはまだしも、いくらなんでも、言っていることに進歩がなさ過ぎだと思ったんだよ。まず、縦スクロールの漫画を読むところから役作りをやり直せ。

「勘弁して欲しいね、外国の漫画事情に精通しろと言われても――日本語を思い出すだけでも精一杯だ、お前に教えられた日本語を」

ん？　なんだ、日本人じゃねーのか？　だったら大した変装だが……、日本語をあたしに教えられた？　イタリアの知り合いか？　イタリアで、あたしと何か因縁《いんねん》のある奴？　悪いけどまったく覚えてねーな、死に別れの父親を装って娘に近付いてくるような悪趣味なキャラなんて。てめーの正体が水都の溺殺魔だってんなら、話が早くて助かるんだが。

「生憎……、アクアクアを探しているというのは本当だ。スカウティングのためじゃないが」

うまく言いくるめて、あたしから情報を引き出そうとしたのか？　だとしたらクソ親父に変装したのは、最悪の悪手だぜ。あたしは思春期の女子中学生並に、あの親父には何も言わん。

「いいや、うまく言いくるめて、お前をヴェネチアから追い出そうとしたんだ……、犯人を逮捕する前に、ヴェネチアを沈められちゃ敵わないからな。やっと居場所を見つけたのに、また左遷されてはたまらん」

左遷？　そのワードを怪訝《けげん》に思ったあたしは、割れた仮面の下からあらわになったひげ面を注視する……、黒髪ウィッグがズレての、ブロンドを刈り込んだ坊主頭《ぼうずあたま》のシルエットも……、あれ、もしかして？

「イタリアじゃなくてオランダだよ、非行少女。お前とあるのは、因縁なんてなまっちょろいものじゃない」

そう言われて、完璧に思い出した――サンヴェローゼ警部じゃん！　サンヴェローゼ・ヴンダーキント警部！　うわあ、めちゃくちゃ懐かしい！　いやいや、一昨昨日《さきおととい》あんたに電話したんだよ、マジで！　ぜんぜん繋がらなかったけれど……相変わらず忙しくしてるんだな！　思わぬ再会にあたしは嬉しくなってしまって、ニセ狐面の男改め、ユーロポールのサンヴェローゼ警部に、飛びつくようにハグした――すげー嫌がられた。

「今は……、ユーロポールじゃない。ヴェネチア市民警察のサンヴェローゼ巡査だ」

巡査？　あれ、イタリア警察の階級はよく知らないけれど、ひょっとして警部、降格されてない？　そもそもどうして、潜入捜査、変装のプロフェッショナルとしてユーロポールでぶいぶい言わせていたあんたが、どういった経緯でヴェネチア市民警察に……、左遷？　まさか不祥事の責任でも取らされたのか？　再会した早々に、かつての恩人に苦言を呈したくはないけれど、よくないよ、不祥事は。

「どこかの非行少女がヨーロッパを席巻《せっけん》した全責任を負わされたんだよ」

わー責任者だ、カッコいいー。そう言えばイタリア系だっけ、サンヴェローゼ警部？　もといサンヴェローゼ旧警部？　でも、ヴェネチア出身じゃなかっただろ？

「行き先は選ばせてもらえたんでな。かろうじて功績を評価されて。お前が来ないであろう地域を選んだ。その甲斐あって、ここしばらくは穏やかな日々を送っていたのに、お前が現れた途端、こんなとんでもない騒動だ」

それは順番が逆だろ。あたしが来る前から、アクアクアは暗躍していただろうに。沈みゆく町に自ら希望して異動するとは、変わったおっさんだぜ。今更自分探しって歳でも、中年の危機って歳でもあるまいに。しかしなるほど、ある意味、偶然の再会ってわけじゃないんだな。あたしはあたしでユーロポールからの呼び出しを無視し続けていたけれど、そんなあたしの行きそうな地域を避けた結果、逆張りの大穴が当たっちまった形か——世界最古のカジノに行ってくれれば？　それで、捜査の邪魔をされる前に、あたしをヴェネチアから追い払うために、持ち前の変装術で親父に化けて、化けて出て、あたしに近付いて来たってこと？　初日からあたしをつけ回していたのは、あんただったのかよ。ははは、再会はすげー嬉しいけど、でもちょっと拍子抜けだな。てっきり、アクアクアに狙われてんのかと期待しちまってていたぜ。

「変装ってほどじゃないよ、仮面の男に化けるのは。ペスト医者の仮面と違って、純和風な狐のマスクを入手するのがちょっと手間取ったくらいで――キモノやゲタと同じで、最終的には通販で解決した。追い出そうとしたのは、捜査の邪魔をされる前にと言うか、ヴェネチアを沈められる前にだが……、じゃあ、別件というのは本当なんだな？　しかしさっき、俺に連絡を取ろうとしたとか、不吉なことを言ってなかったたか？」

あたしにとっちゃそっちが本件だし、サン・ミケーレ島に来たのに限れば、基本的には個人的なツーリズムなんだが、何、情報提供をしようとしただけだよ。さっきの感じだと、みよりちゃんのことは調べたんだろ？　あたしの連れだし、役作りの一環として。その若き心理学者が、アクアクアの心理分析をしてくれて――そう説明しかけたところで、まさにそのみよりちゃんから、着信があった。フィールドワークのために支給されていたスマホにだ――置いてくるのを忘れたぜ。着信？　へー、そんな風には見えないけれど、ちゃんと電波来てるんだ、この島。ホテルに引きこもって頭脳労働に勤しんでいるはずのみよりちゃんだが、報告せずにはいられない閃きでもあったのかな？　悪いな旧警部、この電話にゃ出なきゃだぜ。あたしがあんたと再会できたのと同じくらい、あたしの連れに嬉しい発見があったみたいだから――

「あ、哀川潤さん！　天才で可愛い私、今、トルチェッロ島にいるの！」

え？

「助けて！　天才で可愛い私、今、マグマで溺れてるの！」

ええ？

■■

「ひとりになった、やっと、あの女が。ぼくが何をするまでもなく。三つ編みを三つに結んだあの女が。滅茶苦茶なヘアスタイルのあの女が。

「ヴェネチアに敬意を表しているのか、やけに赤いファッションの女と、ヴェニスの商人ならぬヴェニスの使用人とでも言いたいのか、古めかしいメイド服の女がそれぞれ外出し、とは言え貸し切られていたリド島のリゾートホテルとは違い、オテル・ダニエリに押し入るわけにはいかないと腕組みをしていたら、しばらくして、あの女もまた、ホテルがアクア・アルタ対策で設置した仮設通路から、満を持して登場したのである。出所を心得ているアジアンスターのようだった。リド島で亡くなった女優に引けを取らない。ぼくにとってはという意味だが——あの女にも協力者になってもらうのだから。

「先に述べたよう、主演女優に協力してもらう決定打になったのは、彼女がぼくの妻にそっくりだった（と、そのときは思った）からなのだけれど、さすがに東洋人であり、しかもまだ未成年だと思われるあの女が、ぼくの妻に似ているとは思えない。なので、そういう意味でのモチベーションは低い。

「はっきり言えば、嫌々殺すようなものだ。父を殺すときも新婚カップルを殺すときも、ガラス職人を殺すときも、自分が正しい道を歩んでいるという確信があった。レーンに区切られた正しいコースをまっすぐ泳いでいるのだと。けれど、今回は完全に、しぶしぶである。本当はこんなことをしたくはないのにという気持ちを否めない。

「あの女は協力者としてなかなか及第点とは言いがたく、ちゃんとした実験になるかどうかが未知数だ――しかも、策を弄《ろう》するまでもなく、自らホテルから出てきてくれたはいいものの、向かうヴァポレット乗り場から判断する限り、あの女は、まさかのトルチェッロ島に向かうつもりらしい。トルチェッロ島？　なぜ？

「困ったことに、好都合と言えば好都合なのだ、その行き先は。あの島に、ぼくは既に罠《わな》を張ってある。ヴェネチアに亡命してきた直後の頃に準備をしたトラップだ……、熟成させておいて、いつか自分のタイミングで作動させようと、イタリアンのコースで言うところのドルチェのように、ここまで大切に取っておいた自信作だ。

「それをこんな準備不足の早い段階で、しかも意図に反して使うことになるなんて……、あの女のために誂えた罠じゃないのに。不本意としか言いようがない。だが、この巡り合わせは無視できない。本日はごく小規模なアクア・アルタが起こっているとは言え、だからと言ってサンマルコ広場で、カップルを沈めた術式の焼き直しをおこなうわけにはいかない。常に新しいことをし続けていかないと、クリエイティヴィティは発達しないのだ。

「ヴェネチア発祥の地であるトルチェッロ島は、現在は人口十数人の島であり、ぼくのような潜伏者も、比較的おおっぴらに振る舞える……、割り切って、不安要素にケリをつけるとしよう。もたもたしていると、あの女のほうがぼくに気付いてしまうかもしれないじゃないか。

「そうなればすべてが水泡に帰す。

「あの女に見つからないうちに、忘れているのなら思い出されないうちに、始末をつけてしまおう。

……しかし、あの女はいったい、どんな理由があって、トルチェッロ島に向かっているのだろう？　そりゃ好き好きではあるにしても、ややマニアックと言うか、ヴェネチア巡りにおいて、ムラーノ島の次に行くような島ではないはずなのだが……、意志を感じるその足取りからして、はっきり目的があるようだ。

「昨日、ムラーノ島までぼくを追ってきて、死体の第一発見者となったように、あの女は、もしやトルチェッロ島に仕掛けたぼくの罠を、愛しいぼくの妻に捧げるぼくなりの芸術を破壊するつもりなのでは？　だとしたら、あの女はなぜそこまで執拗《しつよう》に、ぼくを追い詰めるのだ。しかし、他に目的など考えられない。三つ編み三つのあの女は、そもそもぼくを捕まえるためにヴェネチアにやってきたハンターであるに違いない。

「やられる前にやらないと。先手先手を取らないと。水底に沈む前に、右足と左足を交互に、先へ先へと前に進めるのだ。伝承によると、さすれば水上を歩くことさえ可能だそうだ」

■■

第八章　トルチェッロ島

1

　人類最強の請負人を自任するあたしでも、サン・ミケーレ島からトルチェッロ島へ行くのは簡単じゃなかった。強さとかじゃどうにもならないことは、確かにあるわけだ……、ヴァポレットでトルチェッロ島に行こうと思えば、一回本島に戻ってから、違う路線に乗り換えて、改めてトルチェッロ島へ舵《かじ》を切らなければならない。乗り換えは、正直言って、好きじゃない。直線主義だから、飛行機のトランジットだって苛《いら》つくくらいだ——なので、みよりちゃんの手前言わなかったけれど、コンコルドによるリド空港への着陸は、素晴らしいコース取りだった。一方、トルチェッロ島行きは、サンマルコ広場やサンタルチア駅のような知名度の高いスポットじゃないから、ヴァポレットの本数もかなり少なく、だったら水上タクシーに乗ればいいところなのだが、あたしはメイド長から、五百ユーロ札を一枚も渡されていなかった。お金を渡したらすぐ使っちゃうからという理由で——中学生どころか小学生扱いだ。なので、ゴンドラをレンタルするなど、夢のまた夢である。

「欲しいものがあるときはいつでも遠慮なく仰ってください。すぐにアタッシェケースをお持ちしますから」

と、豊かなことを言われてはいたものの（これも小学生扱いだ）、あいつと合流している余裕はない。仕方ない、手ぶらでカフェラテ作りのセットを購入しに行ったことを責められない。本来はあいつは、スマホどころかトランシーバーさえ必要としない、叫べば隅々まで声が届くような、小さな島で暮らしているのだ。感動の再会を果たしたサンヴェローゼ旧警部からお金を借りるという手もあったし、実際に駄目元で申し入れてみたのだが、駄目だった。非行少女時代の悪行三昧《あくぎょうざんまい》を思い出すと、残念ながら文句も言えない――水上タクシーに乗れるだけのユーロを、このおじさんも持っていなかっただけかもしれんが、昨日のムラーノ島のときの悲鳴とは違って、今回は明確に、助けを求める電話だというのに、忸怩たる思いだ。普段のおこないが、こんな形で裏目に出ようとは――それはみよりちゃんのほうも同じだが。電話では、混乱していることもあって、状況がよく伝わってこなかったが、まさかあたしに言った冗談を自分が体験することになるとは思わなかっただろう……、そんな緊急の架電を切り上げたくはなかったし、どんなピンチにあるにしても、身代金《みのしろきん》要求の脅迫電話のように引き延ばして、みよりちゃんを励《はげ》まし続けたかったけれど、悲しいことにヴァポレット乗船中は、通話禁止だった。イタリア語を解さない外国人観光客の振りをしようにも、ピクトグラムのポスターで明瞭《めいりょう》に表示されていれば、従わざるを得ない――橋の定義について問い合わせたとき、みよりちゃんは見逃してもらえていたようだが、お子様な天才少女とは違って、中身と扱いはともかく、見た目はどこからどう見ても大人であるあたしは電話を切らなければ乗せてもらえなかった。最強の力がぜんぜん役立たない局面である。

いっそ泳いでいってやろうか？　だが、遠泳はまだしも、小さなトルチェッロ島に、確実に辿り着ける方向感覚のほうは自信がねえ——陸影が見えてきたと思ったら、それがシチリア島ということもありえる。結局、マナーを一緒に携帯して、一日乗車券で物静かにヴァポレットに乗るしかないのだった。

うーむ、それにしてもみよりちゃん、マジのマジでマグマで溺れてるのか？　トルチェッロ島で？　火口あったっけ？　トルチェッロ島に限らず、ヴェネチアはハンドメイドだから、ハワイとか桜島とかと違って、火山はないはずだろ？

「ヴェネチアでも余生を過ごせなかったとなると、俺は次はどこに異動願を出せばいいんだろうな。それこそマグマが燃えたぎる、ダルヴァザ署かな」

トルクメニスタンはユーロポールの管轄外だろ。あたしを避けるために地獄の扉を開けるなよ、そもそもあそこは火山じゃねーし——ぶつくさ文句を言いながら、水上バスに同乗してきたサンヴェローゼ旧警部に、あたしは指摘する。どうせ異動願を出すなら、市民警察じゃなくてカラビニエリにすればよかったのに。竜騎兵だぜ、竜騎兵。ドラゴンに乗れるんだぜ。

「誰も彼もがお前みたいに、なりたいものになれるわけじゃないんだよ。避難先を決められただけでも、めっけものなんだ——しかも、その避難も、所詮は虚《むな》しい小賢《こざか》しさでしかなかったわけだ」

変装の達人にそんなことを言われると、世の中に絶望したくなるぜ。そんなにあたしがトラウマなら、ついてきてくれなくてもいいのに。

「アクアがそこにいるかもしれないってのに、放っておけるか。そうでなくとも、人命救助は警察官の仕事だ」

変わらないね、そのこちこちの石頭ぶり。変装中はあんなに柔軟なのに。あたしに変装術を教えてくれたのはあんたじゃん。老若男女、どんな国のどんな人間にもなれ、どんな組織の一員にもなれる潜入捜査のプロフェッショナル、サンヴェローゼ先生。

「教えたおぼえはない。盗まれたんだ、非行少女に」

悪かったと思ってるよ、今頃どうしてるかなーって、たまにあんたのことを思い出したりもしていたんだが、まさかあたしのせいで職を失うことになってるなんて、旧警部。お詫びと言っちゃあなんだが

「やめろ、お詫びと言っちゃあなんだがと思うようなことは一切するな。本当に悪いと思っているなら、お願いだから何もしないでくれ。何も言わずに、ヴェネチアから去ってくれ」

なんでどいつもこいつも、あたしに謝らせてくれねーんだよ。あたしだって成長してんだ。見違えたとかなんとか褒めろよ。反省してるっつってんだろ、ぶっ殺すぞ。

「非行少女のまま成長しているじゃないか。ユーロポールの更生プログラムの限界を見せつけてくれるな」

あんたは老《ふ》けたな、旧警部。ご自慢の髭面《ひげづら》が、サンタクロースみてーだ。

「はっきり言うなよ、そんなことを。そして旧警部って言うのもやめろ。降格の古傷をえぐるな。よそに新しい町ができただけなのに、旧市街と呼ばれている町の気分だ」

反省は確かにそんなにしてないかもしれないけれど、あたしも旧虞犯《ぐはん》少女として、あんたとの再会を喜んでるのは嘘じゃねーんだぜ。だから、他の仕事に専念したいからさっきまでそんなつもりは更々なかったけれど、あんたの捜査にちょっぴり協力してやろうかって、申し出ようと思ってんだよ。

「お詫びと言っちゃあ何だが過ぎるし、旧虞犯少女とか、お前もさりげなく肩書きを降格させるな。非行少女は、ばりばりの再々々々々犯少女だっただろうが。捜査協力？　それをさせないために、俺はお前の親父に変装したのに」

ちっとは目星はついてんのかよ？　水都の溺殺魔の。

「話を進めるんじゃない。俺は何一つ承諾していない。俺にとっては、そしてヴェネチアにとっては、アクアアクアよりも人類最強の請負人のほうが脅威だ」

それは言い過ぎだろ。でも、感激だぜ。旧警部ったら、あのあともあたしのことをずっと気に掛けてくれていたんだな。請負人になったことも、宇宙人と戦ったことも知ってくれていたなんて。

「請負人になったことはともかく、宇宙人と戦った奴がいるなんてニュースを、どうやったら知らずにいられるんだよ。自然と入って来ちゃうんだ、お前のニュースは。あー……、なんて呼んだらいいんだ？　旧非行少女。正直、成長は見られないが、少女感だけは確かに消えた。見違えたかどうかはともかく、赤い女がいるとは思ったが、すぐにお前だとは気付かなかったくらいだ」

潤でいいよ。名字で呼ぶのは敵だけだ。そんで、あたしはあんたのことを、パパって呼ぶから。

「今すぐ旧警部に戻せ！」

四人目の父親としてあんたを慕《した》っていたってことを表現したかったんだが、お気に召しませんでしたか、パパ。

「わかった、話を進めよう。アクアクアの目星だったたな？　具体的な容疑者は、実はいないわけじゃない」

結構な機密情報を漏らしてきたな、パパ。うちの優秀な諜報部《ちょうほう》でも、まだ到達できていないレベルだぜ。

「呼びかたを戻さないなら、俺はいったい何のために機密を漏らそうとしているんだ？」

さあ。もしかしたらあたしが呼びかたを戻すかもしれないっていう、儚《はかな》い希望を抱き続けるためじゃねーの？

「……実際、お前が言うところの諜報部——あのメイドは優秀なんだろうが、それでもおそらく、お前らはサンマルコ広場での新婚カップル殺しが、第一の殺人だと思っているんだろう？　ところがさにあらず、犯人にとってあれこそが、第三の殺人なんだ。ヴェネチア以外の場所で、アクアクアは最低二件の殺人事件を起こしている」

へえ、と、ここは驚いた振りをしておこう。心理学の達人、軸本みよりちゃんの予想通りであることは、まだ言わなくていい。娘はパパのご機嫌を損ねたくない。

「最有力容疑者の名は、ガロンセント・カラン。ユーロポールのお膝元《ひざもと》であるハーグ在住で、妻と実父を殺害した容疑で指名手配されている。最初に妻、次に実父だ。しかし、元々は愛妻家と評判の、若い男だったんだよ」
愛妻家ねえ。つまり妻を、溺愛してたってこと？

2

語り手のルールに従い、あくまで時系列順に展開させるなら、このあとあたしは、ヴァポレットの座席で、あるいは乗り換え待ちの停留所で、サンヴェローゼ旧警部から最有力容疑者である愛妻家、ガロンセント・カラン氏について、子細をあれこれ教えてもらうわけだが、そんな会ったこともねえ奴のプロフィールよりも、友達のみよりちゃんの安否のほうを先にはっきりさせておきたいので、六十分ほど時間をすっ飛ばす――どうせみよりちゃんに会ったら、同じ話を繰り返すことになるんだから。それもまた、助けが間に合えばという条件付きになるのだけれど、正直言って、間に合うか間に合わないかは半々くらいだとも感じていた。ただ、そこはやっぱり天才児にして麒麟児《きりんじ》にして神童、あたしほどじゃなくてもみよりちゃんは持っている子だったようで、奇跡的なほどヴァポレットの乗り換えがうまくいった――スムーズどころか、ほとんどダイレクトに乗り換えられた。桟橋を経由せずに乗り移ってもよかったくらいだ、海賊みてーに。その副作用で、乗り場からコンタクトを取っての無事の確認はできなかったけれど（一応メールを送ってみたが、返事はなかった）、あたしと旧警部がトルチェッロ島に上陸した段階で、あの子はまだ存命だった。更にそこに、意図せぬ幸運も重なった。トルチェッロ島では、ムラーノ島と同様に、スマホのGPSが正確に作動したのだ。土地勘のないみよりちゃんからの口伝では、いくら小さな島とは言え、今トルチェッロ島のどこでピンチに陥《おちい》っているのか、判明するまでそれなりに時間を要しただろう——そんな諸々《もろもろ》の要因が重なり——いや、それじゃあまるで、たまたまの偶然で、みよりちゃんが助かったみたいになってしまうが、大前提として、生き延びようという彼女の意志があったことも、銘記しておかねばなるまい。なぜなら——

「哀川潤さん！　こっちこっち！　天才で可愛い私はここ！」

島の地面に女の子が突き刺さっている。風に見えた、最初は。整備された道路を大きく外れ、雑草が生い茂る湿地帯の中で、みよりちゃんは、生き埋めにされ——ているのでもなかった。

「落とし穴かよ……？」

と、旧警部は怪訝そうに呟《つぶや》いたけれど、それも違った——みよりちゃんは沼にはまっているのだ。むろん旅先の地で、熱烈に熱中できる熱い趣味を見つけたという意味ではなく、文字通りの沼に——突き刺さっているのではなく、どろどろの地面に、みよりちゃんの小柄な身体が、肩のところまで沈んでいるのである。

「お、溺れる——」

そう、あえて言うなら、沼で溺れていいいいい——電話で言っていたマグマというのは、どうやら誇張された大袈裟な表現で、要するにこのままでは土中に埋葬されると言いたかったようだ、サン・ミケーレ島でもないのに。

「馬鹿な！　あんなところに底なし沼なんてあるはずがないぞ！」

あるはずがない？　なかった？　じゃあ誰かが仕掛けたんじゃねーのか、人工的に！　ヴェネチアが干潟に形成された人工の島々だって話はこれまで散々してきたが、具体的にどういう風に作られたのかと言うと、どろどろの湿地帯に無数の杭《くい》を打ち込んで地面をそれなりに補強し、その上に市街地を形成したというハウトゥだ。とてもじゃないが、現在の建築基準法に適応しているとは言いがたい……、この水上都市が唯一無二である大きな理由のひとつが、『もう再現することが許されないから』である。たとえ地球温暖化で海面が上昇していなくても、そんな造成地で暮らすのは最初から、グリーンランドへの入植くらいの無茶だったはずだ。

「ぐ、グリーンランドはヴェネチアの逆で現在、地球温暖化で土地の開発ができるようになって、資源の採掘が可能になっているわ！」

杭のように地面に突き刺さって混乱している割には、ちゃんとした訂正を入れてくるみよりちゃん——実際、心理学者だけのことはあると言うか、冷静さを完全に喪失してはいないようだ。と言うのも、あたし達がぎりぎり間に合ったのは、先述の通りただのたまたまじゃなく、みよりちゃんの危機対応があってこそだ。あがけばあがくほど身動きが取れなくなる、マグマへと繋がる底なし沼（なわけないが、いくらなんでも）へ、ヴェネチアのようにずぶずぶ沈みゆきつつも、なんとかまだ呼吸をしていられる理由は、両手が泥の外に出ているうちに、三本の三つ編みをそれぞれ救難ロープ代わりに、周囲に群生する草束《くさたば》へと縛り付けていたからだ。

「ど、どう？　哀川潤さんがさんざん馬鹿にしてきた天才で可愛い私のヘアスタイルが、ここまで露命を繋いだのよ！」

うん、確かにこれが一本や二本の三つ編みだったら、体重が分散しきれず、頭部まで完全に沈没してしまっていたかもしれない。自重を三方向に均等に散らすというのは、物理的に正しい対処だ——まあ、こんなピンチに備えて普段からセットするには、それでもいささかエキセントリック過ぎる髪型だとは思うが。しかしその粘《ねば》りと言うか、若くしてのその生き汚さには、感嘆するぜ。あたしが四本目の三つ編みとして、みよりちゃんを引っ張り上げてやりたいけれど——これ以上近付くと、あたしも二の舞だな。気をつけろよ、パパも。落とし穴ならぬ落とし沼が、ひとつとは限らねーぜ。

「あ、ああ——だが、じゃあ、どうしたら……、それとパパって呼ぶな。あの子がすごい目で俺を見ている」

大丈夫、みよりちゃんにオランダ語は通じない……、と言いたいところだが、『パパ』は伝わっちゃうな。あとでちゃんと説明しないと——よっ！

「えっ⁉　天才で可愛い私のために、哀川潤さんが上着を投げて⁉」

いや、この状況なら、大抵の奴は上着くらい投げるけどな……、これで感動されても。あたし、どんな奴だと思われてんだよ。しかもみよりちゃんのところまで、袖《そで》が届かなかったし……、あれ？　これ結構嫌な罠だな？　ゆっくりと、しかもなすすべなく沈んでいく感じ……、人口が極端に少ないトルチェッロ島でこの罠に——沼に嵌まれば、むなしくも助けを呼び続けることになる。たとえ通信機器で助けを呼んでも、みよりちゃんが変な髪型でなければ、最速で来たあたし達でも間に合っていないし、こうしてかろうじて間に合ったところで、下手に助けようとすれば二重遭難する羽目になる――かと言って手を拱《こまぬ》いていれば、沈みゆく被害者を、無力感と共に見守ることになる。さすがに救難ロープを取りに、本島まで戻っている時間は――パパ。

「パパって呼ぶな。パパと呼ぶのは敵だけだ」

ご子息じゃねえのか、普通は？　パパ、ちょっと貸してくれねー？　それ。

「それ？」

帯だよ、その着流しの。洋服じゃ届かなくても、ベルトじゃまだ短くても、和服の帯なら届きそうだ。

「あ、ああ、なるほど――帯ね」

あたしの意図を汲み、手間取りつつも帯をほどく旧警部……、クソ親父のコスプレをしてくれていたことが、こんな形で役立とうとは、変装の名人も意外だっただろう。だが、これでもまだ、何かが解決したとは言いがたい。みよりちゃんの両腕は、今やスマホと一緒に沼の中だ。帯で作った救難ロープを投げたところで、それをつかむことができない。口でくわえることはできなくはなかろうが、みよりちゃんにそこまで咬筋《こうきん》があるとは思えない。湿地帯とは言え、ワニじゃねーんだから。えーっと、何かアイディアは……、そうだ、パパ。帯の他に、下駄も貸してくれ。

「下駄？　次は下駄だと？　お前は追《お》い剝《は》ぎか？　どんな臑《すね》のかじりかただよ。こんな娘、絶対に嫌だ。人類最悪のお前の父親に同情するよ。下駄なんかどうするんだ」

ワニじゃないならキリンでいくのさ。みよりちゃんが麒麟児であることがヒントになった。帯の先っぽに結んで重石《おもし》にする。そんで投擲《とうてき》して、みよりちゃんの長くて魅力的な首に巻き付ける。弓矢が生まれる以前の、狩りの技術だ。

「ちょ、ちょっと待って、麒麟児とか、首が長くて魅力的とか、口達者に褒めて誤魔化そうとしてるけれど、哀川潤さん、狩りの技術を、天才で可愛い私の首に対して使おうとしている⁉」

うまく巻き付けばご喝采《かっさい》だ。

「悲鳴以外の何も上がらない！」

実際には悲鳴も上がらなかった、そりゃあ首元を、きゅっと締め上げられればな——ともかくこれで、みよりちゃんの生き埋めをふせぐ、四本目のロープが確保できたわけだ。これ以上沈んだら頭が見えなくなる前に縊死《いし》してしまって、死に埋めになってしまうというだけのことだが……、そして極めて残念なことに、四本目が確保できたところで、まだ状況はほんのわずかにも解決していないのだ。あたしの足下は底なし沼じゃあないが、この辺りがぬかるんだ湿地帯であることにはなんら変わりはない。力ずくで引っ張り上げようとしても、絶妙に踏ん張りが利かないのだ……、これは、たとえあたしが地球を動かせるほどの怪力の持ち主だったとしても関係ない。単純な力学の問題だ。あたしがみよりちゃんを引っ張れば引っ張るほど、あたしのほうがずるずると沼に引き寄せられることになる。ベルトコンベアに乗っているようなもんだ。あたしの力が、あたしを沼に引き寄せてしまう。とりあえず、こうして命綱を一本確保していれば、しばしの時間は稼げるが……、そもそもみよりちゃん、なんでトルチェッロ島にいるの？　今日は一日、お部屋でお勉強じゃなかったのかよ？

「い――今訊くこと？　麒麟児の首が絞まっている今？」

ヒントを求めてるんだよ、会話の中に。何か言ってくれれば、あたしが『もう一度言ってくれ！　違う、その前のだ！』って返すから。トルチェッロ島は、みよりちゃんの観光コースには入ってなかっただろ？

「ホテルであれこれ考えているうちに、ちょっと気になったことがあって、それを確認したくって――アクア・アルタも、思ったより酷くなかったし、気分転換も兼ねてお外に出ようと……、ただ、そのアイディアのほうは外れだったみたいなんだけれど……」

あらら。無駄足を踏んだ上に、アクアクアの仕掛けたトラップに嵌まっちまったってわけかよ。トラップ……、それもまた、偶然じゃなさそうだが。溺殺の殺人鬼が、意図的にみよりちゃんを狙ったってことか？　なんで？　もしかして、ガラス職人をガラスで溺れさせたときに、殺人現場を目撃されたと思ったのか？　実際には、犯人の姿など見ていなくても――みよりちゃん、今なんて言った？　もう一度言ってくれ！

「え？　ええ？『そのアイディアのほうは外れだったみたいなんだけれど』……？」

違う、その前のだ！

「えっと……？　なんだろう、『気分転換も兼ねて』……じゃないよね、『アクア・アルタも、思ったより酷くなかったし』？」

そう、それだ――パパ！

「なんだよ。俺の臑ならもうないぞ」

呆《あき》れたように旧警部がぼやいたが（帯も下駄も奪われれば、ぼやきたくもなるだろう）、しかし、臑はなくとも、そして救難ロープもウインチもなくとも、この土地には、いくらでもあって使い放題な自然の恵みがひとつある。島全体を取り囲んでいて、汲めども尽きぬ生命のスープ。

「もしかして……、う――海？」

アクア・アルタを起こすぞ。それも、とびっきり酷い高潮を。

3

底なし沼で身動きが取れないのは、そこが沼だからに他ならない。池だったなら溺れることなく、泳いでの脱出が可能になる。そもそもこの落とし沼だって、そんな風に作ったに違いないのだ、まず大きな穴を掘って、掘り出した泥土を穴に、水とブレンドした状態で戻すというように――言わば泥土の水割りだが、ならば水の配分を増やしてやればいい。思いっきり水で薄める。日本では、その昔、水と安全はタダと言われていたけれど、ヴェネチアでは水は、お金を払ってでも引き取って欲しいほど溢れている――ついでに言えば、起きうる水害の多さゆえに、桶やらバケツやらもまた、その辺にごろごろしている。帯と下駄で作った救難ロープを、三つ編み同様にその辺の葦《あし》に縛り付けて、あたしと旧警部はバケツリレーに勤しんだ。いがみ合った仲のふたりの共同作業、少年漫画の王道展開みたいで感動するぜ――片方は初老の、和服の裾《すそ》がはためく足袋《たび》のおっさんだが。どの層に向けたサービスシーンだよ、あたしのせいだけど。一方で、大胆なビキニでリド島のリゾートビーチを泳がなかったみよりちゃんは、トルチェッロ島の湿地帯で、着衣水泳の憂き目《うきめ》に遭うことになったわけだ――湿地帯じゃなきゃ、たとえモノホンのアクア・アルタでも、地面をリキッド状態にはできなかったろうが。なんとも泥試合な解決ではあったが、とりあえず天才で可愛い心理学者は、心憎くも九死に一生を得たのだった。もちろん、救助されたみよりちゃんは元より、あたしもさながら田んぼで遊んだ子供のように、全身どろんこになっちまったので、オテル・ダニエリに戻れば受けることになる、メイド長からの厳しい叱責はまず不可避であろう。

「三つ編み三本のあの女を殺し損ねて、さぞかし気落ちしているだろうとぼくを慰めたく思っている心優しい皆さん、安心してください。そのお気持ちはもちろんありがたく受け取らせてもらうけれど、ぼくはぜんぜん落胆なんてしていない。むしろ喜びに溢れているのだ。むしろ殺し損ねてよかったとさえ思っている。失敗してよかったと言いたいし、ぼくとしては失敗だとさえ考えちゃいない。

「これが成功でなければ何が成功なのか？

「負け惜しみに聞こえるかもしれない。なので強く拘泥するつもりもない、泥だけに、とか。失敗か成功かの判断は、のちの歴史家に委ねるとしよう。でも、終わってみれば、あれがベストの結果だったことに、疑いの余地はない。

「なるほど、確かにぼくがトルチェッロ島に仕掛けた罠は、望ましい成果をあげられなかったし、実験としては、完璧に空振りに終わった。泥による溺死は実現しなかった——広義の意味では、あれは失敗だろう。仕掛けた頃の過去のぼくなら、そう思ったかもしれない。敗因は、スマートフォンの頑丈さを侮っていたことだ。たとえ生活防水がほどこされていたとしても、泥に浸かった段階で、あの精密機器は壊れるとばかり思っていた。科学技術の進歩にはいちいち驚かされる——助けを呼んだばかりか、位置情報まで発信しようとは。

「三本の三つ編みを救難ロープにするアイディアにも恐れ入った。敵ながらあっぱれと言いたいところだ——もっとも、多くは語らないにせよ、あのヘアスタイルのお陰であの女が命拾いしたことが、やや皮肉な出来事であることは、ぼくとしてはしかと付記しておかねばならない。その事実を、あの女自身が知ることはあるまいが……、だが、それよりも何よりも。それよりも何よりも、だ。

「失敗と言うには、ぼくはこの件で何も失っていないし、どころか、大きな収穫を得たと思っている。だから負けたなんてちっとも思っちゃいない……、これが勝利じゃないなら、いったい何が勝利なのだろう？　卑屈になる要素なんてどこにも見当たらない。

「と言うのは、あの女だ。

「あの女である——言うまでもなく、ここで言うあの女とは、三つ編み三本のあの女ではない。その女を救助してみせた、あの女のことだ——やけに赤いあの女。

「赤い女。

「ぼくが仕掛けたトラップを、力ずくのような手法で、しかしこれ以上なく機転を利かせて無効化してくれたあの女——身動きを封じる、溺れるしかない泥土を水割りにして、泳げるように変えてみせた。

「そうだよ、あれなんだよ、ぼくが見たかったのは！　ぼくが起こしたかった奇跡は。ああいう奇跡を起こしたかったんだ、ぼくの希望通りのことが起こった。ぼくの請願が天に通じたのである。なのであの生還はもう、ぼくが三つ編み三本を救ったようなものだ。ぼくはただ無益な殺生をせずに済んだだけではない、かけがえのない命を、無償の奉仕で助けたのだ。だから断じて失敗ではないのである。どうしてそれが失敗であろうものか。成功だ、大成功だ。

「だって、これで計画は大きく前進した。もしも、やけに赤いあの女——赤い女が、ぼくの妻の死に際に同席していたら、羊水に溺れる彼女を、救ってくれたに違いないのだから。逆に言えば、ぼくの妻はあの赤い女に殺されたも同然だ。許しがたい。だがあえて許そう。ぼくが寛容だからではない、それも少しはあるにしても。

「ぼくが赤い女を許すのは、協力を願い出る者として、最低限の礼儀だからだ——赤い女の協力なくして、満願成就はないと確信した。言うまでもなく、ぼくの妻そっくりの美貌《びぼう》であることも、決断の後押しになった。あの女優が瓜二《うりふた》つだと思っていたが、勘違いだった。双子なんじゃないかというくらい、赤い女はぼくの妻そのものだ。

「もう三つ編み三本の女はどうでもいい。彼女は脅威じゃなくなった、ぼくにとっては無力化された。どうして彼女の追跡に、ぼくはあんなに怯《おび》えていたのか、精神的に成長した今ではもう不思議なくらいだ。ぼくとぼくの妻のラブストーリーにおける役割は終えた、クランクアップである。花束を進呈《しんてい》したい。

「ターゲットは、赤い女だ。人類最強の請負人だって？　面白い。赤い水で溺れてもらおう」

第九章　ヴェネチア本島（4）

1

サンマルコ広場のヴァポレット乗り場でサンヴェローゼ旧警部と別れホテルに戻ると、玲から思いのほかしっかり怒られた——覚悟はしていたつもりだったが、買ってもらった服をどろどろに汚して帰るというのは、ここまで怒られる悪さだったとは。非行少女時代にもこんなに怒られたことはなかった。顔も知らねえお母さんを思い出したぜ。一式をクリーニングに出してみよりちゃんと交互にシャワーを浴び（なんだ、あたしがみよりちゃんを押しのけて、シャワーを先に浴びたとでも？）、バスローブ姿で整ったところで（さすがにバスローブは赤くなかった）、玲が本当に通りで購入してきたコーヒーミルとミルククリーマーで淹《い》れてくれたカフェラテで一服する。ネスレのマシーンを買って来いよと突っ込みつつ、フローリアンのカフェラテとはぜんぜん違ったが、これはこれでありだと思わせてくれる味わいだった——まあ、真冬に泥水で水泳大会を開催した直後だったら、白湯《さゆ》でもおいしく感じるだろうが。

「シニョーレ・サンヴェローゼですか。初めて聞くお名前ですね。大戦争時代の知人ということになりますでしょうか？」

　大戦争ってワードも懐かしいな。けど、正確に言うとそれより前だよ。開戦前、つーか、戦争の準備段階って奴だ。あたしの非行少女時代、つまり、修行時代のことだから。

「あんまり聞きたくないわね。哀川潤さんの、武者修行の旅なんて」

　武者修行って言っても、イギリスに行ったりヴェネチアに来たりの、みよりちゃんが現在進行形でしているのと大して変わらないよ。あたしにとっての青春だ。今で言う短期留学みたいなものだった。サンヴェローゼ旧警部は、いわばホームステイ先さ。第四の父親として慕っていたってのも、満更作り話じゃねえ。

「ふうん。てっきり哀川さんの昔の知り合いって、一族郎党、ひとり残らず死んでらっしゃると思っていました」

　何をてっきり思ってるんだよ。生きている奴もいるよ……、運のいい奴は。

「たとえば？」

　……小唄とかはそうかな。運がいいって言うか、あいつは性格が悪いんだけど。酷かったんだぜ、石《いし》丸《まる》小唄の七本槍《ななほんやり》時代は。そもそもあいつみたいなのが七人いたってだけでも地獄だよ。『怪盗の小唄』『簒奪《さんだつ》の詩吟《しぎん》』『騙取《へんしゅ》の合唱《がっしょう》』『脱獄の朗読《ろうどく》』『義賊の童謡《どうよう》』『掏摸《すり》の曲芸《きょくげい》』『返還の狂歌《きょうか》』で、七本槍……、七つの海を股にかけて世界中を震撼《しんかん》させた七人組だったが、うーん、確かにあんな怪物じみた連中でも、生き残ったのは小唄だけか。

「天才で可愛い私が生まれる前の昔話も結構だけれど、酷いのはアクアクアでしょ。天才で可愛い私を殺そうとするなんて……」

カフェラテで身体を温めながら、ベッドに腰掛けて嘆息するみよりちゃん……、時間が経過して、ようやく現実感が出てきたのかもしれない。麻痺《まひ》していた感覚が——単純に、一時間以上、冷えた泥沼に囚《とら》われていたわけで、それだけで心臓麻痺を起こしていてもおかしくはなかった。もしかして、病院に連れて行ったほうがいいかな？

「ご心配なく、暗殺されかかった経験がないわけじゃないわ。神童なんてやっていると、社会的に抹殺されかねないことも多くって。初めて命を狙われたのは四歳の頃よ」

小さな身体に重いもんをしょってるなあ。一応、みよりちゃんは殺人犯に命を狙われているみたいだから、もうヴェネチアを離れたほうがいいって、まっとうなアドバイスをするつもりだったんだけど？昨日は、ここで逃げるのは士道不覚悟だって話をしたが、直接ターゲットにされているとなれば、ぜんぜん話は違ってくるだろ。みよりちゃん、戦闘タイプの人間じゃないんだから。

「戦闘タイプの人間って何よ……、逆ね。天才で可愛い私は、理不尽に殺されかけたことによって、ますますヴェネチアを離れたくなくなったわ。帰りたいんだったら、哀川潤さんひとりで帰ってくれる？」

そこまでいくと、学者の意地とか身の安全より優先される知的好奇心とか言うより正常性バイアスみたいだぜ、みよりちゃん。

「いくら向かうところ敵なしの人類最強の請負人だからって、心理学者に正常性バイアスを説くのはやめていただくわ。意地になってるわけじゃない。トルチェッロ島にだって、ヒントを求めて行ったんだから――」

そう言ってたな、そう言えば。だからおこもりをやめて、アクア・アルタの中、ホテルを出たとか。勝手に。

「天才で可愛い私のお出かけに、あなたがたの許可は必要ありません」

でも、その着想は空振りだったんだろ？　その辺、ごちゃごちゃしているから、順番に話してくれよ――ヴェネチアを離れねえってんなら、あたしも、サンヴェローゼ旧警部から聞いた情報を開示しなくちゃなんねーし。

「ああ。オランダから逃亡中の、最有力容疑者でしたっけ？　意外ですねえ。風車とチューリップの国から、そんな凶悪な犯罪者が生まれるだなんて」

オランダへの理解が、水たまりくらい浅い……、ニンジャとスシの国が鎖国時代に、貿易をしていた数少ない相手国だぜ。

「私はユーロポールから呼び出しを受けたことはありませんので……、それで言いますと、私のほうからも提供したい情報がありますので、よければついでに聞いてください」

メイド長が買い物のついでに、なんで聞き込みをおこなっているんだよ。どっちがついでかわかんねーな、捜査会議みたいになってんじゃねえか。なんならあたしのパパも呼ぼうか？

「女子会ですから」

女子じゃねーのが二名いるだろ。

「哀川さんだって友達が殺されかけたんですから、怒りに燃えているでしょう？　アクアクアに一発やり返さないと、気が済まないでしょう？」

煽《あお》られてもね。友達が殺されたからっていちいち仕返ししてたら、それだけであたしの人生が終わっちまうぜ。そりゃ全員じゃあないけれど、あたしの知り合いはだいたい死ぬんだから。お前も例外なんだよ、メイド長。ひとりふたりなら仇討《かたきう》ちをしようって気にもなるけれど、仇討ちをしたい相手が百人を超えると、これはきりがないなとうんざりさせられる。だから、殺されたあいつらは復讐《ふくしゅう》なんて望んでいないと思うことで乗り切っているぜ。

「助けてもらっておいてなんだけれど、そんなの友達って言えるの……？　感謝しづらくなる」

「人類愛が深過ぎて、人間同士の争いでは復讐心が湧かなくなっちゃってますね。哀川さんは業も含めて、人類を愛してらっしゃるから。怒りっぽい割に、意外と許しの人なのかもしれません」

そんな愛にも限度はあるぜ。たぶん、水都の溺殺魔についての語りは、そういう話になるだろう……、じゃあ、捜査会議を始めるか。仇討ちじゃあねえけれど、犯人逮捕に協力するって、サンヴェローゼ旧警部とも約束しちまったしな。

「その約束はかなりの押し売りだったような……、でも、哀川潤さんにはともかく、あのおじさんには感謝しなくちゃね。あくまで天才で可愛い私の目的はヴェネチアの橋の検証で、殺されかけたことに対する復讐心に欠けているのは同じだけれど、だとしても捜査協力はさせてもらうわ」

2

それは既にヴァポレット乗り場で別れる前に、サンヴェローゼ旧警部に話したことではあるが——殺人未遂の被害者としての正式な事情聴取は、体調が回復するまで待ってもらっている——、残念ながらみよりちゃんは、犯人の顔は見ていないらしい。

「あの落とし沼は、天才で可愛い私がトルチェッロ島の散策中に見つけた、五つ目の沼だったのよ。いわゆる落とし穴みたいに、蓋をされて隠されていたわけでもなかったから、最初は、『なんでこんなところに沼があるんだろう？』って、不思議って言うか、不自然に感じていたんだけれど——人工の沼なんだから、不自然で当然よね——、いくつも発見するうちに感覚が鈍ってきて、『まあ、これはこういうものなのかな？』って、慣らされちゃって、いわば油断してきたところで、引っかかっちゃったの」

引っかかっちゃったの？

「文字通りよ。沼のすぐそばで、茂る草が輪っか状に結ばれていて、それにつま先を取られたってこと——葦に足を取られたのよ」

うまいことを言って、すげー原始的なブービートラップに捕らわれたことを誤魔化そうとしているのかな？　ただまあ、原始的ながら、工夫もある——足下の輪っかがある沼とない沼を複数用意したところなんて、実に性格が悪い。慣れたところで本命とか。みよりちゃんは沼に直接、背中を押されるなりなんなりで突き落とされたわけじゃなく、いわば仕掛け罠にしてやられたわけだ。

「だとすれば、たまたま引っかかってしまっただけで、犯人は軸本さん個人を狙ったわけじゃないのでしょうか？　トルチェッロ島を訪れた観光客なら、誰でもよかったのかも――」

どうなんだろうな。あそこはトルチェッロ島の観光ルートからは外れているし、何らかの誘導はあったんじゃねーのか？　いわゆる『誘い水』って奴だ。みよりちゃんが島に向かったから、普段はオフにしているトラップを、みよりちゃん向けに調整したって気はするぜ。

「普段はオフに？」

草の輪っかがなきゃ、ただの沼だろ。人工って言うなら、島自体が――島全体が……。

「？　どうしたの、哀川潤さん？」

いや、なんでもねえ。島全体が人工なんだからって言おうとしただけだ。本人としてはどうなんだ？　ミスディレクションなりマジシャンズセレクトなり、散策コースの誘導はあったと思うか？

「あったとしても、この優秀な心理学者が引っかかるはずがない――と言いたいところだけれど、そもそもブービートラップに引っかかっちゃったあとじゃ、その否認は困難を極めるわね。天才で可愛い私の来島に合わせて、トラップを発動させていたっていうのは、ただ、ありえる話だと思う……、沼の配置は万人向けの『ヘンゼルとグレーテル』だったとしても、ブービートラップは、天才で可愛い私の身長や歩幅に合わせていた嫌いがあるもの」

日本人の中でも小柄なほうだから、もしもみよりちゃんを狙うのであれば、そりゃあトラップの微調整は必要になるだろう……、そうでなかったのであれば、犯人は観光客ではなく、子供を狙っていたことになる。それが決してないわけでもないのがおぞましいが。ただ、みよりちゃんが狙われたのだと仮定すると、どうして狙われたのかがわからなくなる。心理学者はどこかで殺人犯の恨みでも買ったのか？　暗殺されそうになったのが初めてじゃないとは言っていたけれど。

「どうかしら。正直、この件に関しては心当たりがないわ。そこは哀川潤さんからの情報に期待しているのよ——思い当たる節があるかもしれないから。天才で可愛い私は、知らず知らずのうちに人を傷つけていることは自覚しているわ」

嫌な自覚だな。でも奇遇だな、あたしもそういうのわかるぜ。

「哀川潤さんは知っていても人を傷つけるでしょ。逃げたりせずに調査を続けるつもりでいたけれど、外出するたびに命を狙われるんじゃ、現実問題、フィールドワークにならないわ」

「たとえ今日までは狙われていたとしても、明日からは狙われていないというケースも考えられますよ」

と、玲。拝聴しよう、殺人マニアが何か語るぞ。

「つきまとい行為、いわゆるストーキングとは、被害者にはよくわからない理由で始まって、よくわからない理由で終わることが多いそうです。勝手な思い込みで命を狙っておきながら、まるで『飽きちゃった』みたいな独り合点《ひとりがてん》で、すっぱりやめちゃうんだとか。未遂だったとは言え、軸本さんを沼に嵌めて、死ぬような思いをさせただけで、もういいや、そこそこ満足したし次いこ次って、思っちゃってているかも……」

そんな勝手な話があるかよと、あたしの素人判断は突っ込みをいれたくなったけれど、みよりちゃんは難しい顔をして頷《うなず》いている――当事者としてはともかく、心理学者としては、反論の難しい論調なわけか。

「アクアクアのような確信犯の場合は特に。恨みがあって被害者を選んでいるわけじゃないんでしょうし――完全なランダムではなくても。たとえばですけれど、こんな悪条件の中でトルチェッロ島へ向かう軸本さんが目について、『このアクアクア様の仕掛けた芸術的トラップを破壊する悪魔の遣いでは⁉︎』と、追いかけて来ただけという仮説も立てられます」

アクアクアのキャラが漫画版だ。何の根拠もない、勘みたいな臆測ではあるが、他ならぬ玲が語ると説得力があるな――だとしても、向こうから見られていたとするなら、みよりちゃんの視界にも入っていたかもしれないわけで、あたしの仕入れてきた情報と照らし合わせれば、特定できるかもしれないわけだ。

「そうね。犯人の顔がわかれば、フィールドワーク中、気をつけることはできるわよね。今となっては、向こうのほうが天才で可愛い私を避けるかもしれないけれど」

「それ以前に、軸本さんがどうしてトルチェッロ島に行ったのか、まだ聞いてませんでしたね。悪天候にもめげずホテルを飛び出したくなる天啓とはなんだったのですか？　私にもわかるよう、説明していただけると」

玲の要請を受けて、オフ日とは言っても、団体行動なのに誰にも言わず、メッセージも残さずにホテ

ルから出掛けた後ろめたさもちょっぴりはあるのか、みよりちゃんは珍しくしおらしく、

「天啓と言うより――ヴェネチアの原点を知るべきだと考えたのよ、天才で可愛い私は」

と言った。

「ケーニヒスベルクの橋の検証場所として、独立した運河と橋の王国以上に相応しい場所はないって理由で、教授とゼミ生達はここヴェネチアを選定したわけだけれど、あれこれ考えているうちに、そもそもこの選定がまずかったんじゃないのかって思ったの。なので、歴史を辿ろうと思って。今までは横軸でヴェネチアを見ていたけれど、縦軸で見れば、わかることがあるんじゃないかって」

結構、大がかりなてこ入れをしようとしていたようだ――オフ日を潰すどころか、下手をすれば数ヵ月以上かかりかねない、千年共和国に対するマジのフィールドワークである。

「さすがに数ヵ月もかける気はなかったわよ。せいぜい二週間くらいかしら。冬期休暇じゃ収まらないから、担当している授業はしばらく休講にして」

こんな奴が講師だったら、学生はやってられねーな。学校をろくに知らないまま先生になると、ろくでもないカリキュラムを組んじゃうわけか……、もしもあたしに客員教授の話が来ても、断ったほうがよさそうだ。

「あなたに客員教授の誘いをもっていく大学は、潰れたほうがいい」

さらっと言ってから、

「でも、実際には沼に落ちる前から出鼻はくじかれていたわよ。いざ上陸してみると、的外れなことを

しているって感じた。迷宮都市の島から離れたはずなのに迷走しているなって。迷走神経のように」

迷走神経とか、専門家っぽいちょい足しをしなければ、普通にお上手だったんじゃ……。しかし、みよりちゃんは心理学者であって歴史家じゃないんだから、ヴェネチア史を一から振り返るってアプローチは、客観的に言わせてもらっても、元を正し過ぎという気はする。寿司を握る修業で、魚を卵から育て始めたみたいな迂遠《うえん》さだ。

「その通り。だから今となってはすっぱり諦めたわ」

そうなのか？　それはそれで極端だな。未遂どころか、ほぼ何もやってないうちからやめたようなもんじゃねーか。まさか、なんだかんだ言い訳しつつ、落とし沼だらけの島にビビったんじゃ？

「意地の悪いことを言うわね。まあそれはある」

あるんだ。

「ルールを思い出したというのもあるわ。たとえヴェネチアの過去にどんな橋がかかっていたとしても、今回の検証には関係ないもの。それなのに歴史を縦断しようって行為は、プロ意識に欠けた探究心でしかないし」

プロ意識か。持ったことねーなあ。

「でしょうね。天才で可愛い私に求められているのは、史学的ではなく、数学的でさえなく、もっと心理学的なアプローチのはず——原点に立ち返るとすれば、そちらだったのよ。数学と心理学は、ぜんぜん違うのだから」

思い切った前言撤回、と言うより舵取りをするみよりちゃんだ。教授のゼミ生はどうしてこうも明白な定理を調査し損ねるようなありえないミスをしたのか、その原因を探るっていうのが、心理学者の仕事なんだっけ？

「ええ。ただ、哀川潤さんがゼミ生と同じミスをしたとは思っていない。じゃあ、『レオンハルト・オイラーにミスがあったとしたら』？　次はそんな不遜《ふそん》な視点で、恐れ多くも考えてみようと思うの」

次の目標をすぐに見つけているあたり、つくづく非凡な子だね。この数日に二度も死にかけていることを思えば、益々《ますます》だ。

「二度？　……ああ、ゴンドラでムラーノ島に移送したことも含んでいるのね。やっぱり死にかけていたんだ、あのとき、天才で可愛い私は……」

んじゃ、捜査会議も次に行こう。あたしと玲、どっちから話す？

「僭越《せんえつ》ながらこのメイド長が繋ぎましょう。哀川さんには大トリをお願いします」

3

「コーヒーミルとミルククリーマー、あとは必要な日用品を購入した帰りに、アクア・アルタの発生でも、アクアクアの騒動でも、ヴェネチアから離れることのできないホームレスの方々への炊《た》き出《だ》しがおこなわれていたので、その集いに参加させていただきまして……」

待て待て待て待て。何やってんだ、って言うのもおかしいけれど、何を善行を働いているんだ、てめーは。あたしらが好き勝手やってるアドベンチャーを繰り広げている間に。真に世界を平和に導くのは、英雄でも学者でもなく、お前のような奴なのだ、じゃねーんだよ。何をお前が人類愛に溢れてるんだよ。見ろ、みよりちゃんを。目を丸くしちゃってるじゃねえか。

「元よりあなたがたの旅費を全部持っている赤神家が、慈善事業に力を入れるのは当たり前だと思いますが……、そんなに意外そうに言わなくても。さすがに心外ですよ」

ぷうっと頰を膨らます玲。何歳だよ。

「でも、天才で可愛い私も意外だわ。才能のパトロンにしかならないディレッタントの富裕層じゃなかったのね」

「投資とも言えますよ。日本もヨーロッパも格差社会ですが、才能はあらゆる階層に息づいていますから。それを言ったら哀川さんだって、非行少女になる以前はマンホール育ちだったのでしょう?」

あれ？　なんで知ってんの？　話したっけ？

「広辞苑《こうじえん》に載っていましたよ。請負人の項目に」

載ってるか。まー、しかしそうだな。三人の親父があたしを『発掘』してくれていなければ、未だあたしはニューヨークの地下暮らしである。その後の非行少女時代が、それよりいい暮らしだったかと言えば、また別の話だがね。

「ニューヨークがオランダ領だった頃の話？」

あたしを年上だと思い過ぎだろ、みよりちゃん。

「石巻市《いしのまき》にもあるのよね、マンハッタン島。ケーニヒスベルクの橋の検証は、あそこでもできたかしら」

石巻領なのはマンガッタン島だよ。

「続けてもよろしいでしょうか？　私の善行自慢、もしくは投資話を」

どうぞどうぞ。次やるときはあたしも呼んでくれるならな。

「それとなく聞いて回ったんですよ。集まったホームレスの方々やボランティアの皆さまに。以前に起きた、比較的大規模なアクア・アルタの際に、犯人の姿を見なかったかって」

真の目的はその聞き込みだったたんじゃないかと言いたい衝動に駆られたが、そこは慮《おもんぱか》っておいた。確かに、路上での生活を余儀なくされていれば、中には観光客や住人よりも、迷宮都市の構造には詳しい者もいるかもしれない……、ボランティアには教会関係者が多かろうから、『犯人はカメラのない教会内に逃げ込んだ』という、あたしのいい加減な仮説も、同時に検証できるわけだ。教会をアジトとするなんてのはありえなくとも、アクアクアが告解に来たことがあるかも——いや、サンヴェローゼ旧警部から聞いた犯人像から考えて懺悔室とは無縁そうだし、まかり間違って許しを求めて来たことがあるとしても、それを教えてくれるわけがないが。懺悔室には警察以上の守秘義務がある。

「結果から申しますと、直接、犯人に繋がる情報は得られませんでした。私が観察するところ、犯人をかくまっているかたもおられなさそうでしたね。普段はホームレスに紛れ込んでいるというケースも想定しましたが、最近の新入りは女性ばかりだそうです」

それはそれですげー問題だが……、男ならホームレスになってもいいってわけでもねーしな。ただし、確かにあたしがサンヴェローゼ旧警部から聞いた最有力容疑者は男だぜ。

「ええ。それをうかがう前から、この事件の犯人は男性っぽいと思っていました。これまでの犯行はどれもこれもそうですが、中でも落とし沼を複数掘るなんてのは、相当の腕力が必要でしょう」

「三人乗ったゴンドラをムラーノ島まで漕げる女性もいるけれどね」

ちくりと刺してくるね、みよりちゃん。じゃあ班田玲が生まれて初めて世間様のお役に立てたことを除けば、収穫はなし？　さっきなんか、話したいことがあるみたいなことを言ってただろ？

「直接的でなく間接的な繋がりと言いますか――ひとりの若年ホームレスのかたが、ほのめかしてくれた情報がありまして。……おかしな確認になってしまいますけれど、ホームレスって単語は、使用しても大丈夫なんですよね？」

本当におかしな確認をして来たな。あたしは気にならねーよ。みよりちゃんが大丈夫なら大丈夫だろ。

「？　何か大丈夫じゃないの？」

「もう少し強いと言いますか、差別的な言葉もあったんですよ。言葉をなくしたからと言って社会問題が解決されるわけではないのですが、ホームレスというニュアンスも、嫌う人は嫌います。ご本人の中にも、言われたら傷つくかたもおられますし、気を遣われるほうが傷つくかたもおられます。かく言う私も、雑に富裕層扱いされると傷ついたりします」

「雑に富裕層扱いして悪かったわよ」

「その若年ホームレスのかたは、家がないわけではなかったので、厳密にはホームレスの定義からは外れるという用語のズレもありました。そこは広く受け止めていただければ——彼女はこう言ったのです」

若年ホームレスで女性かよ。事件とは関係ないところで暗澹《あんたん》たる気持ちにさせられるな。それもまた、若い男性だったら一切何の問題もございませんってわけじゃないにせよ。

「『リメンバー・ガイフォークス』と、彼女は言いました。ただ一言、ツーワードで」

ガイフォークス？　誰だっけ？　ヴェネチアの有名人か？　『ヴェニスに死す』か『ヴェニスの商人』の登場人物だっけ？

「まだ『ヴェニスの商人』のほうが近いわね。ガイフォークスはイギリスの有名人だから」

ここぞとばかりに、イギリス滞在中のみよりちゃんがしたり顔で乗り出してきた——そりゃシェイクスピアは英国作家だけれど、お前『ヴェニスの商人』読んだことねーだろ。

「その昔、十七世紀初頭かな、イギリスの国会議事堂を爆破しようとした軍人よ。未遂に終わったそうだけれど、大胆にも目標である国会議事堂の地下室を根城にして、大量の爆弾を準備してね。何ヵ月もそのアジトに潜んで、タイミングを計っていたそうよ。『リメンバー・ガイフォークス』は、そんな事件を風化させてはならないというフレーズね」

ふうん。勉強になるね。けど、それが今、何か関係があるのか？　手を替え品を替えてくるアクアクアも、さすがに爆弾は使ってこねーだろう。爆弾に溺れるって、手榴弾《しゅりゅうだん》のボールプールとかか？　その子も、もしかするとイギリスゆかりのヴェネチアンだったのかもしれねーけど——

「彼女が教えてくれたのは『地下室を根城』のほうでしょうね。探している水都の溺殺魔は、地面の下に潜んでいるんじゃないかって」

「地面の下に？　いえ、ないわ。アジトとしては、確かにお誂え向きだけれど、今のはイギリスでの話よ。あるいは哀川潤さんが幼少期を送っていたっていうマンホール生活は、ニューヨークでならできると思う。でも、ヴェネチアに隠された地下室なんて、あるわけがないでしょう。地面を掘っても、水しか出てこないわ」

「それですよ。『水しか出てこない』。地下はないかもしれませんけれど、ヴェネチアでは、町中にあるじゃありませんか——井戸が」

「井戸」

「もう使用されていない古井戸ではありますけれど——使用されていないからこそ、隠れ家になりうるんじゃありませんか？」

4

メイド長の社会貢献活動の発表会が終わり、次はいよいよ満を持して、あたしの番だった。水都の溺殺魔ことアクアクアの、今のところの最有力容疑者である、ガロンセント・カラン氏の半生を、語るときがやってきた。

「ぼくの半生はぼくが語る。誰にも代弁などさせない、ぼくの妻にだって、ぼくのことは語らせない。だってぼくはぼくなんだから。

「ぼくは尊敬すべき父と素晴らしい母の下に生まれた。特段に裕福な家庭とは言えなかったかもしれないけれど、普段の生活に不自由したことはなかった。面倒見のいい兄と手のかかる妹の三人きょうだいで、くだらない喧嘩はたえなかったけれど、仲直りも早かったね。夏と冬にそれぞれ、家族でお出かけをする習慣は、ぼくが家を出るまで続いたね。

「クラスの人気者とはいかなかったけれど、友達は多いほうで、それが学生時代の自慢だった。試験の結果なんかよりもずっとね。頼まれると断れない性格だったから、結構面倒ごとに巻き込まれたりもしたけれど、それも今となってはいい思い出だし、そんな得がたい経験で、かけがえのない仲間ができたことは、何よりも財産だ。

「十五歳のときに、母を亡くした。当時はまだ治療法のなかった病《やまい》に冒され、一年近く入院したのちに、静かに逝った。事切れるまで、母はずっとぼくのことを気に掛けてくれていた。父と母はぼくにとって理想の夫婦で、ぼくはぼくの妻とも、そんな風な関係でありたいと望んでいた。そして両親がぼく達きょうだいを愛してくれたように、ぼくも自分の子供を愛したいと思っていた。

「運動はなんでもやったけれど、一番集中したのは、やっぱり水泳だった。もしも今のぼくの肉体に、向上心や根性といったものが根付いているのだとすれば、それはあのとき手を抜かずに頑張ったご褒美だ。文化系の活動で言えば、少しだけ音楽にも手を出した……、小さい頃に両親が習わせてくれたバイオリンの素養が、役に立ったといっていい。あくまでインディーズだけれど、CDを作って売ったりしたね。気恥ずかしいけれど、調子に乗ってタオルやストラップといったグッズまで作ったりした。

「とは言え、女性遍歴について語るのは勘弁して欲しい。過去に遡り、愛を誓ったぼくの妻に対して、裏切りを働いたような気分にはなりたくない。そう教育を受けたよう、異性には常に敬意を払ってきたつもりではあるけれど、彼女達の期待に応えきれなかったこともあるとだけ言っておこう。ぼくも完璧じゃあない。

「高校を卒業したあとは、志願して従軍した。国のためになることをしたかったからだ、選挙に参加することや、税金を払うだけでは、ぼくの愛国心は耐えられなかったのだ。もちろん海軍だとも。残念ながら、理不尽な上官と衝突することになってしまい、戦場を知らないまま、わずか数年で退役することになったのには悔《く》いが残る。その後は大学に入って、勉学に身を捧げた。趣味で水泳は続けていたけれど、これはまあ、健康のためだったね。

「周囲の推薦に乗せられる形で老舗の一流企業に就職し、なんだかんだで重宝されたものの、結局は『これはぼくのやりたいことではない』という思いが拭《ぬぐ》いきれず、学生時代の仲間と起業することにした。ぼくはひとつの流れに属す者ではなかった。お金儲《かねもう》けが目的じゃない。視野を広く持ち、これからのグローバル社会の役に立ちたかったのだ。本来、社長なんて柄じゃないのだけれど、ぼく達はみんな若かったし、自然と、リーダーのような立ち位置になってしまったのはいつものことだ。

「ぼくの妻との出会いについても語ろう。彼女はぼくが起業した直後、勝手がわからず苦しかった頃に通っていた喫茶店の、マスターの娘だった。最初に出会ったときから、彼女はぼくの癒《い》やしだった。話を聞いてくれたし、サービスでクッキーをつけてくれることもあった。ちょっとしたアドバイスをくれて、それが後々、会社の発展に繋がったことも。そのほかにも何くれとなくサポートしてくれて、いつからかぼくは、彼女を女神のように崇《あが》めるようになった。美の女神であり、勝利の女神であり、ぼくの女神だ。

「プロポーズはぼくから。もちろん彼女の返事はイエス。実のところ、ヴェネチアだったかどうかはともかく、海外のリゾート地で披露宴を開く計画もあったのだけれど、できるだけ多くの友達を呼びたかったから、愛する故郷であるハーグで盛大に開いたのが正解だったのだろう。

「ああ。

「もう返ってこない日々。二度と帰れない日々。すべてがすっかり変わってしまった。けれど後悔と共に半生を思い出すのはよくないことだ。どれほど懐かしかろうと、輝いていようと、あくまでこれは半生だ、人生の半分でしかない。逆に言えば、ぼくの人生は、ここからいくらでも変えられる。

「半身を失った半生であっても。

「そのためにも、ぼくは愛するぼくの妻を奪った犯人を突き止めるのだ。前を向き、前に進むためには、それは絶対に必要なことだ……、彼女は溺れたのか、溺れていないのか。いったい、彼女を殺したのは何者なのだ？

「この謎を解明するには、ぼくの妻の生まれ変わりかもしれないあの赤い女を、なんとしても溺死させなければ……、ここまでの検証は、思えばすべて練習のためでしかなかった。比較実験であり、総決算だ。ぼくの妻の死に水を、ぼくが取る」

■■

第十章　ヴェネチア本島（5）

1

　オフ日の夜はパパとデートだった。お勧めのお店を予約してくれたというので、お手並み拝見といこう。日本のメディチ家の財力を無尽蔵に使える玲と同じレベルのディナーを、降格された宮仕えの旧警部に期待するのは無茶というものだが、親にめっちゃ甘えるってのを、昔からやってみたかった。未成年がいないからイタリアワインも飲み放題だしな。

「そういうことでしたら、急いでドレスを新調しましょう。さすがに数時間ではオートクチュールとは参りませんが、炊き出しに参加してらしたさるブティックのオーナーと交流を深めたところですので、相談に乗ってくれるはずです」

　社交的な頼れるメイド長のお陰で、快適な旅をさせてもらっているぜ、まったく――今度はどろんこにしないでくださいねと念を押されたが、どうだろう、それは約束できねえ。ディナーのあとの予定も詰まってるからな。

「力になりたいのです。私は父親とはいい関係が築けませんでしたから」

とかも言っていたが、お前んところの親子関係はそんな生やさしいもんじゃなかっただろ。身寄りのないみよりちゃんからは、

「第四の父親という概念が、天才で可愛い私にはよくわからないけれど……、哀川潤さん、旧交を温めるだけじゃなく、班田玲さんを見習って、ちゃんと情報収集をしてきてね」

と言われた——言われなくとも。アクアクアに関する捜査情報だけでなく、現在はヴェネチア在住で、つまり土地勘のあるサンヴェロー ゼ旧警部に訊けば、ケーニヒスベルクの橋問題の、解決策とは言わないまでも、ヒントのようなものは得られるかもしれない。まあ、あたしの知る、旧じゃなかった頃のサンヴェローゼ警部は数学のすの字も知らない勘頼りの男だったけれども。みよりちゃんも斜に構えた天才児だとばかり思っていたけれど、意外と生真面目と言うか、とことん責任感が強いところがある。一緒に泊まりがけの旅行をしてみねーと、わかんねーことってあるよな？　で、サンタルチア駅で待ち合わせをしたサンヴェローゼ旧警部があたしを連れてヴァポレットでエスコートした先は、ピザ屋だった。ピザ屋？　ピザ屋だと？

「違う違う。イタリアではピッツァと言うんだ」

イントネーションの教育をあたしに施してんじゃねーよ、パパ。日本語を教えてやったお返しか？　目一杯おめかししてきた娘にジャンクフードを食わそうとは恐れ入った。日本では虐待と言われてもおかしくない蛮行だぜ、これは。ろくでなしの三人の親父だって、ここまでのネグレクトはしなかった。

「うるせえなあ。娘ってのがそんな感じなら、俺は家庭を持たなくて正解だった。イタリアじゃピッツ

アはジャンクフードじゃないんだよ」

そりゃ知ってるが、ナポリとか、南部のほうの話だろ？

「この店はそのナポリから、石窯《いしがま》ごと引っ越してきた名店だよ。心配するな、ピッツァ以外にもきちんと、ヴェネチア的なイカスミ料理も出してくれるトラットリアだから」

あらそう。まあ、文句をつけてみたものの、あたしはジャンクフードが大好きだし、三人の親父に叩き込まれた堅苦しいマナーから解き放たれた気取らない雰囲気のほうが、芯《しん》に合ってるってのも確かだ。そういう意味じゃ愛娘《まなむすめ》の本質を見透かしたパパのチョイスだとも言える。ドレスを見繕《みつくろ》ってくれた玲には悪いけども、裏道にある半地下の隠れ家的ピザ屋ってのは、落ち着かなくもないぜ。半地下なので、アクア・アルタが起こったら、水没で臨時閉店する立地条件らしいが……、それ以上の臨時はねーな。

「最近じゃまったく起こらなくなったが、このヴェネチアじゃあ、アクア・バッサってのもあるんだぜ」

昔話がいくらか盛り上がって（だいたいは、『あいつはどうなった？』『死んだ。あいつは？』『死んだ』みたいなトークだ。盛り上がること盛り上がること）、安酒がいくらか進んだところで（死者に捧げる献杯をしまくった）、サンヴェローゼ旧警部が、いかにも地元民っぽいことを言い出した……、共和国の歴史から考えたら、考えられないくらい新参者の癖によ。アクア・バッサ？

「アクア・アルタの逆パターンだよ。アクア・アルタが満ち潮なら、アクア・バッサは引き潮だ。要するにヴェネチアの運河が干上がる」

ははあ。ここじゃそんな現象も起こるのかよ。そっちはそっちで見物って感じだな、無責任な観光客的には。

「見ることはもうできないな。地球温暖化の影響で海面が上昇し、干潮でも運河が干上がることはなくなった。責任あるヴェネチア市民的には、そっちはそっちでなかなかの自然災害だったようだぞ。運河の底に溜まっていたヘドロが、かなりの悪臭を放っていたらしい」

水上都市も、写真で見るほど雅《みやび》なばかりじゃないってわけか。『天空の城ラピュタ』のモデルとも言われるモン・サンミッシェルの干潟も、干上がった際には結構なフレグランスだったなあ。

「『天空の城ラピュタ』のモデルは、フォロ・ロマーノじゃなかったか？」

ジャパニメーションにお詳しいね、パパ。国民として嬉しいぜ——国籍ねーけど。だけどそれは、たぶん『カリオストロの城』のほうかな？　カリオストロと言えばサン・レオでもあるが。……運河が干上がるか。一応確認させて欲しいんだけれど、現代じゃ、それはまず起こらないって考えていいんだな？

「少なくとも俺は見たことがない。なんだ、それが重要なのか？　お前の請負仕事とやらに」

重要ではある、もしも運河が消滅する時間があると言うのなら。要するに橋渡しされている島と島が、瞬間的にとは言え、繋がってしまうと言うのなら、ケーニヒスベルクの橋問題の解答が変わってしまうことになる。もしもゼミ生が検証をしている最中に、そのアクア・バッサが起こっていたとしたら、橋を渡らなくても島同士の行き来が可能な箇所が生まれていたわけで——橋の数に関しては、みよりちゃんとあれこれ考察を重ねたけれど、運河の数って線は、当たり前だがぜんぜん考えてなかったな。

「運河の数？　それを言い出したら、数学じゃなくて歴史の話になってしまうぞ。瞬間的どころじゃなく、永久に消滅した運河も、ヴェネチアには少なからずあるんだから」

永久に？

「有名なところで言えば、俺とお前が感動の再会を果たしたサン・ミケーレ島は、元々ふたつの島だったのを、間に流れていた運河を埋め立てて、ひとつの島にしたんだ。日本で言えば、出島みたいな感じか？」

出島は完全に埋め立てられて、本土と一体化してるよ。

「そうかよ。同じような工事は、もちろん本島でもあっちこっちでおこなわれている」

マジか。みよりちゃんも所見としてそんなことを述べてはいたが、ヴェネチアが問いの検証にうってつけの場所であるというのは、畑違いの数学者の発想でしかなかったってことか——歴史的にはこちらの土地も、たゆまぬ変化を続けていた。ただでさえ行き詰まっているところに、うんざりするような話ではあるけれど、まあ、橋に関するルールを運河に対しても拡大解釈すれば、あくまで現状を優先することになるだろう……、過去の地形や、該当する運河が干上がったことのあるなしは、検証には関係ない。新設もだ。とは言え——

「学者だってところまでは調べがついているんだが、アクアクアに殺されかけたあの子は数学者なのか?」

とてもそうは見えないとでも言いたいか? だったら正解だぜ、あの子は心理学者だから。だとしても、とてもそうは見えないだろうけど。

「俺はお前の非行少女時代の被害者だぜ。十代の恐ろしさは熟知している。実際、連続殺人犯に狙われて生き残ったってだけでも大したもんだ」

言えてる。明日には警察署に連れて行くから、優しく事情聴取してやってくれ。あたしも付き添うつもりだぜ、通訳として。

「それで捜査が進展すればいいんだが……、お前と違ってその子には、事情聴取のあとも、しばらくはヴェネチアに滞在してもらうことになるが?」

言われなくてもそのつもりみたいだったぜ。あたしは賢明にも戦略的撤退を提案したんだが、頑固でね。観光ついでの仕事を途中で投げ出すつもりはないようだ。『お前と違って』って、あたしが即刻退去することを既定路線にしているな。

「……あの子は自分が何に狙われたのか、自覚はあるのか? アクアクアはその辺のチンピラじゃないんだぞ?」

アクアクアの正体が、妊婦の腹を割いて父親を内側から水風船みてーに破裂させた、零崎一賊《ぜろざきいちぞく》も真っ青の殺人鬼だと聞かされても、澄ました顔をしていたよ。可愛げがねえ。

『『可愛げがねえ』。ふん。お前がそばにいるから、安心して意地を張っていられるんだろうよ」

急にクソ親父の物真似をぶっ込まれても挨拶に困るな。ま、数学のお勉強のほうで、役に立てねえどころか邪魔をしちまった分、ボディーガードとして、精々活躍させてもらうぜ――結局、犯人の本名は割れていても、その所在は今もって不明のままってことでいいんだよな？

「いいと言うか、最悪だ。これはお前の親父さんの物真似でなく、な。そういう意味では、心理学者？のその子の証言には期待している」

罠に引っかかっただけだし、ムラーノ島でも、犯人を目撃したわけじゃねーそうだから、あんまアテにはならないと思うぜ。犯人の心理状態のプロファイリングには、大いに力になってくれること間違いなしだが。

「……ちょっと訊いていいか？　こっちからも」

なんなりと、パパ。みよりちゃんの代わりに事情聴取を受けに来たつもりでもあったので、あたしはそう応じる――まあ、あの様子だとみよりちゃんに休息期間は必要なかったかもしれねーが、わからん、内心は取り返しのつかないトラウマを負っているのかもしれんし。ショックは遅れてくることもある。ただし、サンヴェローゼ旧警部が質問してきたのは、アクアクアに関する内容ではなかった。

「お前らの仕事の要《かなめ》になっている、そのケーニヒスベルクの橋だが、どうも聞いていてもぴんと来ないんだよな。もうちょっとちゃんと説明してくれないか？」

ちゃんとって言われても。意外なところに興味を示すじゃねーか。その齢になって半生を振り返ると、自分が何か決定的なことを学ばずに生きてきたんじゃないかと不安なわけだ——一筆書きの法則なんて、知らなくても平気なもんだと思うけどな。

「そんな大袈裟なもんじゃねえよ。ただ、頂点を通るルートが奇数だの偶数だの、そんな法則みたいに言われても、こっちが知りたいのは『どうしてそうなるのか』って理屈のほうだろ？」

岡目八目《おかめはちもく》ではあるんだろうが、言われてみると、一理ある指摘だった。数学を専門とする教授やゼミ生はいざ知らず、半可通でさえないあたし達は——少なくともあたしは、レオンハルト・オイラーの定義した法則に従って、『一筆書きができる』『一筆書きができない』を判断していた。聞いたことを聞いたままに納得していた。いや、案外数学の専門家連中のほうが、鵜呑みにしていたんじゃないか？　だから、ここヴェネチアでそれを実践したとき、法則から外れてしまったことにプチパニックになって、それ以上考えることができなくなった。みよりちゃんも今、それと似たような心理状態にある——殺されかけたことよりも、疑問をまったく持っていなかった法則が乱れたことに、戸惑っている。疑う人は暇人だと、戯言遣《ざれごとづか》いなら言うところである——『疑』って漢字の中に『ヒマ』が含まれているからという謎かけらしいが、『矢』と『疋《ひき》』はどこに行ったんだよ。そんな風にカジュアルに、オイラー先生には突っ込めねえよな。一筆書きの定理は、フェルマーの原理でもあるまいし、そんな難しいことは言っていないはずなんだが？

「なんだよ。説明できないことを証明しようとしているんじゃ、行き詰まって当然じゃないか」

説明ならぬ説教めいたことを言われても、ぐうの音も出ないね。それでもたもたしているうちに、依頼人を殺されそうになってんだから世話がねーや——ただ、あたし達にアクアクアの所在がつかめないのも、それと同じ理由なんじゃないだろうか？　防犯カメラがどーたらって、客観的なアプローチばかり考えていたけれど、そうじゃなくて……、『犯人はどうして溺死にこだわる？』という点を、もっと掘り下げるべきなんじゃないだろうか。『殺人犯のやることなんてどうせ意味不明で、理解できるわけがない』という突き放しかたが、アクアクアに靄《もや》をかけているだけなんじゃや。それこそみよりちゃんに片手間じゃないガチのプロファイリングを試みてもらうのが、実は最短ルートだったりして——だったりしても、みよりちゃんはみよりちゃんでプロだから、本格的にやるとなったら、ただで使うわけにもいかねーんだろうな。

「それを言ったら、ケーニヒスベルクの橋を証明しようが否定しようが、一文の得にもならんだろうに」

むしろ損をするかもな。学会で新理論を発表したら、褒め称えられるもんだとばかり思っていたけれど、案外そうでもないらしくって、そこはガリレオ・ガリレイの時代から変わってねえみたいだ。そういや仕事で昔かかわったことがあるんだが、モンティ・ホール問題なんて、当時、バッシングバッシングで大変だったらしいぜ。四色問題だっけか？　いざ証明してみせたら、証明にコンピューターを使うなんてエレガントじゃないなんて、いちゃもんみたいなダメ出しをされたんだって。なんでもかんでもスマホのせいにする学校の先生かよ。

「学校の先生だったんじゃないのか？」

そうだね。比喩になってなかったね。

「ついでに言えば、証明したほうも学校の先生だろう」

それもそうだ。ひとくくりにはできねーよな。

「ところでその四色問題ってのはなんだ？」

えーっと……、余計なことを言っちまったな。いや、さすがに四色問題くらいは説明できるんだけど、さっきみたいに『どうしてそうなるんだ？』と掘り下げられたらお手上げだ——同じく言及したモンティ・ホール問題に至っては、問題文のほうを忘れちまった。三つのドアがあって、クルマと山羊《やぎ》が……、四色問題は、地図の塗り分けであってるよな？　教授のゼミも、どうせレクリエーションをするなら四色問題を試せよ。塗り分け甲斐があるだろ、ヴェネチアなんて。スプラトゥーンのステージになってたりするのかな。

「地図の塗り分けねえ。それもまた、実証に失敗しそうな学問だな。現実の世界地図を四色で塗り分けられるかと言えば、そんな単純じゃないだろう」

うん？　なんで？

「国境を接していないからと言って、対立する国家同士を同じ色で塗ったら、釈然としないものが残るだろう？　本州と九州だからと言って、長州藩と薩摩《さつま》藩を、お前は同じ色に塗れるのか？」

あたしは数学者でも坂本竜馬《さかもとりょうま》でもねーんでな、なんとも言えないね。……そう言えば、パパ。ヴェネチアの地図に関して、疑問があるんだけれど。暇人だから。

「？　話を逸らそうとしていないか？」

いや、さっきメニューでいろんな魚介類の名前を見たときにふと思ったんだけれど、ヴェネチアってこう、鳥瞰《ちょうかん》で見ると、お魚さんの形をしてるって言うじゃん？

「ああ。言うな。視察に来たお偉いさんや、親戚《しんせき》を案内するときは、俺もそう言うよ。魚介料理と絡めてな。絡めてって言っても、イカスミみたいにってわけじゃないが」

みよりちゃんのどの愛読書、つまりどのガイドブックにもそう書いてあるんだけれど――まずあたしには、そう教えられていなければそんな風には見えないって問題もあるんだが、まあ言われてみれば魚に見えなくもない。月の兎《うさぎ》みたいなもんなんだろうし。

「月に兎が見えるって感覚のほうが、欧州人の俺にはわからん……」

あれってわざとやったのか？　つまり、ヴェネチアを作るときに、上から見れば魚に見えるようにデザインしようって、そんな都市計画があったのか？

「……それは初めて訊かれた。さすがお前は、視線が鳥だな。鷹《たか》だったか、鷲《わし》だったか。ちゃんと資料にあたって調べたことがあるわけじゃないけれど、それはたまたま、計画性のない偶然だと思うぞ？　イタリア全体が長靴の形をしているってのと同じで、お前の言った通り、そういう風に思って見るからそう見えるってだけで」

シミュラクラ現象って奴か？　でも、イタリアの形は人類にはどうこうできない自然物だろうけれど、オランダとヴェネチアは、神じゃなくて人間が作ったんだろ？　だったらデザイナーの意図は絡んでくるんじゃないか？　イカスミのように。

「どうやら観光客らしい幻想のほうが絡んでいるな。オランダにしてもヴェネチアにしても、さすがにゼロから地形を制作したわけじゃない。土台となる陸地はやっぱりあったわけで。評価すべきはあくまで町作りであって——」

サンヴェローゼ旧警部が言いかけたところで言葉を切った。何かと思ったら、まさにイカスミのリゾットがテーブルに届いたのだった——これこれ。ナポリのピッツァも最高だったけれど、環境問題を踏まえても、今のブームは地産地消って奴だからな。

2

懐かしさもあったし、あたしも童心に返ってすっかり話し込んでしまったけれど、収穫がない四方山話に終始しなかったのは幸いだった——仲良しグループでのブレストも大いに結構だが、外部の意見ってのはやっぱりがんがん取り入れねーと、進歩がねーな。アクア・バッサだの運河の埋め立てだの参考になるヴェネチア雑学もそうだったし、ケーニヒスベルクの橋への突っ込みもまたしかり——ただし、喫緊で役立ちそうなサンヴェローゼ旧警部の年の功は、

「あれ、井戸じゃねえぞ」

だった。

「この島をどれだけ掘り下げても、泥しか湧き出て来ねえよ。いいとこ海水で、飲めたもんじゃない。広場にあるあれは、貯水槽だ」

井戸も貯水槽も似たようなもんじゃねえかと、反射的に反論しかけたけれど、いや、井戸と貯水槽はぜんぜん違うよな。そしてこの場合は、貯水槽のほうが適っているのだ、隠れ家とする都合の上では。あんな風に固く蓋がされているってことは、どちらにせよ、今はもう使われていないんだろ？

「ああ……、インフラが整っていなかった時代の名残《なごり》だし、それこそ、埋め立てられちまった貯水槽もあるくらいだが。……空っぽの貯水槽にアクアクアがひっそり隠れているって考えているのか？　正気か？」

こっちが正気でも、向こうが正気とは限らねーからな——と、あたしははぐらかしておいた。これから夜っぴて、歴史的な役割を終え、静かに封印されている貯水槽を荒らしまくる予定になっていることを知られたら、邪魔をされる恐れがあるので。娘の夜遊びを温かく見守れるほどの度量は、サンヴェローゼ旧警部にはないだろうというあたしの気遣《きづか》いだ。ちなみにみよりちゃんや玲にも内緒の、あたしの独断専行である。専門分野とも言えよう。あのふたりなら奨励こそすれ邪魔はしないだろうが、しかし邪魔になる恐れがある。友達を足手まとい扱いしたくはないけれど、重厚な鉄扉を力尽くで引き剝がし、真夜中に真っ暗の貯水槽に不法侵入して、即座に離脱するという破壊工作の、あいつらが力になってくれるとは思えない。ただし、

「貯水槽の数？　もちろん俺も数えたことがあるわけじゃないが、橋の数の比じゃなかったと思うぞ。

少なく見積もっても五千個くらいはあるんじゃないか？」

と、サンヴェローゼ旧警部からそう聞き出したときには、独断専行をちょっと反省した――五千個？

やる気にさせてくれるもんだ。まあ引きの強さには自信があるほうだ、案外一発目で、貯水槽の底で蠢《うごめ》いているアクアクアくんにご対面って展開になるんじゃねーの？　そんな淡い期待と共に、あたしは夜の水上都市の、捜索活動を開始したのだった――百個調べたところで嫌になった。いや、もっと早い段階で、嫌にはなっている。なんだ、あたしの引きはこんなもんだったか？　これが衰えか？　衰川さんか？　とんでもなく不毛な作業に時間を費やしている気分になってきて、投げ出したさが半端じゃねえ。午前中に見回ったサン・ミケーレ島じゃあねえが、封じられている貯水槽を暴くというのは、さながら墓荒らしでもしているみたいな感じだ――言うまでもなく、成果は上がっていない。ランダムに選んだこれまでのどの貯水槽も、じめじめとしたがらんどうである――渋めのガチャだって、もうちょっと何か出るだろと言いたくなる。それでも最初の頃は、秘密の洞窟《どうくつ》で、忘れられていた宝箱を開けるようなわくわく感がないでもなかったけれど、それが百回も続くと、飽きっぽいあたしはうんざりしてくる。ガチャで言うなら、演出をオールスキップしてえ。☆1のアイテムさえ出ないんだから、ヴェネチアの貯水槽ガチャは。何もピックアップされていない――しかもこれが、あと四千九百回続くなんて、賽《さい》の河原《かわら》で石でも積んでるほうが、まだしも生産性があるってもんだ。こうなってくると、そもそもの発想自体が間違っていたんじゃないかという疑念も生じてくる。アクアクアは変質的なまでに水にこだわる殺人犯なのだから涸《か》れ井戸という隠れ家が誂えたようによく似合うと思っていたけれど、涸れ井戸にしろ涸れ貯水槽にしろ、涸れている以上、そこに水はないってことに、ひいてはこだわりも生じないってことになるんじゃねーのかよ？　玲の奴、適当なことを言いやがって。とっちめてやる。喜びそうだが。時刻もてっぺんを回って日付も変わっちまったし、切りのいいところで切り上げるべきか。五千個の中の百個じゃあ、抽出サンプルとしては少ないかもしれないけれど、ランダムに百回引いて全部が外れなんだったら、もうこのクジの中に当たりはないんだと考えるのも、また数学的だろう。飽きっぽいあたしが、しかしそうせずに、ちょっぴり粘っちゃったのは、貯水槽ガチャについつい尾を引く依存性があったからというわけではなく（そういう意味じゃ依存性はゼロだ。半月でサービス終了である）、先に触れた、ちょっとばかりのノスタルジィが、あたしの尾ならぬ後ろ髪を引っ張ったってのがあるんだろう。みよりちゃんならどう分析するかは知らねーが、閉ざされた鉄の蓋をこじ開けて、即席の縄梯子《なわばしご》を使って隧道《ずいどう》をつたい降りてはよじ登るという極めて訓練めいた作業が、まあ懐古的であり、また回顧的だった。サンヴェローゼ旧警部と再会を果たした直後じゃなかったとしても、マンホール少女時代を思い出さずにはいられない。あの頃をいい思い出として語るのは、さすがに最強の強がりになっちまうだろうし、マンハッタンの地下水路とヴェネチアの貯水槽を同じように語るのは、月のクレーターが兎に見えるかどうか以上の思い入れがあってこそなのだが、じめじめした貯水槽の底は、あと一個だけチェックしてみようかなというくらいの気持ちにはさせてくれた。つけ足すなら、玲が地元の名士と交流を深め、用意してくれたドレスを、見る影もなく泥だらけにしてしまったので、ホテルの部屋に帰りづらいという事情も後押しして、あたしは百一個目の貯水槽を調査しようと決意した。これが最後のひとつだと心を決めて。

3

そして百八個目の貯水槽。結論から言うと水都の溺殺魔・アクアクアはいなかった。そして誰もいなかった、地の底に、生きた人間は——水一滴溜まっていない貯水槽の中で、ひとりの男が人知れず、溺死していた。

「はっきり言えば不本意だ。今まで様々な不本意があったけれど、これは本意ではないにもほどがある。ここであの女——新たなるあの女こと赤い女に、あの男の死体を発見されることは、とても予定通りだとは言いがたい。先手を打つつもりで、着々とことを進めていたつもりだったのに。あの仕掛けはどうなる？　あのプランは？　あのアイディアは？

「落ち着け。クールになるんだ。確かにぼくは先手を打ち損ねたけれど、しかし先手を打たれたわけじゃない——し損ねたのは向こうだって同じなのだ。

「ぼくは、つまりアクアクアは、あの貯水槽になど潜んではいない。つまり活動拠点となる隠れ家、ぼく自身はラボと呼んでいるあのアジトを、突き止められたわけじゃないのだ。そういう意味じゃ、赤い女の捜査方針はてんで的外れで、恐るるに足りない。

「恐るるに足りなかった、本来は。

「にもかかわらず、あの男の死体を発見されてしまうなんて——ヴェネチアに五千個以上ある貯水槽の中から、なんでよりにもよって、そのひとつを引き当てられるもんかね？

「いるんだな、そんな人間も。まあ期待値が絶望的な宝籤《たからくじ》だって誰かには当たっているわけで、そういう意味では、いつかは起こる出来事が起きただけなのかもしれない。

「だけど、あの男の死体が発見されたことは、たとえば三つ編み三本の、一人目の『あの女』に、ガラス職人の死体を発見されたのとは意味合いがまったく違う。ガラス職人の死体も、あるいは大女優の死体も、新婚カップルの死体も、発見されたからと言ってぼく的には痛くも痒《かゆ》くもこそばゆくもなかったが（だからそもそも隠そうとしていない）、あの男の死体だけはやや趣を異にする……、うん、そうだ。認めないわけにはいかない。

「痛い。

「痛恨だ。

「あの男の死体は、ぼくに繋がる手がかりだ。なぜなら、自伝を捧げるべき他のみんなとは違って、あの男だけは、ぼくの協力者とは言いがたいからだ。いや、協力者であることには違いないのだけれど、他のみんなと、重みが違う――ぼくという船を沈ませかねない。

「幸いなのは、何も知らずに発見者となった赤い女が、そういった事実に気付くはずがないということだ……、少なくともすぐには気付けない。気付けるはずがない。

「だからその前にケリをつけるのだ。

「驚くなかれ、その手段はある。これはたまたまじゃあない。こういう事態を想定して、ぼくはあの貯水槽を選んだのだ――赤い女のような、ランダムな運任せではなく。

「当たりがある以上、宝籤は誰かには当たる。だが、当たった誰かが幸運なのかどうかは、また別の話だ……、見合った努力もなしで手にした大金が、当選者を不幸のどん底に叩き落とすなんて展開はありふれている。金遣いが荒くなって元々持っていた財産さえ失うとか、親戚が急に増えて、たかられまくるとか……、または凶悪犯に狙われるとか。

「五千分の一を、さしたる数のトライもなく引き当てた発見を、あの女にとっての不幸にするしかない。

「そうだ。ぼくは不幸じゃないのだ。あの女が、ぼくにとって不都合な発見をする現場を、まさしく発見できたことは、最高についていると言ってもいい。これもまた、たまたまではない、ぼくの研究熱心さの賜物《たまもの》ではあるが……、ひょっとすると、ぼくの妻が助けてくれたんじゃないかとさえ感じる。素晴らしい内助の功だ。

「あの女のために用意を進めていた特別なプランがお蔵入りになるのは残念極まる、痛恨どころか悲痛ですらあるが、優先順位を見誤ってはならない。惜しむどころか、迷うことすら、今のぼくには許されない。

「即刻、あの女を始末する。あの死体と共に。

「あの貯水槽の底で。水底で」

■■

第十一章　ヴェネチア本島（6）

1

温泉みてーに、ノスタルジィに肩のところまで浸かってたのがよくなかったのかね。隧道の底で死体を発見するなんて、マンホール少女時代の、まんま再現だぜ——あの頃見つけた死体の数はたったひとつじゃ済まなかったし（なんなら死体を流す下水道だった）、サンヴェロ一ゼ旧警部との再会とは違って、懐かしいとか言ってる場合じゃねーな。しかもノスタルジックな気持ちどころか、ここが貯水槽の底であることさえ忘れてしまいそうなほど、それは特徴的な死体だった……、顔面を滅茶苦茶に切り裂かれて、左右の五指をすべて切断されている。切り落とされた指は、貯水槽内のどこにも見当たらない。同様に、口の中の歯を全部持ち去られていて、目玉を両方ともくり抜かれている——犯人が悪趣味なコレクターという風にも見て取れるが、普通に解釈すれば、死体の身元を隠すための死体損壊だろう。顔認証、指紋認証、歯型認証、虹彩《こうさい》認証まで……、すさまじい念の入れようだ。かろうじて中年以上の男性であることしか特定できないこの死体の、しかし、真に特筆すべきは、その死因だった——死因と言っていいのかどうか。ここは検死室じゃねーんで、確実なことは言えないけれど、昔はよく見た死にかただった。それこそマンホール生活の中で――餓死だった。ガリガリに痩《や》せ細《ほそ》って、ほとんどミイラと化している……、本来、それのどこが溺死だって話になるんだろうが、持ち去られた指やら目玉やらの代わりに、貯水槽内に散乱しているペットボトルの山が、その答になる。売って商売ができそうなくらいの大量のペットボトルが、貯水槽の底には持ち込まれていた――空になっているのは半分ほどで、残りは蓋も開けられていない新品である。硬水のミネラルウォーターは好みじゃないとか、そんなデリケートな理由で、まさか飲み残しているわけじゃあないだろう……、要するに、これも実験なわけだ。溺死実験――水だけで人は何日生きられるか？　よく聞く雑学じゃあるが、それを実際に試す奴ってのは、案外いないよな――この男はいったい、この貯水槽に閉じ込められてから、死ぬまで何日かかったんだろう？　空になったペットボトルの量からして、二日か、三日か、長くても四日……、あるいはもっと早い段階で、彼は自らの意志で、水を飲むのをやめているかもしれない。飲み残された新品のミネラルウォーターの山は、ハンガーストライキならぬドリンクストライキなのかも――一刻も早く死ぬための。らしくもなく、あたしがそんなセンチメンタルなことを思ってしまうのは、貯水槽の底に目が慣れてきた中で、飲み干されたほうのペットボトルを見ると、どれもこれも、真っ赤に汚れているからだ。まるで血まみれの滑《すべ》る手で開けようと、四苦八苦したように――しかも、五指が切り落とされた手で、だ。さっきあたしは先走って、死体損壊と言ったけれど、そうじゃなかったかもしれないってわけだ――この男は生きているうちに、指を切られ、顔を刻まれ、歯を抜かれ、目をくり抜かれた公算が高い。まあそりゃそうか？　被害者を貯水槽に閉じ込めて、餓死――渇死するのを待ってから、身元の隠蔽工作をするのは二度手間になる。ペットボトルについた指紋をひとつずつ拭《ふ》き取《と》る手間を省こうとすれば、切り刻んでから閉じ込めるほうが、あれがいい。あれ——えーっと、なんて言うんだっけ？　そう、コスパ。はあーあ……、水都の溺殺魔・アクアクアかよ。久し振りにクズ野郎を相手にしてるって気持ちになってきたぜ。みよりちゃんの依頼を抜きにしても、放っちゃおけねえ。仇討ちなんて柄じゃないのは玲に言った通りだし、知らんおっさんが殺されていても知ったことじゃねーんだが、単純にムカついた。マジで久し振りだぜ、親父以外の人間をこんなにぶちのめしたくなったのは。

2

怒り心頭に発する一方で、あたしは違和感を抱いてもいた。いや、およそ違和感しかねー、違和感という水で満たされた貯水槽なんだが、この殺人現場は、今までのそれとは雰囲気が若干違うようにも思えたのだ。溺死というワードを代表に、間違いなく通じるものは感じるんだが、共通点の他に違いも目立つと言うか——犯人が別にいると言いたいわけじゃねえ。確たる証拠がなくても、そこはアクアクアの仕業だと決めつけていい。ただ、そうだな——ベテラン漫画家の、若い頃の作品を見ているようっつーか……、もしかしてこれはアクアクアの、個性が確立する以前の『作品』なんじゃねーか？　そんな習作っぽい印象を受けたが、それもまた違うのだろう。アクアクア——と呼ばれる以前のガロンセント・カラン氏は、オランダでの妻・父親殺しの際には、既にその作風を完成させているのだから。それだけにらしくないと思ってしまう、被害者の身元を隠すような隠蔽工作や、水の涸れた貯水槽を現場に選ぶような手抜かりを。まあ、餓死という時間のかかる死因からして、殺しの順序が、ガラス職人はもちろん、新婚カップルや大女優よりも先んじていた可能性はあるにしても、もしかするとこの殺人は、アクアアクアにとって例外的なそれだったんじゃねーのか？　例外なのか、特例なのか——何にしても、単なる練習じゃない、実験以上の意味があったんじゃあ？　……とか、穴蔵の底でうだうだ頭を悩ましていても仕方ねえか。苦手分野の多いあたしではあるが、なかんずく悩むのは得意じゃねえ。やめられない止まらないスナックみてーに、ずるずる百八個も貯水槽を調べ続けちまったが、今度こそ切り上げるきっかけができた——ヴェネチアで言うとこんな皮肉な言葉もねーが、潮時って奴だ。別れたばかりで恐縮だが、この死体をサンヴェローゼ旧警部に届けるとしよう——殺人事件の現場保存なんて知ったことじゃねえや。これ以上、ほんの一秒だって、この死体をこんな場所に放置していたくねえ。そう思い、彼の死体を背負おうとしたところで、ばさりと音がした。ばさり？　何かと思えば、貯水槽のふちに引っかけておいた縄梯子が、外れて落下してきたらしい——さもありなん。その辺の雑貨店で、玲からもらった、お小遣いというしかない小銭で買った安物のロープと、髪留めのクリップみたいなフックを組み合わせて製作した縄梯子もどきだからな。正直なところ、そんなもんを使わなくても貯水槽の出入りくらい、どんなに深かろうができるのだけれど、そこは深夜とは言え、目撃者に配慮したのだ。ザイルもピッケルもなしで貯水槽を出入りする不審者なんてヨーロッパの新たなる都市伝説になりかねないので、そこはなんて言うか、愛しの長瀞《ながとろ》とろみちゃんが言うところの、人間の振りをした。けっ、人間だっつーの。なので、梯子が外れても、まったく問題ない。怪我《けが》の功名ってわけじゃねえが――光明なんて一筋も差しやしねえ――、なにせ死因が餓死だから、ミイラと化した死体は、クライミングの負荷にはなりえない。貯水槽の垂直の壁も、古いだけあって指が引っかかる隙間だらけだし、ネイルの爪《つめ》でも十分よじ登れる――なんなら垂直跳びでもいいくらいだ。ただ、そんな風に余裕ぶって、地上までの距離を目測で測っていると（ジャンプ一番で飛び過ぎないように）、そんな円形の視界が、あたかも月蝕《げっしょく》のごとく、ゆるやかに閉ざされた。もちろん月蝕のようでも、月蝕じゃあない――あたしがこいだ旅行してきた宇宙空間じゃなく、もっと近場で生じた現象だ。近場の間近――貯水槽の蓋が閉められたのだ。あたしが力尽くでこじ開けて、すぐそこに立てかけておいた鉄扉である。それが再び、貯水槽に覆《おお》い被《かぶ》さった――自動ドアなわけもないので、何者かの手によって。ほとんど真っ暗だった貯水槽の底は、それによって完全なる闇に閉ざされた。それこそ、一筋の光明も差さない――ふうん。こりゃ、縄梯子が外れたのも、あたしの工作が下手っぴだったからじゃねーな。誰かがフックを外して貯水槽に放り込み、その上で鉄扉で封をしたのだ――ここで死んでいる彼同様に、あたしも貯水槽の底に閉じ込めた。閉じ込めたっつーか……、くくく、なるほどとろみちゃんの言う通り、『人間の振り』なんてするもんじゃねーな、こんななめられかたをしようとは。梯子を外した程度で上れなくなると思われるのも心外だし、鉄扉を閉ざすことで脱出を阻《はば》めると思われるのも心外だ。あたしが梃子《てこ》の原理でも使って、蓋をこじ開けたとでも思ってるのかね、アクアクアさんは？　認識が甘いぜ。大変だったのは、こじ開けることじゃなくって、蓋をひん曲げねーように加減することだったたってのに。反動でもろくなってるミイラが砕《くだ》けちゃまずいんで、さすがに背負ってやるわけにゃいかなくなったが、よじ登っていって内側から掌底でぶん殴れば、たとえ溶接されていようと、沸騰した薬缶《やかん》みてーに蓋なんて外れるぜ。むしろこれは、あたしを監禁したと安心して、すぐそこのバーカロで祝杯でもあげているかもしれないアクアクアを、手っ取り早く捕まえるチャンスかもしれないと思い、あたしは背負いかけていた餓死死体をいったん降ろした――が、認識が甘かったのはあたしだったことを、ここは認めざるを得ない。ヴェネチアの貯水槽に閉じ込めて、『水だけで人は何日生きられるか』という溺死実験を、あたしでも繰り返しおこなうつもりなんて見込みは、溺殺の殺人犯に対しては、まるで甘々《あまあま》だってのに――雨が降ってきた。激しい勢いで、日本ではすっかりおなじみになったゲリラ豪雨って奴だったが、ここは日本じゃないし、しかも雨漏りなんてするはずのない、がっちり蓋のされた貯水槽の内部である。つまりこれはスコールじゃない――いきなり深夜のアクア・アルタが発生したってわけでもあるまい。この水勢、この水量……、消防車でも呼んできて、ホースでも接続したか？　ガロンセント・カラン氏がオランダで、父親をどういう風に殺害したかというエピソードトークを思い出しながらそう推測したが、この水上都市に消防車は走ってねーか……、火事のときはどうするんだろうな？　消火栓？　いやいや、近くの運河から、高低差を利用して水を引くだけでも、これは十分起こせる物理現象だ。ごうごうと降ってくるのは雨にしても泥臭い水だし、まあそんなところだろう。こんな水質じゃあ、貯水槽のサンプル調査を終えて、ちょうどシャワーを浴びたいところだった、とは言えない。まあ水源がどこにあるかはともかく、これは排水口のない貯水槽での出来事なので、その汚水はみるみる蓄積されていく。

既にヒールを履いたあたしのくるぶしあたりまでひたひただ――貯水槽の本来の役目とも言える。玲の気遣いでアクア・アルタは回避したってのに、ロープと一緒に買っとくべきだったかね、あの簡易長靴を。とか言っている間に、水位は膝まで上ってくるし、地面に横たえていた彼氏のミイラは、完全に水没してしまった……、まさか水で戻されるってことはないだろう。むしろ水圧で、バラバラになってしまいかねない。やれやれ、この期に及んで、まだ痛めつけるかね。あたしでも死者への冒瀆《ぼうとく》だと思うぜ。しかし、死体の心配をしている場合でもない。このままだとあたしは、水圧で圧《お》し潰《つぶ》されるのが先か、それとも単純な溺死が先か――あるいは季節柄、凍死ってのもあるかな？　氷点下じゃなくっても、この水温に肩まで浸かれば、人間は心臓麻痺を起こしかねない……、お笑い草だぜ。哀川潤が心臓発作で死んだなんて、葬式の大盛り上がりが、想像にかたくない。まあ圧死だろうが溺死だろうが、あたしが死んだってだけでも、ギャグみてーなもんか。さてどうする？　滝のように降る雨を、まさか鯉《こい》みてーに登るってわけにゃいかねーが、心臓はともかく頭を冷やして、ちゃんと考えねーとやべーわ。

3

ただいまー。

「お帰りなさいませ、ご主人さま……、あら、どうなさいました。ドブネズミみたいな格好で」

同じカギ括弧の中でご主人さまとドブネズミをひとくくりにするな、メイド長。なんだよ、先に寝ておいてくれてよかったのに。

「ドブネズミさま、もとい、ご主人さまより早く床に就くメイドなどおりません。軸本さんは、なんだかんだで心労もあったのでしょう、お土産話を楽しみにされていましたが、お疲れのようでしたので、お休みいただきました」

一服盛ったみたいな言いかたをしてやがるな。

「どうぞバスルームに直行してくださいませ。その間に、温かいカフェラテを用意しておきますので」

カフェラテ作りにすっかりハマってんじゃねーよ。どんな沼だ。ちょっとは心配しろよ、ディナーにでかけたはずなのに、いったい何があったんですか？　って。

「私ごときがドブネズミさま、もとい人類最強の心配なんて。どうせ楽勝だったんでしょう？」

結構ピンチだったよ。みよりちゃんよりは死にかけたかな。そう言いながら、あたしはメイドさまの言いつけに従って、腰も降ろさずにバスルームに直行する——一日に二回、どろんこになって帰ってくるとか、どんなわんぱく小僧だよ。あたしはヴェネチアでムツゴロウ獲《と》りでもしてんのか？　まったく、バスローブが何着あっても足りねーぜ。

「それで？　如何でしたか？　四人目のお父さまとのデートは」

半時間後、シャワーを浴びてすっきりしたところでそんな質問を浴びせられたが、ピンチのほうを先に訊けよ。パパにはピザをおごられたよ。

「真のナポリピッツァ協会所属のお店ですかかね。日本にもあるんですよ」

幼少期をアメリカ合衆国で過ごしたからな。シカゴピザが一番好きだよ、あたしは。あれを偽のピザだと言う奴がいたら許さん。てめーら金持ちの食べ残しを喰ってたんだが、量が多い分、残飯も多いのさ。

「ドギーバッグがない時代のお話ですか？」

ドブネズミ時代のお話だよ。ファザコンのメイド長が興味津々なところ悪いが、パパとのトークはみよりちゃんがいるときにしようか。一筆書き攻略のほうで、地元民からいくらかヒントをいただいてきたんで。

「あらあら。では、私は武勇伝のほうを独り占《ひとじ》めいたしましょうか。いったいどんな謂われがあって、哀川さんは私の用意したドレスを台無しになさったんです？」

ドレスが台無しになったのはピンチに陥る前の出来事だったが、それは内緒にしておくことにした。百七個目までの不毛な調査について語っても、誰も得をしない——問題が発生したのは、百八個目なのだから。

「百八ですか。硬式ボールの縫い目の数と同じですね」

煩悩の数でたとえろよ。野球ファンか。

「いいところあるじゃないですか、哀川さん。軸本さんのために、無数の井戸の調査をおこなうなんて——井戸じゃなくて貯水槽なんでしたっけ？」

いいところだらけだよ、あたしは。いいとこの子のいいとこだから。貯水槽の数と同じだけいいところがある。それで殺されかけてんだから世話がねーや。お前の近況報告に感化されてみたけれど、むやみに善行なんて働くもんじゃねーな。

「善行は言い過ぎでしょうに」

確かに、普通に働いただけかもな。もっとも、ここから先は、それだけじゃ済まないが。

「えぐく殺された死体を発見して、モチベーションが上がったんですか？　ちなみに、その死体は持って帰ってこなかったのですか？」

ふやけたミイラを持って帰ってきても、てめーなら何も言わずに平然と迎えてくれそうだな。

「メイドの鑑《かがみ》ですから」

世相を映す鏡だよ。貯水槽から運び出してやりたかったんだが、ああも水に浸っちまうと、下手に動かせなくてな。あれ以上損壊したくなかったから、本意じゃねーけど、水底に放置してきた。引き上げと弔いは警察に任せるよ。

「通報なさったんですか？　あるいは、第四の父親にお知らせを？」

んにゃ、そうしてもよかったんだけれど、スマホが汚水にどっぷり浸かって使用感が怪しかったんで、放ってきた。みよりちゃんのスマホと違って、あたしのは防水じゃなかったらしい。とは言え、現場付近は最終的には結構な惨状になったんで、朝になったらご近所さんが通報してくれるだろ。

「結局、どうやってピンチを脱したんですか？　心臓麻痺のピンチを」

半笑いで問うてんじゃねえよ。

「想像するだけでも愉快です、哀川さんの心不全なんて」

その言葉、そっくりそのままお前に返すぜ。

「やっぱりこう、手でトンネルを掘って？　横穴を掘削しての脱出口ですか？」

あたしはモグラか。そんなことのためにネイルをお手入れしてねーよ。水に濡れて滑りやすくなった壁を、ボコボコにぶん殴ってクライミングをしやすくするという方法もあったけどよ。

「ありましたか、そんな方法が」

足下が水で満たされようと、服が水を吸って重くなろうと、土管から飛び出すマリオよろしく垂直跳びで地上に戻ることもできなくはなかったが、どっちのプランにしてもその衝撃が溜まった水を伝わって、ミイラを粉々にしかねないと思うと、躊躇しちまってな。

「ずいぶん死体の保存状態に気を遣われますね。ただでさえ酷い目に遭ったらしい被害者を、それ以上辱めたくないという気持ちは、少しはわかりますけれど」

少しかよ。

「命あっての物種でしょうに。それとも、どうしてもそのミイラを傷つけたくない理由でもあったんですか？」

改めて訊かれると、その通りではある。どうせ水没しただけで取り返しがつかない損傷を受けることになるのだから、衝撃の伝導を気に掛けても、焼け石に水だ。ただ、なんでかあのときはそう思っちまったんだよな。まあ、他に方法がなければ、そうしていたんじゃねーの？

「プランCがあったということですね。お聞きしましょう。どうぞ、私を驚かせてください」

どういう立ち位置なんだよ。何者だてめーは。

「スポンサーです」

そうだったな。この旅は赤神家の提供でお送りされているんだったぜ。お前を楽しませるのも、あたしの仕事ってわけだ。

「暴力禁止のルールの下ですから、頭脳を使われたんですよね？　パワーキャラの印象が強い哀川さんですが、実は私は輝く知性のほうも好きなのですよ」

それが本当なんだとすれば、悪いが期待には応えられねーよ。いいところをもっと見せたいところだが、水攻めから抜け出せたのは、公平に言って敵失だな。

「敵失？　とは？」

あー、ほら、あたしが慎重に慎重を期して、ミラノで購入したそこのデスクトランクがあるじゃん？　タイタニック号のエピソードだったかな、そういうトランクを浮き輪代わりに、難破した乗客が助かったってのは。

「ええ。高級トランクも買っておくものですね。たとえ衝動買いでも。……まさか、デートの際にお父さまにおねだりして、別のトランクを入手して、それを貯水槽に持ち込んでいたとか？」

パパにそんな甲斐性はねーし、別に金持ちじゃなくとも、浮き輪代わりは見つけられるさ。あたしが持ち込むまでもなく、貯水槽の中には散乱していた――ペットボトルが。

「ああ……、そうでした。空っぽのペットボトルは浮き輪代わりになると、ガールスカウトで習いました」

入ってねーだろ、ガールスカウト。

「そうでした、私はミス研出身でした」

どこがだよ。お前、学校に通ったことがないだろ。あたしと同じく。だから敵失なんだよ。ペットボトルは、あたしじゃなくてアクアクアが、貯水槽に持ち込んだアイテムだからな。あたしは何にもしなくても、蓋を閉めた空っぽのペットボトルを何個か繋ぎ合わせるだけで、水位と共に上昇できたのさ。繋ぎ合わせるためのロープはご丁寧に投げ込んでくれていたし。

「即席の縄梯子ですか」

シ。まあなかったらなかったで、みよりちゃんみてーに髪の毛を三本の三つ編みにして……ん。

「？　どうしました？」

いや、あたしの輝く知性が何かを閃きかけた気がしたんだが、気のせいだったのかも。話を戻すと、水位が上昇して、天井——つまり鉄の蓋に手が届いたところで、ぶん殴ってぶち破った。

「パワーキャラそのものじゃないですか。物理法則を無視していますよ。その状態で殴ったら、殴った分だけ反動で沈むだけでしょう」

もう十分、ミイラから距離は取ったろうと。ただし、水位が上がるまで——貯水槽が水で一杯になるまで、それなりに時間がかかったから、あたしが地上に戻ったときには、もう下手人の姿はなかったぜ。水はやっぱり運河から、蛇腹のぶっといホースで引いてたみたいで、その辺の始末はほったらかしに、とんずらこいてやがった。せっかく犯人のほうから寄ってきてくれたってのに、惜しかったぜ。

「殺されかけておいて惜しかったとは……、いえ、でもこれは、逆にチャンスかもしれませんよ？　アクアクアがその場から逃亡していたというのであれば、相手は哀川さんを、殺した気になっているかもしれません……、ならばその思い込みを利用できるのでは？」

いかにもミス研っぽい提案じゃねえか、この野郎。死んだふりとは。なんであたしがそんなこそこそしなきゃなんねーんだよ。みよりちゃんに続いてあたしを狙ってきた理由は知らねーが、今度殺しにきたら、そのときこそ返り討ちにしてやるさ。

「確かに、こそこそ身を隠すよりも、自分を囮《おとり》にするほうが、哀川さん向きの作戦ではありますか。……ただ、今回の殺人未遂は、軸本さんのケースとは違って、即興のきらいはありますよね。敵失は謙《けん》遜《そん》が過ぎると思いますが、巧妙に張っていたトラップに哀川さんがかかったという風ではありません。むしろ……」

思わせぶりだな。むしろなんだよ。

「お話を伺っていると、むしろ、哀川さんが防ごうとしたことこそ、アクアクアの主目的だったんじゃないかと感じるんですよ」

今度は回りくどいな。お前自身はともかく、お前の勘は信用してやるから、感付いたことがあるならはっきり言え。

「要するに、哀川さんが発見なさった死体をそれ以上傷つけまいとしたのとは逆に、アクアクアはその死体を粉々に洗い流そうとしたんじゃないでしょうか――汚れた配水管を激流でウォッシングするように、貯水槽へ運河を引き込むことで、犯行の隠蔽を試みたのでは」

哀川さんを殺せるかどうかは二の次で、死体の処理が本命だったように思えるのです――という玲の独自の視点は、被害者の中で例外的に身元を、過剰なまでに隠蔽されていたあの男の死体に関しては、異様な説得力を誇っていた。隠蔽工作のついでにこのあたしが殺されかけたって仮説には不満が残るが、第一だよ、メイドに掃除でたとえられたら、納得するしかねえじゃねえか。

■■

「うまくいったかな？　どうかな？　今度の今度こそという気持ちはあるけれど。運河から貯水槽へのバイパスを繋ぎ、水流が確保されたことが確認されるや否や、ぼくはその場から遁走したので、その後の顛末《てんまつ》がどうなったのか確認は取れていない。これを臆病だと判断されては、心苦しくも、ことの本質を見誤っていると指摘せざるを得ない——たとえぼくが蛮勇をふるって、その場にとどまっていたとしても、鉄で蓋をされた貯水槽の中がどうなっているかなんて、見透かしようがないんだから。

「ちなみにバイパス手術のためのホースを通す横穴は、あらかじめ貯水槽に空けておいた。煉瓦をひとつ取り外してモルタルっぽい粘土で固定し、擬装していただけだったので、鉄の蓋と違ってすぐ外せる。すぽんと——あの女は鉄の蓋すらたやすく外していたけれど、ぱかっと。

「そんな人間が、あの程度の、ぼくにとっては極めて不本意な仕掛けで死ぬとはとても思えない……、けれど、そちらに関しては、うまくいって欲しいとは、実は思っていない。ぼくが上首尾に運んでほしいと願うのは、死体の処理だ。

「たぶんもう死んでいると思うんだ、あの男は。けれどそれだって、貯水槽の中じゃあ確認できない——いつでもバイパス手術ができるように貯水槽を改造しておいたけれど、あれは必ずしもこういう状況を想定してのものではなかった。最終的に、死んだ男を洗い流すためのものだった。

「しぶといあの男を見ていると我慢できず、『人は水だけでどれだけ生きられるのか』なんて、しぶとさを試すような実験をしてしまったのは、返す返すも若気の至りだ——欲をかかずにさっさと洗浄しておけばよかった。

「まあ大丈夫だろう。仮にあの女が生き残っていて、あの男の死体の水洗さえ失敗したとしても、きっとそれでも、何もバレない。バイパス手術は、あくまで用心のためだ——彼は身元不明のジョン・ドゥでしかないのだ。彼からぼくに繋がるバイパスはない。一本も。

「そう思うけれど、ただし、当時の反省を今こそ活かすならば、ここは大事を取らなければなるまい。最悪のケースを想定して、いったん身を隠すのだ——最悪のケース。しかしながら、ぼくにとってはどちらのほうが最悪なのだろう？　あの赤い女が、死んでいるケースと、生きているケースと。

「あんな仕掛けで死ぬとは思えないというのは、所詮《しょせん》はぼくの希望的観測であって、人は死ぬときは、あっけなく死ぬ。そりゃもう、びっくりするくらいあっけなく。これまでの協力者がみんなそうだったように。ぼくの妻がそうだったように。ぼくの父がそうだったように。

「しぶといと言えたのはあの男くらいだ。いろんな意味で。なんともタフなジョン・ドゥだった。ああいう男になりたいと、心から思った。

「だからぼくはしぶとくなったのさ。彼を殺すことで」

第十二章　ヴェネチア本島（7）

1

「なるほどなるほど。ケーニヒスベルクの橋とは。それがこの私、ER3システムニューヨーク支局長にして七愚人のひとり、因原《いんぱら》ガゼルを電話のベルで叩き起こした理由ですか——哀川さん」

あたしのことを名字で呼ぶな、名字で呼ぶのは敵だけだ——と言いたいところだが、敵意をもって呼ばれている場合は、サマにならねーな、この常套句《じょうとうく》も。でも、一応時差は考慮したつもりだけれど？

イタリアが今、早朝なんだから、ニューヨークは——

「これからちょうど眠るところの夜更けですよ」

あっちゃあ、日本との時差と間違えたぜ。

「わざとっぽい」

頼むよ、こんなこと大親友のお前にしか訊けないんだよ、ガゼルちゃん。

「スクールバスに乗っている小学生だって答えられますよ、ケーニヒスベルクの橋の詳細なんて。私はそんな質問に答えるために、七愚人にエントリーされたわけではありません。そしてガゼルちゃんと呼ばないでください。ガゼルちゃんと呼んでいいのは祖母だけです」

複雑な成育歴を感じさせるね。

「お互いさまでしょう。まったく、やっとあなたと縁が切れたと思ってほっとしていたのに。……真面目な話、私よりもケンブリッジ大学の教授とやらに問い合わせたほうが早いんじゃありませんか？　私だって、あなたがた同様、数学が専門というわけじゃないんですから」

問い合わせは既に一回、しちまってるからな。あんまりしょっちゅうコンタクトを取って、ケンブリッジ大学内でのみよりちゃんの評価が下がってもまずい。

「そのときは我々が軸本さんを引き取りますよ。もしも彼女ほどの才能が望むのであれば、七愚人の座くらい、いつでも譲り渡します」

七愚人の座も安くなったもんだな。若人には真っ当な人生を歩ませてやろうよ。悪の組織なんて時代じゃねーだろ。

「誰が悪の組織ですか。しかし、仰ることはわかります……、『発表せよ、さもなくば去れ』。ＥＲ３システムも評価され続けなければならないという意味では、大学と同じ象牙の塔ですので。あなたのためというのなら絶対に御免ですけれど、若き才能へエールを送る意味でなら、自明の質問に答えるのも、やぶさかではありません」

勿体つけてくれてありがとね。

「で、実際のところ、何がわからないんですか？　前述の通り、私は数学者ではありませんので、レオンハルト・オイラー氏をそこまで信奉してはおりません。彼が提唱し、しかし覆された理論だって、前例がないわけじゃありませんしね。それでもケーニヒスベルクの橋に限って語るなら、一分の隙もないでしょう。三角形がどういうフォルムなのかを問われているような気分でして。『どこがわからないのかがわからない』なんて仰らないでくださいよ？」

元を正せばあたしじゃなくて、さっき話したあたしのパパが言い出したことなんだよ。要約すると、お偉い先生がそう言ってるんだからそりゃそうなんだろうけれど、どうして『頂点に繋がるルートがすべて偶数の場合か、奇数がふたつの場合のみ、一筆書きが成立する』なんて言い切れるのかがわかんねーってさ。世を拗《す》ねたおっさんだから、上から決めつけられるような物言いに反発を覚えるんだろうぜ。

「決めつけられるのが嫌いというのは、確かにあなたの父親っぽいですね。あなたを育てたりしたら、世を拗ねたくなるのも納得ですし」

でも、逆に言うと、世界を大肯定しているあたしは別に、そこに疑問を持ってはいなかったよ。んなもん、1足す1が2になるのはなぜだって訊いているようなもんだろ？　なんで円周率は無限に続くんですか？

「どちらも天才の問いですがね。純粋数学はそうして発展しました。ただしケーニヒスベルクの橋に関する疑問は、愚か者の問いです」

人の親の悪口言ってんじゃねえよ。ぶっ殺すぞ。

「あなたが言うと、電話越しでも殺されそうで怖いですよ。さて、いかに説明すればわかってもらえるものか……、私の学徒としての資質が試されていますね。人類最強を教導することができたとなれば、私もひとつ上のステージに上れることでしょう」

おーおー。その調子でER3システムのトップでも目指せよ。お祝いに花を送ってやるよ。重機のタイヤくらいある奴を。

「ご遠慮申し上げますよ。まず、それぞれの島に繋がる橋の数がすべて偶数であれば、一筆書きできる理由ですが……、こういう言いかたをしたほうが、伝わりやすいかもしれません。島に繋がる橋は、2で割り切れなければならない」

おんなじこと言ってんじゃねえか。偶数なんだから、そりゃ2で割り切れるだろ。

「4や6や8や1024ではなく、2です。つまり、橋をペアで考えるという意味です――入口と出口という」

入口と出口。

「一筆書きを一方通行と解釈してください。それぞれの橋を一度しか通れないという条件がある以上、島に渡れば、違う橋を渡って出て行かなければなりません。そうでなければ行き止まりの袋小路ですから。閉じ込められてしまいます」

あたしはゆうべ貯水槽に閉じ込められたぜ。

「そのまま死ねばよかったのに。要するに、2で割って余りが出るようでは、その橋はデッドルート……、デッドブリッジだということですよ。入口だけで出口がない」

　ふうん。そういう理屈か。聞いてみりゃ、確かに自明だな。でも、だったら一筆書きが成立するもうひとつの条件のほうはどうなんだ？　橋の数が奇数の島が、ふたつの場合って奴——今の話を踏まえると、なんとなく、奇数の頂点が偶数個あれば、それでいいって気もするけれど。全体的っつーか、それで最終的な辻褄《つじつま》が合う感じがするぜ。なんで4でも6でも8でも1024でもなく、奇数の頂点はふたつでなきゃならねーんだ？

「奇数の頂点がふたつならば一筆書きが成立するのは、そんな総括的な理由ではないんですよ。もっとシンプルに考えてください。入口と出口でたとえましたけれど、渡った先の島で袋小路になっていいケースと、あるいは、あらかじめ橋を渡るまでもなく、その島から出て行けるケースがあるでしょう？」

　んん？　出口がなくてもいい入口と、入口がなくてもいい出口？　あ、そういうことか。

「ええ、そういうことです」

　スタート地点とゴール地点になるふたつの島は、橋がペアになっている必要はないってわけだ。だから奇数の頂点はふたつまでなのか。

「はい。総数は関係ありません。スタート地点が複数ある一筆書きなんて、成立しようがないでしょう？　あるいは、スタート地点が存在せず、ゴール地点だけがある一筆書きなんて。言いかたを変えると、奇数点がふたつある一筆書きの場合は、必ず、奇数点からスタートして、もうひとつの奇数点にゴールしなければならないということです」

すべての点が偶数個の橋の場合は、どこからスタートしてもいい？

「はい。どこからスタートして、どういうルートを辿ったとしても、そのスタート地点に帰ってきてゴールインです。入口と出口が同じになります」

はー。奇数点がふたつの場合は、スタートとゴールは固定されている？

「逆行するルートなら可能ですよ。スタートとゴールを入れ替えれば。ね？　簡単でしょ？」

ボブの絵画教室かよ。でも、そう説明されると確かに簡単だったぜ。パパにはあたしが考えたんだと言って自慢しよう。

「さらっと手柄を横取りしないでください。手柄というほどでもありませんので、そうしてもらってぜんぜん結構なのですが……」

実際、異論を挟む余地はねーよな。もしかしたらっつーか、万が一くらいの確率で、オイラー先生の論理に瑕疵じゃなくても、抜け穴みたいな隙間があるんじゃないかって期待していたけれど、そうは問屋が卸さないみたいだ。みよりちゃんの懊悩《おうのう》はこれからもまだまだ続くってわけか。調査は今日が最終日で、明日にはヴェネチアを離れる予定だったんだけれど、どうやら滞在は長引くことになりそうだぜ。

「いいんじゃないですか？　あなたにとっては元々休暇の延長みたいなものでしょうし。そう言えば、バックパッカーが旅行先に居着いてしまって帰れなくなることを、沈没って言うんでしたっけ？　水の都には相応しい言葉ですよね」

沈没ね……、アクアクアがオランダからイタリアに引っ越したのも、ひょっとしたらそんな感じなのかな。もっとも、あたしを殺し損ねたことで、尻尾《しっぽ》を巻いて逃げ出したかもしれねーが。

「尻尾を巻くも何も、あなたがたはその尻尾をまだつかめていないんでしょう？　人類最強が殺されるのは我々的には大歓迎なんですけれど、軸本さんは将来的にはＥＲ３システムが引き取る算段ですので、死なれたら困るんですよ」

だから折を見てはいたいけな若者を裏街道に引き入れようとするな。

「若者じゃなくなった頃の話です。我々は長期的な視野の持ち主ですので。結局、軸本さんが危うく殺されかけた理由も、哀川さんが惜しくも殺されかけた理由も、わからないままなんでしょう？」

惜しくもって言うな。あたしが殺されかけた理由は、貯水槽に隠していた死体を発見されたからっていうメイド長の仮説を、暫定的に採用してもいいんだけれど、みよりちゃんのほうは謎のままだぜ。

「ムラーノ島のガラス職人が殺害されている以上、観光客や外国人ばかりが狙われているわけでもないんですよね？　無差別殺人なのだとしたら、軸本さんと哀川さんが連続したのがやや違和感ですが」

どこかであたしら一行が目をつけられたのかな。じゃあ次に狙われるのは玲なのかもしれない。なにげに、あいつが一番、殺しても死ななそうな奴とは言え。

「普通に考えたら、殺し損ねたふたりを、殺し直しそうなものですが……、どうなんでしょうね。失敗を認めるタイプの犯人じゃないようにも見受けられます」

失敗したんじゃなくて、うまくいかない方法を発見したんだって考えかた？

「学会には更に上をいく思考法があります。失敗した場合、こうなることこそが自分の真の狙いだったんだと言い出します」

やべえ奴じゃねえか。学会から出てきてほしくないぜ。架かる橋を奇数にしておきてえ。もっとも、だとすればみよりちゃんとあたしは、安全圏に移行されたことになる。安全安心で、だらだら調査を続行できるな。

「仮に殺人犯が跳梁《ちょうりょう》していなくとも、心理学の天才である軸本みよりが、だらだら畑違いの調査にかかずらわっているというだけで、世界にとって大いなる機会の損失なんですよ。同行しているメイド長に関して言えば、さっさと鴉の濡れ羽島に帰っていただきたいですし……」

なんで？

「なんでじゃないでしょう。赤神家のご令嬢が島流しにあった理由を、私が知らないとお思いですか？にもかかわらず、ER3システム同様に天才を集める彼女は、私から見れば、水都の溺殺魔よりもよっぽど危険人物ですよ——言うまでもなく、一番の危険人物は哀川潤です」

だったらあたしも、早くヴェネチアを離れたほうがいいかな？　あたしが沈没するんじゃなくて、ヴェネチアが沈没したらまずいって、最初から思っていたし。

「あなたはどこにいたって同じでしょう。月に送り込んでも無駄だったのに……、軸本さん本人に、危険地帯を離れるつもりはないんですね？」

うん。意地になっちゃって。可愛いよな。

「その可愛さが才能を殺すかもしれないと思うと、世の中うまくいかないものです。あなたが軸本さんをぶん殴って気絶させてセーフティエリアまで拉致《らち》するという案は如何ですか？」

如何ですか？　じゃねえよ。セーフティエリアまで拉致するって概念が新し過ぎるだろうが。みよりちゃんに一生恨まれちまう。あたしが心理的に追い込まれたらどうするんだ。

「既に一生恨まれているようなものじゃないですか。世界中から」

言ってくれるぜ。なので、手っ取り早い作戦としちゃあ、プランＡ『直接的な脅威であるアクアクアを退治する』と、プランＢ『滞在理由であるケーニヒスベルクの橋問題を解決する』のふたつがあるんだが、ガゼル先生の通信講座を受けた感じじゃあ、プランＢのほうはお蔵入りだな。ちょっとやそっとで打破できそうな数理じゃねーや。たぶん、一筆書きができちまったゼミ生やらあたしやらが、とんでもねーケアレスミスをしてるってオチなんだろ。お利口さんがいくら考え続けても、不毛な検算を強《し》いられているようなもんだ。

「そうでもないんですけれどね」

ん？　今、なんて？

「その通りですねと言いました」

真顔で嘘をつくな。テレビ電話じゃなくてもわかるくらいの真顔で。眠いから通話を終えようとしてやがるな。

「国際電話の料金を心配してさしあげているのですよ。あなた今、文無しなんでしょう？　赤神家の財産だって無尽蔵ではないんですよ？　いいじゃないですか、お得意分野のプランAを実行すれば」

アクアクアの潜伏場所さえわかればな。忍者みてーに沈んでやがる。せめて水面から竹筒でも突き出ていれば、手がかりになるんだが。

「あははは。ニンジャ、ニンジャ」

ニンジャでツボるな。日系人だろ。

「ええ。むしろ部下には忍者の末裔《まつえい》だと思われています。仕方ありませんね、私、滋賀《しが》県出身ですから」

琵琶湖《びわこ》で水遁《すいとん》の術か？　クールなインテリキャラを保てよ。プランAはプランAで手詰まりなんだ、このままじゃプランCの少女誘拐事件を実行しなきゃならねえ。お前が提案した。

「私が提案しなくとも、あなたが一番最初に思いつくプランでしょう、力尽くでの拉致は。あなたは友達を拉致しなかったことがないでしょう」

どんな奴だ、そいつ。プランBのヒントがあるなら教えとけ。

「……ケーニヒスベルクの橋の問題について言うなら、ご理解いただけたように、隙はありません。実証実験をして、オイラーの提唱する机上の空論が成立しなかったと言うのであれば、それは実験の仕方が悪かったのです。たとえ人類最強でも、間違うことはあるでしょう？」

しょっちゅうな。

「ですが、それはステージがケーニヒスベルクの場合です。場所がヴェネチアならば、ルールの抜け穴を通れなくはありません。ほとんど反則ですけれどね……、バトルステージが変わっているのですから、たとえ論破されたところで、オイラーは痛くも痒くもないでしょう。偉大なる数学者の名誉に傷がつくことはありませんから、安心して謎を暴けますよ」

？　ヴェネチアだから論破できる？　おかしな話だな、みよりちゃんもそんなようなことを言っていたけれど、そもそもケーニヒスベルクじゃもう実践できないから、実証実験の場所に相応しい土地として、ヴェネチアが選定されたはずだぜ。

「それは建前でしょう。元々はケンブリッジのゼミ生達の、夏休みの課題を口実にしたバカンスだったことをお忘れなく。あくまでヴェネチアは、名所名刹《めいさつ》のリストからピックアップされたに過ぎません。たとえ現在のカリーニングラードが当時の風景を維持していたとしても、旅行の幹事がそっと候補から外していたでしょう」

ビザが必要になっちゃうって言ってたもんな。じゃあ、ヴェネチアはケーニヒスベルクの橋問題を検証するのに、必ずしも相応しくないって、お前は言うのか？

「相応しくないとは言いません。まるで適さない、と言います。どこで実験するにしても、ヴェネチアだけはないですね。軸本さんも心理学的に、その辺りをなんとなく直感なさっているようであるなら……、授業はこれくらいにしておきましょうか」

お。長ったらしい思わせぶりな前振りを終えて、いよいよ答を教えてくれるわけだな。静聴しましょう、先生。

「いえ、教えません」

なにい？

「ヒントは十分に出してあげたでしょう。あとはご自身で考えてくださいよ。今度お会いするときまでの宿題です」

宿題を出すな。あたしが通信講座を受け続けられるタイプだと思うのか？　てめーは証拠が完全に固まるまでは解決編に入りたがらない傾向の名探偵かよ。

「実に公正な司法じゃありませんか」

未来のあるみよりちゃんを一刻も早く、ヴェネチアから引き離したかったんじゃなかったのか？　教えないなら、あたしがみよりちゃんをぶっ殺してもいいんだぜ？

「ただの卑劣な脅迫とは。あなたはそこまで知りたくないでしょう、数学のなぞなぞの答なんて。これに限っては、勿体ぶっているわけではありません。軸本さんを殺されたくないからこそ、ですよ。現場にも赴いていない私が今ここで、電話口で聞いた情報だけで組み立てた推理が、仮に正鵠《せいこく》を射ていたとして、ぽいとそんなものを投げつけられて、軸本さんは喜びますか？」

あたしだったら喜ぶけどな。ラッキー、手間が省けたって。

「誰もがあなたほど、自信と自己肯定感に溢れているわけではないんですよ。たとえ天才であってもね。訊くは一時の恥、訊かぬは一生の恥とわかっていても、一生の恥を選ぶ天才は少なくないのです。訊くは一時の恥、考えるは一生の誇りですから。もしも私が五分で出した答が正解だったら、軸本さんの面子《メンツ》を潰すだけでなく、才能まで潰してしまうかもしれません。私も性格は悪いほうですけれど、若い芽を摘むのは趣味ではありませんので――早く電話を切りたいので、もとい、哀川さんの熱意に負けてヒントまでは出しましたけれど、最終的な証明は、ご自身でなさっていただかなくては。哀川さん自身にではなく、軸本さん自身に」

さもなくば天才少女は、自信を喪失して、自身をも喪失することになりかねませんよ――と、因原ガゼルは綺麗にまとめた。英語での会話だったので、ぜんぜんワードが掛かっておらず、はぐらかされただけの印象ではあったものの。

2

「宣言した通り、天才で可愛い私は、ちょっとアプローチの仕方を変えてみようと思うの。と言うより、本筋に戻ろうと思う。本職に」

朝食の席――つまりオテル・ダニエリの最上階で、みよりちゃんはあたしと玲にそう言い放った。気炎を吐いたと表現してもよかろう。みよりちゃんはあたしが、朝飯前にガゼルと通話したことを知らないけれど、まるでくまなく聞いていたかのような、思い詰めた表情である。命と将来がかかっている女の子の顔だ。最近はあんまり見なくなったね。

「だって、天才で可愛い私は数学脳の持ち主じゃないんだから。最初から自分の得意技で取り組むべきだったのよ――教授もそれを期待していたはずなのに、天才で可愛い私は、自分には数学の才能もあるんじゃないかと思い上がっていた。自制しなきゃ」

自制するんなら、まずはそのへんちくりんな一人称を正せよと思わなくもなかったが、しかし具体的にはどうするつもりなんだろう？

「哀川潤さんにも協力してもらうわよ。まず、カフェラテをオーダーしてもらえる？」

通訳もかねて同行したのは承知しているけれど、飲み物の注文くらいは自分でしねーと語学脳の成長はねーぜ？　それに、カフェラテなら部屋で玲が淹れてくれるだろ。

「第三者に淹れてもらうことが大切なの。班田玲さんに淹れてもらったら、それは班田玲さんの心理分析になっちゃうから」

心理分析？　言ってたな、そんなこと。正直なところ、もしもみよりちゃんが、玲の心理分析をしてくれるというのであれば、是非お願いしたいところだったが……、カフェラテでどう分析するんだよ？

「ラテ・アートって聞いたことあるかしら？」

「哀川さんはそんなしゃらくさい芸術、ご存知ありません」

すかさず玲があたしのスポークスマンを務めた……、やっぱりお前が分析されろよ。なんだその言い草は。ラテ・アートとやらとあたしの、どっちを馬鹿にしてるんだ。

「泡《あわ》で絵を描いたカフェラテをそう呼ぶのよ。先に言っておくけれどイタリアではやっていない」

理解したぜ。何かで見たことあったかもな。アニメのコラボカフェか何かで。

「アニメのコラボカフェに行ったことがあるんですか、哀川さん？」

あたしマニアのお前にも、知られていないプライベートがあったことにほっとしたよ。けれど、イタリアではやってないってんなら、注文しても無意味じゃねーのか？　いくらオテル・ダニエリでも、そんなサービスは受け付けていないだろう。

「いいのよ。ラテ・アートこそがたとえ話なのだから。格別な意図なく淹れてもらったカフェラテの泡……、つまり、単なるクリーミーでナチュラルな泡から、天才で可愛い私達が何を見出すのか。知りたいのはそれよ」

つまりロールシャッハテストを、カフェラテでおこなおうって心算かよ。確かに心理学者っぽいアプローチじゃねーか。『天才で可愛い私達』ってのはあたしとみよりちゃんのふたりか？

「そう。一筆書きができた人と、できなかった人。そのふたりの深層心理にどんな違いがあるのか……、痛くもない腹を探られるようで哀川潤さん的には不愉快だと思うけれど、我慢して頂戴」

別に不愉快じゃねーよ、むしろ結果が楽しみだ。心理学の専門家にただで分析してもらえるなんて、気前がいいぜ。調査に参加してねー玲の分析をしてもらえないのが残念だけど……、あと、天才で可愛いみよりちゃんの自己分析の結果もまた興味深い。

「天才で可愛い以外の結果が出るんでしょうか、その自己分析」

蚊帳の外に置かれた玲が実効性に疑問を呈したが、あたしはしてみる価値のある実験だと思った――少なくとも、あてどなく町内をうろうろするよりも成果がありそうだ。なので、みよりちゃんの希望通りにミルクたっぷりのカフェラテを人数分、注文した。玲の分もオーダーしたのは、ついでに分析してもらおうと虫のいいことを企《たくら》んだわけではなく、ランダム性を足すためだった——すぐに届いた三つのカップを、こちらからは余計な手を出さずにそのまま無作為に配ってもらって、そして泡へと目を落とす。

「どう見えますか？　哀川さん」

正直、カフェラテはカフェラテにしか見えなかったが、その答じゃロールシャッハテストにはならねーんだろう。強いて言うなら、チューリップか何かかね。筋が三つ、花びらみたいに広がって。

「チューリップ。では、哀川さんの深層心理にオランダがあるのでしょうか？」

素人のメイド長が、あたしの深層心理を浅く分析してくれた——聞きたいのはプロの分析なのだが。しかし、肝心のみよりちゃんのほうは、自分のカップをじっと睨《にら》んだまま無言である……、見ると、みよりちゃんの分のカフェラテも、あたしとほぼ変わらない泡立ち具合だった。確認したら、玲のカフェラテもまた同様である——さすが熟練の技と言うか、三つとも差異がない仕上がりだった。注文数を増やすことで設けたランダム性も、てんで意味をなさなかったと言える。心理分析の目論見《もくろみ》は水泡に帰したってか、泡だけに。

「——はっきりしたわ」

しかし、黙りこくっていたみよりちゃんはやがて、そう言った。どうやら、同じ泡立ちを目視しても、みよりちゃんにはチューリップとは違うものが見えたらしい。しかもはっきりと。考えてみれば、ロールシャッハテストってのはそういうテストだったか。直視するのは泡じゃなくて、自分の心だ。

で、みよりちゃんがヴェネチアを一筆書きできなかった理由が、どうはっきりしたんだ？

「はっきりしたのはそっちじゃないわ、哀川潤さん。天才で可愛い私が、溺死させられかけた理由が、はっきりしたのよ」

■■

「避難は完了した。もう誰もぼくを追うことはできない。しばらく実験から離れることにはなってしまうが、しばらくはこのまま頭を低くしてやり過ごそう。実るほどこうべを垂れる稲穂のように——水の都なんだから、鰈《かれい》か鮃《ひらめ》のようにと言ったほうが正しいかな？　あるいは深海魚のようにと言ったほうが正しいかな？

「正しい正しくないという話を続けるなら、本当にぼくを追うことができる人物がいないかどうかも、実のところ保証しかねる。と言うのは、ぼくが潜むこのラボの存在を、知っている人間が、必ずしも皆無なわけじゃあないからだ。

「ぼくは目撃されている。

「自分に厳し過ぎると言われるかもしれないけれど、これは事実だ。しかし誤解のないように付け加えておくと、目撃されたのは実験の最中ではない。さすがにそんなヘマはやらかさない、やらかしていれば、とっくにお縄についている。いついかなるときも、ぼくは常に細心の注意を払っていた——実験の最中は。

「千慮の一失があったのは、巣作りの最中だ。前段階であり、実行段階じゃない。つまり、ぼくが潜むここ……、実験のためのラボを構築しているそのときを、見られてしまった。いや、もちろんラボを構築する途中だって、細心の注意を払っていたつもりだったけれど、あのときは完成間近だっただけに、うっかり気が抜けてしまったのだ。

「我ながら、上手の手から水が漏れた。または、河童《かっぱ》の川流れ。

「はっきり言って、目撃されたからと言って、特に問題はない。ないはずだった、だって、そのときのぼくは、まだ本格的な実験には着手していなかったのだから。

「今のはヴェネチアでは、という意味……、ぼくの妻とぼくの父については数えていない。それに、あの男のことも計算に入れなくていいだろう。いつ死んだかは定かではないけれど、あの時点では、まだ彼は餓死していなかっただろうから――ラボ作り、いわば引っ越し作業に後ろ暗い点がなかったとは言わないけれど、少なくとも目撃された時点では、ぼくはまだ『水都の溺殺魔・アクアアクア』じゃあなかった。

「それでもぼくは慎重なので、目撃者を放っておくべきではないと考えた――ここだけの話、目撃者を最初の協力者にノミネートしようかと頭を捻《ひね》ったくらいだ。今となってはありえない発想だが、せっかく完成した隠れ家を放棄して、別の国に亡命しようかとさえ思い詰めたくらいだ。たとえば極東の島国に。

「けれど、ぼくが練ったプランを実行に移す前に、目撃者はヴェネチアを去った。ぼくの手の届かないところに、ぼくよりも先に去っていった。

「目撃者は何も見ていなかったのかもしれない。見ていたとしても、何も気付かなかったのかもしれない。気付いたとしても、自分には関係がないと切り捨てたのかもしれない。熟慮の末、三番目の可能性が、もっとも高いとぼくは判断した——なにせ目撃者は、ヴェネチアとは縁もゆかりもなさそうな、大勢いる観光客の中のひとりだったのだから。

「心理学的には、傍観者効果と言うんだっけ。

「だからぼくはすっかり安心していた——心安らかな日々が続いていた、目撃者がひょっこりヴェネチアに戻ってくるなんて思いもせず。

「目撃者であるあの女が。

「三つ編み三本のあの女が」

■■

第十三章　ヴェネチア本島（8）

1

「天才で可愛い私には、カフェラテの泡に、三本の三つ編みが描かれているように見えたのだわ」

てっきり解決編が始まるのかと思いきや、みよりちゃんがなんだか面白いことを言い出した――沼にはまったときには命を救ってくれたヘアスタイルではあるんだけれど、あたしには三枚の花びらに見えた模様が、自分の髪型に見えるなんて馬鹿げている。天才の奇矯《ききょう》な個性も、そこまでいくと毒なのでは？　寝ている間に三本中一本をぶった切ってバランスを取ってあげようか。

「絶対にやめて。いくらなんでも絶交案件よ、寝ている間に女の子の髪を切るなんて。あなたはそうやって馬鹿にするけれど、だから、言ったでしょう？　そう馬鹿にしたものでもないって――大学じゃあ真似してくれる子が続出しているんだって」

続出までは言ってなかっただろ。ちょっとしたブームくらいの言いかただっただろ。時を経《へ》て話が異様に肥大化しているぞ。実際のところ、具体的には学内に何人なんだよ。

「ひとりよ」

ひとりいただけでもびっくり。

「そのひとりが、教授の数学ゼミのメンバーだって聞けば、もっとびっくりしてもらえるかしら？　しかもその上、アジア人の女の子だって聞けば」

ふむ？　びっくりすると言うより、ぽかんとしちまったが——みよりちゃんのグルーピーがアジア人だったら、どうなるってんだ？

「哀川さん。グルーピーは死語の中でも死語です。念入りに殺されています」

メイド長がドブネズミさまを窘《たしな》めてから、

「つまり、このヴェネチアに来た三つ編み三本の観光客は、軸本さんが最初ではなかったということですね？」

と言った。

「しかも同じアジア人ということでしたら……、欧米のかたには、区別がつきづらいかもしれませんね」

双子みたいに見えるかもな。ましてそんな独特なヘアスタイルがかぶってたんじゃ。だけどそれがどうしたってんだ？

「ほら、哀川さんもおっしゃっていたじゃありませんか。貯水槽に閉じ込められたとき、自分も三つ編み三本にしていればよかったとか——あのとき閃きかけていましたよ。その後、あっさり切り捨ててらっしゃいましたけれど」

そういやなんか思いつきかけてたっけな。忘れたぜ。

「人違いだったのよ」

みよりちゃんが玲の言葉を継いだ——ガゼルと違って、勿体ぶらないでくれるのはありがたいが、その単語だけじゃ、まだわかんねーな。人違い？

「鈍いわね、人の心の機微に」

鈍いわねだけで止めとけよ。わざわざ傷つけようとするな。

「天才で可愛い私は、人違いで殺されかけたってことよ。アクアクアが本当に殺そうとしたのは、そのゼミ生なんじゃないかしら」

ふむ。いくらか発想の飛躍があるようにも思えたけれど、しかし発想の飛躍は天才にはありがち、と言うより天才の必須条件みたいなものだろう。直感的なイメージを出されたカフェラテから読み取るってのは、ちょっと変な名探偵みたいで面白いぜ。ダメ元なんじゃないかと思っていたけれど、ロールシャッハテストも心理学も侮れねえ。自己分析と言うより、自己暗示みてーな嫌いもあるが……。

「善良で誠実で誰からも好かれる天才で可愛い私に殺される理由がない以上、人違いの線が濃厚であることに、もっと早く気付くべきだったわ。自分自身がアジア系だから、天才で可愛い私がその子と似ているだなんて、思ったこともなかったけれど……」

ただ、みよりちゃん。明晰《めいせき》な推理に茶々を入れるつもりはねーんだけれど、だったらそのお前のファンは、善良でもなく誠実でもなく誰からも好かれることのない、いかにも人に殺されそうな女の子だってのか？　やばいファンがついてるじゃねーか。

「いえ、普通に優秀な学生さんよ。天才で可愛い私に憧れているというだけでも、見所があることはわかるでしょ。同い年で講師の職を得た天才で可愛い私ほどじゃなくても、将来有望と言えるわ。同い年で教鞭を執っている天才で可愛い私ほどじゃなくても」

思い切りマウンティングしてるじゃねえか。どこが善良で誠実で誰からも好かれる天才で可愛い私なんだよ。結局、人違いだろうとそうでなかろうと、アクアクアが三つ編み三本の女の子を狙う理由が不明だぜ。もしかして、変態なヘアスタイルがむかつくからって理由かな？

「いくらなんでも変態は言い過ぎでしょ。変な、で止めておいて。天才で可愛い私に殺される理由がなくて、ゼミ生の彼女に殺される理由があったとするなら……、彼女は以前、フィールドワークでヴェネチアに来た際、見てはいけないものを見たんじゃないかしら」

「見てはいけないもの？」

玲が首を傾げると、

「たとえば、アクアクアの正体とか。溺殺の瞬間とか……」

みよりちゃんが再びカフェラテに目を落として、そう呟く。「魅力的な仮説ですけれど、でも、それだと時系列が合いませんね。アクアクアがヴェネチアでその活動を開始したのは、ゼミ生がフィールドワークを終えて、ここから引き上げて以降のことでしょう？」

「表沙汰《おもてざた》になっているのは、ね。たとえば哀川潤さんが貯水槽で発見したっていう死体は、新婚カップルよりも先に殺されていたんじゃないかしら……」

かもな。そういやあの死体も、そろそろご近所さんに発見されている頃かな？　身元が特定できりゃいいんだが。

「それに、溺殺の瞬間じゃなくても、その準備段階を目撃したのかもしれないわ。凶器を購入している場面や、被害者候補を尾行している場面……、あるいは、アジトに出入りしている場面とか。決定的じゃあなくても、犯人逮捕に繋がるような」

だとすれば、即刻警察に通報すべきだろ。あたしが言うのもなんだけれど。

「本当に哀川さんが言うのもなんですね」

それをお前に言われるのもなんだよ。みよりちゃんが殺されかけた件や、貯水槽の死体の件でも、ちゃんとこのあと警察に行くって。サンヴェローゼ旧警部に仲介してもらう。

「そこは想像するしかないけれど、目撃した事実の重要性に、本人はまだ気付いていないのかも……、重要性じゃなくて危険性かしら。殺される理由になってしまうようなら」

知らぬが仏だね。まあ、その子にとってはそっちのほうがいいんだろうな。さすがにドーバー海峡を隔てた向こう側にいるんじゃ、アクアクアも危害を加えられないだろう。それに、みよりちゃんも、もう安全圏にいると判断していいんじゃねーか？

「あら。どうしてですか？」

いくら双子コーデでも、双子じゃねーんだ。実際に殺しかけるところまで接近すれば、あちらさんにも人違いだったってわかっただろ。人違いだってわかっても、方向性を修正せずになお殺そうと試みるかもしれねーけど、そんときゃそんときだろ。

「それなりの確率で天才で可愛い私が狙われ続けるであろう展開を、『そんときゃそんとき』で済まさないで。考えがあるわ」

聞きたいね。みよりちゃんの一生の誇りを。

「今度は自己分析じゃなくて、目撃者の子の心理を分析するのよ。コンタクトを取って、彼女がヴェネチア滞在中に何を見たのかを詳細に聞き出してみせる……、本人が把握していない深層まで。そうすれば、潜伏するアクアクアの居所に手が届くんじゃなくて？」

手がかりにはなるかもしれねえ。けど、心理分析って電話越しでもできるもんなのか？　ガゼルとのなんとも嚙《か》み合《あ》わない、早朝の通話を思い出しながらあたしが問うと、

「DMで十分」

戻ってきたのは頼もしい返答だった。お見それしました。

2

みよりちゃんによる心理診断の矛先がケンブリッジ方面に向いちまったので、あたしの分のカフェラテ占いがすっ飛ばされる結果になっちまったが、まあよかろう。みよりちゃんが自己暗示で自己解決し

てくれたのなら、それ以上は望むべくもない――いや、元々望んでいた分析の成果は、ケーニヒスベルクの橋問題に関する手がかりだったわけで、それを思うとかなり的外れな着地点だったのだが。仮にこのアプローチでアクアクアの正体に迫れたとしても、それは決して、数学的解決に近付いたことにはならないのだから。

「そうでもないんじゃありませんか？　これでアクアクアの排除に成功すれば、軸本さんは安心して、心ゆくまで課題に取り組めるわけですから」

最上階のレストランから部屋に戻って、みよりちゃんがベッドルームでケンブリッジの学生とやり取りをしているのを、診断の邪魔しないよう別室で待つ間、玲とあたしはそんな会話を交わした――ダイレクトメッセージでのやり取りならレストランでやってもよかったのだが、結局、診断は通話でおこなうことになったのだ。カフェラテの泡から真相を読み解くプロファイラーなのだから、そりゃあインスタのダイレクトメッセージのやり取りでだって深層に迫れるというのはあながちはったりでもなかっただろうが、残念なことに相手側がＳＮＳをやっていなかった。どころか、今時の大学生でありながら、スマホさえ持っていないという……、変人の真似をする奴は変人だぜ。奇人として振る舞う人間は、奇人である。というわけで、みよりちゃんの長電話が終わるのを、ただ待つ時間だった。安心して課題に取り組めるのはいいけれど、それであんま長居することになってもなあ。

「ＥＲ３システムのご友人からヒントを教わったんでしょう？　それを軸本さんに伝えて差し上げたら如何です？」

あたしがヒントの意味がわかってねーからな。ひょっとするとミスディレクションをつかまされているかもしれねーから、迂闊《うかつ》に伝えられないぜ。

「ニセの手がかりをつかませてくるようなご友人なのですか……、哀川さん、誰とでも友達になるの、やめたほうがいいですよ」

悪いがそれだけはできない。

「確かに、それができるなら、私との縁もとっくにこと切れているでしょうね。哀川さんは友達とも敵とも父親とも、関係を切るのが苦手なんですよね」

知ったようなことを。もっともガゼルは、あたしとの関係性はどうあれ、ER3システムの人間として、みよりちゃんの進退についてはマジで心配してくれているみたいだから、まるっきりニセってことはないだろう。

「ヴェネチアだからこそケーニヒスベルクの橋問題をクリアできる――でしたっけ？」

おうよ。世界中のどの都市で実証実験をおこなうにしたって、ヴェネチアでだけはおこなわないって言っていたぜ。それが本当なら、いったいあたしらはなんのためにここにいるんだって話になる。

「ガゼルさんと言うのは、七愚人の八人目と呼ばれる、因原ガゼルさんですよね」

そんな異名を取ってるのか？　あいつ。七愚人の八人目って、どういう意味？　三人の父親の四人目じゃねーんだから。

「あんまりいい意味ではなさそうですよ。七愚人の席に空きが出たらエントリーされますが、次なる候補者が現れたら外され、また空きが出るのを待つという……、シックスマンならぬエイトマンと言いますか、代打要員というニュアンスでしょうね」

さすが天才に詳しいね。そんな扱いを受けてりゃ、性格もつんけんするわけだ――エイトマンは我が母国じゃ栄誉ある称号だがね。そんな席なら、道理で愛着なくみよりちゃんに譲るとか言い出すわけだぜ。

「鴉の濡れ羽島にならいつでも席の用意があります。……ヴェネチアだけは選ばないというのであれば、つまり、ヴェネチアだけの特性を考えればいいんじゃありませんか？　たとえば、同じ水の都でも、哀川さんのカフェラテ占いの結果であるオランダでなら、まだ実験は成立するのでしょう？」

あたしのカフェラテ占いの結果を決めつけるな。チューリップなんだから富山県かもしれないだろうが。あたしにもふいに、ドラえもんトラムに乗りたくなるときがあるんだよ。

「高岡《たかおか》市でも成立するのでしょうか。小矢部《おやべ》川《がわ》と庄川《しょうがわ》で……、いえ、思うにそういうことを言っているわけでもないのでしょうね。ヴェネチアだけの特性――自動車や自転車が走れない？　リド島という例外がありますが……、ドラえもんトラムも走れませんね」

でも、自動車禁止の都市なら他にもないわけじゃないだろ。富山県かどうかはわからないけれど、日本国内にも、道路のない島のひとつくらいあるだろう。

「となると、この水上都市の特徴――特殊性と言うときに語らずにいられないのは、アクア・アルタでしょうね」

アクア・アルタ。

「こういう仮説は如何でしょう？　ヴェネチア本島にある橋の中には、アクア・アルタが起こった際に完全に水没してしまう橋がいくつかあって、その水没によってケーニヒスベルクの橋問題の初期条件が変更されてしまう——とか」

……かすってんじゃねえの、それ？　サンヴェローゼ旧警部が言っていた、干上がって運河の数が変わっちまえば、問題が成立しなくなるって指摘はアクア・バッサが起こらなくなった現代じゃありえないにしても、アクア・アルタは、近年酷くなってるって話だし。

「勿体ないお言葉、身に余る光栄です。でも、『かすっている』という言いかたからして、正解ではないと、哀川さんは直感されますか？」

いやまあ、いくら好奇心旺盛なケンブリッジの学生さん達でも、橋が沈むようなアクア・アルタが発生している最中に、フィールドワークをおこなったりはしないだろうから。メイド・ストップがかからなくても。若者の奔放と無軌道は予測不能だから、断言はできねーけど。

「確かに。ただ、背理法ではありませんが、もしもアクア・アルタで条件が変動すると仮定した場合、この検証の前提はどのように連動して変化するのでしょう？　本調査は現状優先でおこなわれるというのが定めたルールだったと認識しておりますが、橋の数が、時間帯によって揺れ動くとなると、正確な調査結果は望めなくなると愚考いたしますが」

アクア・アルタの際に設置される仮設通路を橋と数えるかどうかって議論があったけれど、それは新しい議論だな。あたしが決められることじゃなさそうだ……、細部は現場の判断に任されちゃいるけれど、さすがに教授に問い合わせるべきかな？　もしもフィールドワークがアクア・アルタの最中におこなわれていたらだが。

「調査のおこなわれた時間帯は、軸本さんが電話診断で副産物的に、学生さんから聞き取ってくれることでしょう。でも、アクア・アルタも無関係であるとするなら、因原ガゼルさんは、ヴェネチアのどんな特性をあげつらって、実験の地としての不適格を言い渡したのでしょうか」

さてなあ。ただ、厄介なのはあたしやお前がこのままヒントの意味を考え続けて、答に辿り着いちゃってもまずいってことだぜ。みよりちゃん自身が答を出さなきゃ駄目だっていうのが、ガゼルの姿勢なんだから……、お前はどうだか知らないが、あたしは気付いちまった真相を黙っていられる腹芸のできる奴じゃねえ。

「私は知らない振りが得意ですよ」

けっ。今も、実は真相を看破していながら、とぼけてやがるんじゃねーだろうな。

「そんなそんな。読心術使いの哀川さんに嘘はつけません」

心のない奴に読心術が使えるかよ。ちなみに、レストランではお前の前にもカフェラテは配膳《はいぜん》されていたわけだが、聞いてなかったな、名探偵ならぬ名ド長の班田玲はあの白い泡から何を読み取ったんだ？

「それが別段大したものは……、専門家に分析していただくまでもありません。幼少期に、妹と間違えて殺鼠剤《さっそざい》を飲ませた三毛猫が吐いた、毛玉の混じった白い泡を思い出した程度でして」
マジで分析するまでもねーじゃねーか。

3

診断が盛り上がっているのか、みよりちゃんの通話が思いのほか長引いているようなので、あたしは先にサンヴェローゼ旧警部に、アポイントメントを入れておくことにした――ひょっとすると向こうからも連絡をもらっているかもしれねーけれど、先述の通り、防水機能を備えていないあたしのスマホは水没した際に壊れている。なので、ホテルに備え付けの電話を使って、ヴェネチア市警に架電する……、最初はパパのケータイにかけたつもりだったんだが、残念ながら記憶していた電話番号が違っていたらしく、繋がらなかった――アドレス帳の功罪だね。元より、トルチェッロ島でみよりちゃんが殺されかけた件で、彼女を市警に連れて行く約束をしていたし、昨日ピザ屋、もといピッツァ屋で別れてから貯水槽で死体を発見したことも、隠しておくわけにはいかない。脱出するときに貯水槽の蓋を壊したことって、どれくらい怒られるかな？　もしかして、あの蓋も世界遺産の一部なんだろうか。だったら自首するためにヴェネチア市警に電話をかけているようなものだったが……、しかし、パパからの説教を覚悟していたあたしのそんな気構えは、拍子抜けすることになった。電話は繋がりはしたのだけれど、交換手とあまり話が弾まず、取り次いでもらえなかったのだ……、あたしのブロークンイタリア語が警察関係者にはうまく伝わらなかったのか？

「どうせ『四番目のパパに代わってくれや』なんて甘えたボイスで言ったんじゃないですか？　なんでしたら、私がコンシェルジュとして、アポイントメントを取りますよ」

さすがにサンヴェローゼ旧警部を、再び失職させかねない発言をした憶《おぼ》えはないのだが、ここは素直に、メイドに助けられておくことにした。おそらく身元不明の死体が、水の溢れた貯水槽から発見されたのだろう、向こうもごたごたしているっぽかったし……、もしかしたらアポイントメントが取れるのは、午後のことになるかな？　だったらフィールドワークを前倒しにしなくちゃだが……、みよりちゃんがとっかかりを得られていればよいのだが。

「はい。はい、はい……、そうですか。間違いありませんか？　それは失礼いたしました。どちらにせよ、このあとお伺いさせていただきたいと思いますが、いったん切らせてください。すぐにかけ直しますので」

あたしとは比べるべくもない丁寧な、方言まで再現した現地語で、玲はそう言って受話器を置いた――メイドの仕事ぶりを逐一見張るつもりはないんだけれど、はたで聞いている限り、もしかして思わしくなかったのかな？

「思わしくなかったと言いますか……、思わぬ事態でして」

己の主人に対しても、いつもはきはき物を言うメイド長が、お茶を濁すような態度を取る――濁すのはカフェラテのスチームミルクだけにしておけよ。

「はい。もちろんきちんと説明させていただきます。ですがその前にもう一本、電話をさせていただきます。念のために」

言うが早いか、玲はてきぱきと電話機を操作する——念のためにかけたい電話先ってのは、暗記しているような番号なのか？　じゃあ鴉の濡れ羽島なのか、それとも——覚えやすい公的機関？

「はい。私は赤神財閥に所属する班田玲と申します。不躾《ぶしつけ》ながら、お訊ねしたいことがあるのですが——」

おいおい、いきなり赤神家の名前を出すとは、穏やかじゃねーな。鴉の濡れ羽島じゃないとして、いったいどこに電話してやがるんだ？

「ええ——ええ、ええ。ヴェネチアへ——ハーグ——それはいつ頃の——」

途中経過をあたしに聞かれたくないのか、そこから先は声を潜めての通話だった。こっそり盗み聞きするつもりはねーから構わないけど、不穏な空気は、色濃さを増すばかりだ。

「はい。ありがとうございます。お手数おかけしました。こちらからもすぐに確認いたしますので、判明したことがあれば、すぐにお知らせさせていただきます——哀川さん」

再び受話器を置いて、玲がこちらを向いた——なんだよ、猫でも殺したみてーな顔をして。いいニュースと悪いニュースがあるんだろ？

「いえ、悪いニュースしかありません」

聞こう。

「まず、ヴェネチア市警にサンヴェローゼ・ヴンダーキントなる巡査は所属しておりません。ですので、何語でどう懇切丁寧にお願いしても、取り次いでもらえなくて当然です」

続けろ。

「ですので、私が念のために勝手にかけさせていただいた電話先は、ユーロポールです。話を早くするために、これまた勝手に家名を使用しましたが――結論から言いますと、旧ならぬサンヴェローゼ警部は、今現在もユーロポール所属の警察官です。非行少女時代の哀川さんとの関係が原因で、降格されたことがあったのは事実のようですが、馘首《かくしゅ》までの処分はなかったそうです。むしろ現在では当時より出世なさっていたので、旧警部という言いかた自体は、正鵠を射ていたようなのですが」

……本人と話せたってことか？

「いえ、そちらでも取り次いでもらえませんでした。と言うのは、サンヴェローゼ旧警部はハーグから出張中だそうで――ヴェネチアに。ある殺人犯を追って」

…………。

「もちろん、でしたら出張中のサンヴェローゼ旧警部に繋いでもらおうと、無理を通そうとしたのですけれど――ヴェネチアに到着して以降、連絡がつかないのだとか。元々一匹狼《いっぴきおおかみ》の、潜入捜査を得意とする捜査官なので、音信不通は珍しいことではないようなのですが――」

変装が得意だからな、パパは。いや、変装が得意だったからな、パパは。

「過去形で言うのはまだ時期尚早かと。であれば、昨日、哀川さんと再会したのは誰なのかという話になりますし――」

変装が得意なあたしのパパに変装していた奴がいるって話なんじゃねーの？　時宮《ときのみや》病院も真っ青な整形手術で、狐面のクソ親父に化けたパパだと、一杯食わせてくれた赤の他人が。みよりちゃんを助けにいくとき、水上タクシー代も貸してくれなかった旧警部じゃない奴が。

「何かの間違いかもしれません。私のイタリア語も完璧ではありませんし、ヴェネチア市警にもう一度確認します」

だったらついでに要請しておいてくれ。今朝、貯水槽から発見された身元不明の死体のＤＮＡを、ユーロポールの捜査官リストと照合してもらえるように。なぜって？　あたしを騙すレベルの変装術を習得しようと思えば、やっぱり達人であるパパに教えを乞《こ》うしかないからさ――たとえ拷問してでも。

「拷問」

貯水槽の死体だけ、他の事件と印象が違う理由がわかったぜ――新婚カップルも大物女優もガラス職人も、誰も彼も拷問めいた溺殺だったが、あの死体だけは、ガチの拷問を受けていたのさ。必ずしも身元を隠すためだけに、顔を刻んで、目玉をくり抜いて、歯を抜いて、指を切り落としたわけじゃなかったんだ――その後のなりすましは、どっちかって言うと成り行きだろうな。このあたしから情報を引き出すための。

「……哀川さん。もしかして怒ってます？」

別に。

「ことあるごとに主張しておきたいが、たまたま降りかかった幸運を、さながら自分の手柄みたいに語る傲慢《ごうまん》さとは、幸運なことにぼくは無縁だ。むろん、普段から神様に愛されるよう、徳を積んでいる事実まで、否認するわけではないけれど。

「それにしても、オランダからヴェネチアまで、しつこくぼくを追跡してくる刑事がいるだなんて意外だった。こちとら国境を越えたことで全部リセットできたつもりでいたのに、こりゃあイギリスがEUから離脱するわけだ。

「でも、それこそがぼくの幸運だった。はっきり言って、オランダ時代のぼくは手際の悪い素人だった——持っていたのは勇気だけだ。このヴェネチアで、ぼくがあたかも歴史に残る大犯罪者のように、アクアクアなんて称号を受けられるようになったのは、すべて彼のお陰だと言っていい。

「変装術だけじゃない。彼から受け継いだのは、名前と姿だけじゃない。彼のすべてだ。ぼくはサンヴェローゼ・ヴンダーキントのすべてを継承した。一例をあげると、彼からベテラン刑事の、捜査のいろはを学ばせてもらった——ぼくが竜騎兵に捕縛されることなく、ヴェネチアの各地に出没……、神出鬼没できるのは、サンヴェローゼ名刑事から薫陶を受けたからに他ならないのだ。

「拠点となるラボを作るべきだというのも、彼の教えだ。まあ、直接そう命じられたわけじゃないけれど……、弟子は取らない主義の一匹狼の後継者になるのは、そりゃあまったく簡単じゃあなかった。

「サンヴェローゼ師匠に比べれば、ムラーノ島のガラス職人は、気のいい好々爺《こうこうや》だった。

「だけどぼくは困難に際してやる気が出るほうだし、できる限りのことはすべてやった。彼の身体に。

結果として、ぼくの師匠は身元不明のジョン・ドゥと化したけれど、ぼくという後継者が生まれたのだから、うん、師匠は死んでいないようなものだ。ぼくの心の中で生きている……、まあ、彼のデスマスクとも言えるそんなヴェネチアンマスクも、死体の水洗が失敗していれば、もう使えないけれど。

「顔も目玉も歯も指紋もなくっても、血液を始めとする体液という水から、DNA鑑定は可能だろう……、だからいざ危うくなったら、大量の水で薄められるようにしておいたのだが、果たして成功しているかどうか。

「まあいい。

「サンヴェローゼ・ヴンダーキントという仮面は失ったけれど、師匠からすべてを受け継ぎ、紹隆《しょうりゅう》させたぼくは、今や何者にだってなれる。そう、ぼくと後継者争いをする定めにあるあの赤い女──人類最強の請負人にだって。

「当初は三つ編み三本の目撃者に気を取られ、ただの赤い連れとしか思っていなかったが、その赤さが、サンヴェローゼ師匠の語っていた赤さと一致したとき、ぼくは運命を察した。

「あの赤い女はぼくの妻であり、ぼく自身だ。そしてぼくは水だ。

「水は方円の器に従うのだ」

■■

第十四章　ヴェネチア本島（9）

1

　騙されるのも裏切られるのも、人が死ぬのもいつものことだ。しかし、玲の浅いカフェラテ占いはずばり当たっていたのかもな？　チューリップからオランダってのは——今回の旅行にはメイド長がいてくれて、本当に助かってるよ。初日あたりは邪険にして悪かった。これからは下の名前で呼ぶことを許そう。

「嬉しい褒賞ですが、身内の不幸につけ込むようで、とても受け取れませんね。孝行したいときに親はなし。お悔《く》やみを申し上げます、哀川さん」

　ふん。貯水槽の底で死体を発見したとき、道理でムカついたわけだぜ。まさかパパの死体を発見していたとは。

「ほら、やっぱり怒ってるんじゃないですか」

　一方で感心もしているぜ。変装の達人に変装するって発想にな。思えば、クソ親父に化けてた変装は、いかにもお粗末《そまつ》だった。わざと失言をして、あえて看破させ、安心させたってわけだ。してやられたぜ。

「変装術だけじゃなく、哀川潤に関するデータも、拷問の際に聞き出していたんでしょうね。アクアクアにとってはとんでもないラッキーでしたね、たまたまヴェネチアに訪れた人類最強への、対応策を入手していたことは。まあ、辞書に載っているあなたの情報なんて、どこからでも入手できますけれど、より確度の高い情報が得られて、損をすることはないでしょうし」

インターネットで赤い女って検索すれば、あたしがトップにヒットするらしいな。四番目のパパに避けられていたわけじゃねえってわかったのが、あたしにとってのラッキーだぜ。アクアクアのラッキーは、今日にもアンラッキーに引っ繰り返るけどな。たまたまねえ。

「電話が通じなくなっているところを見ると、なりすまし詐欺《さぎ》を引っ張るつもりはなさそうですね。救いがあるとすれば、哀川さんから得た情報で、アクアクアは軸本さんを狙ったのが人違いであると百パーセント確信できたであろうことでしょう」

あっちもこっちも人違いだらけだぜ。パパの仮面を脱いだアクアクア——ガロンセント・カラン氏は、今頃は防犯カメラのないアジトに避難してるのかな？

「そのガロンセント・カランという容疑者名は、残念ながら偽名でしょうね。こちらから情報を引き出すと同時に、あちらからは誤報を流されていると判断するべきです。伴侶や父親を殺して逃亡中だという前歴も、果たしてどこまで信用できたものか……」

まるっきりの嘘ってことはねーんだろ？　実際、ユーロポールのサンヴェローゼ旧警部が、ハーグからヴェネチアに、わざわざ追跡してきてるんだから。あたしとの因果《いんが》で左遷されたとかもそうだが、真実に嘘をまぶしてある分、たちが悪いぜ。嘘に真実がまぶしてあるっていったほうが正しいかな。

「それで、どうします？　ヴェネチア市警とのパイプ役を務めてくださる予定だったサンヴェローゼ旧警部が、複数の意味で不在ということになりますと、本日のスケジュールの大幅な変更を余儀なくされますが」

ここに来ていきなりメイドっぽい質問だぜ。まだ真偽がはっきりしないことが多過ぎて、決めかねるが――えーっと、トルチェッロ島での殺人未遂は、ヴェネチア市警に伝わってさえいないってことになるよな？　みよりちゃんを慮って事情聴取を待たせているふりで、上手に時間を稼がれていたのかよ。

「今からでも情報を提供する意味はあると思いますが」

どうだろうな。こういう形になってくると、当局に、むかつく奴をぶん殴る邪魔はされたくないな。

「あなたのパパも、単独行動をせずに市警と連携を取っていれば、無残な殺されかたをせずに済んだと思いません？」

そこは親子さ、どうしようもないところだって似る。その辺はひょっとすると、アクアクアよりもあたしのほうがそっくりかもな。……被害者達が大して抵抗した様子もなく溺れさせられているのは、アクアクアがそれぞれが信頼する人物に化けていたからってのはあるかもな。

「軸本さんのときのケースでは、トラップにかける間、哀川さんをターゲットから引き離すために変装術を使ったのでしょうか――誘導もあったのかもしれませんね。老若男女、どんな国のどんな人間にもなれ、どんな組織にでも潜入できる変装術ですか。単独で追うにしても、手立てはなくなりましたけれどね——どうやら貯水槽の調査を続けて、アクアクアに繋がるということはなさそうですし」

そうなるな。若年ホームレスの子から提供された情報通り、アクアクアには貯水槽をアジトとしていた時代もあったのかもしれねーけれど、それはパパから変装術や捜査法を聞き出す以前のことだろうから。今のアクアクアは、当時のアクアクアとは、既に別人と言っていい。いや、貯水槽でパパを殺すことで、アクアクアはアクアクアになったんだ。

「そう匂わせておいて、残る貯水槽のどこかに潜んでいるという可能性もありますが、どのみち、死体が発見され、哀川さんを殺す仕掛けをうった時点で、貯水槽のアジトは放棄しますかね」

あたしとしては、殺されかけたことよりも、娘の顔でデートさせられたことのほうがショックでけーけどな。

「そこはアクアクアに同情してしまいますけれどね。人類最強に甘えられるという体験は、どきどきはらはらじゃ済まないホラー体験だったでしょうから——アクアクアにとって現在、哀川さんの生死が不明であるなら、安全が担保されている本来のアジトまで、やっぱり逃げ込んでいるでしょうね」

だからその本来のアジトの場所だよ。潜入捜査のプロが仕込んだ潜伏方法が応用されているんだとすれば、防犯カメラを避けるってだけの視点じゃあ、もう測れないだろう。

「でも、どうあれ真犯人とじかに接していたのであれば、なんらかの手がかりはあったんじゃありませんか？　サンヴェローゼ旧警部を装ったアクアクアが、ぽろりと漏らした情報とか——不自然だと感じた振る舞いはありませんでしたか？」

今から思うと、変なところも多々あったのかな？　考えられない久々の再会だったから、サンタクロースみてーなおヒゲとか、違和感には目を瞑《つぶ》っていたのかも——そう言えば、あいつが、何だか変な話題の切り上げかたをした場面があったっけ。

「変な話題の切り上げかた？」

ああ、それが——と、あたしが言いかけたところで、ちょうどベッドルームからみよりちゃんが戻ってきた。いや、まさしくこんな中途半端《ちゅうとはんぱ》な感じで、ゆうべ、ニセのパパとの会話が切り上げられた場面があったのだ。ただし『パパ』は、あのとき、邪魔が入ったから切り上げたのではなく、邪魔が入る前には、もう言葉を切っていた。そう、あのとき——

「話はすべて聞かせてもらったわ」

みよりちゃんが黒幕みたいな台詞《せりふ》を言う、スマートフォンを片手に。

「ご愁傷さまです、哀川潤さん。天才で可愛い私はただでさえ、名前はみよりだけれど身寄りがない十九歳なので、四番目の父親が死ぬというのがいったいどういう風なのか、共感しづらいところもあるんだけれど……、ようやく得られた手がかりが、香典代わりになれば重畳《ちょうじょう》だわ」

しっかりしてるね。ご愁傷さまなんて、あたし、言ったことねーよ。ざまあみやがれはよく言うが
——手がかり？

「ええ。ケンブリッジのゼミ生達からも、話はすべて聞かせてもらったから。天才で可愛い私が人違い

をされたアジア系の彼女だけじゃなく、他にも連絡のつく、すべての参加者からも」

やけに時間がかかってると思ったら、みよりちゃんは着実に、調査の網を広げていたわけだ。教授に問い合わせるのとは違って、それで評価を下げるということはなかろうが、立て続けでの心理分析は、決して楽じゃなかったろうに。でも、そんな疲弊した様子もなさそうなのは、つまり成果があったって思っていいのかよ？

「ええ。喜んでもらえると思うわ――この香典代わり」

気に入ったのか、その言い回しを多用してくるけれど、つまり予想通り、みよりちゃんのファンはヴェネチア滞在中、アクアクアクアを目撃していたってことか？

「そうね。いえ、アクアクアクアの姿を直接目撃したというわけじゃないんだけれど……、さすが、天才で可愛い私のヘアスタイルを真似るだけのことはある。天才で可愛い私ほどじゃなくても、天才で可愛いわ。アクアクアが拠点とする隠れ家がどこにあるか、判明したの」

いいね。そりゃ最高だ。香典返しを用意しなきゃな。

「そして――それだけじゃない。思いのほか長電話になってしまったのは、アクアクアに関する目撃情報を追っているうちに、どうしてフィールドワークに際して、一筆書きが成立してしまったのか――哀川潤さんの身にも同じことが起きたのか、そちらの謎さえ、ほぼ解けたのよ。冗談みたいな話だけれど、直面していたふたつの課題は、根っこのところで繋がっていた。天才で可愛い私達は、同じ不思議の両面を、ためつすがめつ見ていたの」

橋の謎まで解けた、だって？　まだガゼルから預かっていたヒントを告げてもいねーのに？

「ほぼ、よ。ほぼ——仮説は成立したけれど、これから検証しなくちゃいけないの。でも、まず間違いないと思う。確かに盲点ではあったけれど、聞いてみればなんてことはないし、それしかないって攻略法でもあったわ。そして、もしもアクアクアが、三つ編み三本の子に『それ』を見られたと思ったのであれば、泡を食ってその子を殺そうとしても当然かも——結果、人違いだったとは言え……」

よくわかんねーけど、ゼミ生達のフィールドワークが『失敗』したのは、アクアクアのせいだってことなのか？　その当時はまだ、アクアクアは活動していなかったろうに——

「天才で可愛い私も、本格的に考えをまとめるのはここからだけれど、哀川潤さんにも一緒に考えてほしいから——考えてもらわなくちゃならないから、答を先に言っちゃうわね」

考えてもらわなくちゃならないって、妙に義務めかした前置きが気になるところだったが、それ以上に答とやらのほうがより気になった。言えよ、みよりちゃん。一筆書きができたのはなんでなんだ？アクアクアはヴェネチアのどこに潜伏している？

「最初のとき、ヴェネチアの運河に、勝手に橋を増やすのはもちろん反則だって話をしたわよね？　だけど、そんなレギュレーションを考慮するのであれば、先に考慮しておくべきパターンがあった。だって、ここはヴェネチアなんだから」

ヴェネチアなんだから——神ではなく、人が作った水上都市なんだから。

「勝手に島を増やすのは反則かしら？　そしてその島に、ひっそりと潜伏するのは」

2

気付いてみればなんてことなかったとみよりちゃんは言ったが、いやいや、なんてこともあるだろう――この場にワトソンキャラがいれば、間違いなく『なんてことだ！』と叫んでいる。残念ながらこの解決編に同席しているのは、選り抜きのすれっからしばかりだが……、島を増やす？　そんな非現実なことができるわけがない、不可能だ――とは、言えない。事実として、このヴェネチアはそうやって形成された都市である。ケーニヒスベルクの橋の解法で言うなら、辺の数を増やすんじゃなく頂点の数を増やすアプローチ……、こんなの、確かに反則どころじゃない。大胆不敵を通り越して、大逸《だいそ》れている。しかし、ヴェネチアに百二十ある島が百二十一になっても、それは誤差の範囲内――なのか？　サンヴェエローゼ旧警部の振りをしていたアクアクアの台詞を、ここではっきり思い出せた。

『どうやら観光客らしい幻想のほうが絡んでいるな。オランダにしてもヴェネチアにしても、さすがにゼロから地形を制作したわけじゃない。土台となる陸地はやっぱりあったわけで。評価すべきはあくまで町作りであって――』

そこでイカスミのリゾットが届いたので、話題が中断されたのだと思っていたが、しかしちゃんと想起すれば、料理がテーブルに運ばれてくる前に、奴は台詞を止めていた。ひょっとすると、あのときアクアクアは役に入り込み過ぎて、危うく口が滑りかけていたんじゃないのか？　『評価すべきはあくまで町作りであって——島作りじゃない』と。

『どこで実験するにしても、ヴェネチアだけはないですね』

　というガゼルの言葉の真意はそこにあったわけだ……、ヴェネチアは浅瀬に無数の島が手作りされた環境だから、問題の前提条件をいくらでも変えられる——サン・ミケーレ島は、ふたつの島を合体させて、ひとつの島にしたんだっけ？　だったら、その逆だって可能じゃないのかと、どうして発想できなかったのか——できるわけねーからだが。

「そう言えば、そのサン・ミケーレ島にも、かつてヴェネチア本島から橋が架かっていたそうですよ。山口県の角島《つのしま》大橋のように——それにしても、さほどかすってませんでしたね、アクア・アルタで橋の数が減っていればという私のアイディアは。むしろ正反対でした。橋が減ったのではなく、島が増えたとは——でも、図形の頂点を増やせば、結果として辺も増やすことにはなりません？　新たに島を作っても、それが絶海の孤島では意味をなさないでしょう」

　まさしく絶海の孤島の住人である玲からの質問に、みよりちゃんは、

「橋は増やさなくても、移せばいい。城だって移築できるんだから、橋だって移築できるでしょ——多く架けられているところから、ひとつくらい」

　と答えた。で、結果として、奇数だった橋の数が偶数になったとでも言うわけか？　たまたま偶数に？　偶々《たまたま》？　いや、入口と出口……、橋の、道としての機能を維持したいのならば、偶数を残したほうが動線が確保できるわけか。奇なる意図が働いている。あたしが時折みよりちゃんの三つ編みを切り

たい衝動にかられるのは、一本余っているように見えるからだ――『2、余り1』に見えて、バランスが悪いから。

「そんな理由で天才で可愛い私の髪を切ろうとしていたの……？　奇数が、偶数余り1であるっていう考え自体は、多少数学的ではあるけれど。素数に2が混じってるのが気持ち悪いのの、逆かしら――正しくは『足す1』なのよね。アクアクアは、その1を引いてみせた――潮のように」

もちろん、水都の溺殺魔にとって数学は一切関係なくて、目的はあくまで動線の確保だろう。人の流れがよければよいほど、移築工事が露見しづらい――露見しづらいか？　確かにこれ以上なく盲点ではあるけれど、島が増築されていたり、橋が移動していたりすれば、どれだけ目を逸らそうとしてもよっぽどぼさっとしてねー限り、気付くだろ？

「目を逸らしていたんじゃなく、別のものを注視していたなら、気付かないでしょ。ぼさっとしてなくても、集中していても」

別のものって？

「スマホの画面」

みよりちゃんは、まさしく手にしていたスマートフォンの画面を、わかりやすくあたし達に示した――その画面ではマップアプリが起動されていて、ヴェネチアの地図が表示されていた。魚の形――あえて意図したわけではない手作りの地形。スマホの画面を注視って――

「歩きスマホよ、要するに。天才で可愛い私もそうだったんだから、若い身空であんまり社会風刺みたいなことは言いたくないけれど……、笑えるわよね、はるばるイギリスからケーニヒスベルクの橋問題を検証するためにフィールドワークにやってきたところで、見ているのはヴェネチアの町並みじゃなく、スマホの画面だっていうんだから」

なんでもかんでもスマホのせい——みよりちゃんも今や学校の先生だが、別に今に始まった風刺でもない。せっかく観光地にやってきても、ガイドブックと首っ引きでスタンプラリーみてーにチェックポイントのランドマークを巡ることが、正しい意味で観光と言えるのかどうか——観《み》ているのは光か？それとも本か？　カメラを避ける必要なんてなかった……、そもそも誰も、スマホ以外を見ていない。

「そう言えば、天才で可愛い私は、スマホを見ていないときはガイドブックばっかり眺めていたわ。愛書家気取りで。哀川潤さんに指摘されたわね、しかめっつらして、地図と向かい合ってちゃ駄目だって」

あらら。傷口をえぐっちゃった？　慰めたつもりだったんだけどね。

「そう言えば、最近ではスマホの地図と現実の道路が食い違ったとき、現実のほうが誤っていると思っちゃう向きもあるそうですね。私の暮らす鴉の濡れ羽島は、どんな地図にも載っていませんから、多くの日本人にとって、あの島は存在しないも同然です——検索してもヒットしない単語同様に。今や真実はインターネットの中にしかない」

だったらその格言もツイッターで呟いとけよ、リツイートしてやるから。フィールドワーク中のケンブリッジ学生を含む大多数の観光客は、スマートフォンしか眺めず、記念写真を撮るときも、風景じゃなくてタッチパネルの画面しか見てねーとしても、ヴェネチア市民はどうなんだ？　いかに迷宮都市といえども、住民なら地図も名所案内も必要ないだろ。

「そうね。だから集中して、踊る猫の動画を見られるんじゃないかしら。歩む先に橋がなければ、別の橋を渡ればいいだけなんだから。『この現実、バグってる』とでも毒づきながら」

「素敵な社会派ミステリー」

玲が思ってもないことを言ってから、

「でも、しばしお待ちください。島が増やされて、橋が移されたところで、結局、通行人があくまで地図アプリを優先——重視するのであれば、一筆書きは、相も変わらず不可能ということになりませんか？」

「そうなんだけれど、ごくまれに、そんな一般常識の通じない社会不適合者がいるのよ。今時、スマホを持っていない、グループチャットにも参加してないケンブリッジの学生とか、人類最強の請負人とか」

お、なんだ。あたしに文句か？　あたしだってスマホは見たぜ。実地調査にあたって、みよりちゃんが支給してくれたじゃねーか、もうぶっ壊したけど。

「そうやってすぐ壊すから、あんまりアテにしていないんでしょ。天才で可愛い私が、細かいルールを教授に問い合わせている際、鐘楼に登ったって言ってたわよね？　哀川潤さんの視力なら、それでヴェネチア市街を完全に一望できたんじゃない？　だから、地図を見ながら一筆書きをする必要がなくなった」

最初からスマホを持たない変わり者については、解説するまでもなく——か。言い換えると、こういうことだ。マップと現実の食い違った今この瞬間のヴェネチアは、一筆書きのできる者とできない者がいる——合宿参加のゼミ生の中に、ひねくれ者がひとり紛れ込んでいたために、揺るぎないはずだった結論がブレちまった。くっくっく。そうなると、再調査を実施するにあたって、あたしに協力を依頼したのは、みよりちゃんのとんだ眼鏡違いだったたってことになるな。

「いいえ、そうでもないわ。むしろ天才で可愛い私の目に狂いはなかったとさえ言える。哀川潤さんが『一筆書きができる側』の人間だったからこそ、比較実験になりえたのだから。そうじゃなきゃ、ヴェネチアでは一筆書きができないことは立証できても、フィールドワークの際にはどうしてできてしまったのか、その理由を突き止められはしなかったのだから」

あっそ。お役に立てて請負人冥利《みょうり》に尽きるぜ——あるいは変人冥利に尽きるぜ。解説するまでもなく、とは言ったけれど、つまりスマホを使わずにフィールドワークに参加したみよりちゃんのファンのその学生さんは、移築された橋をバグじゃない現実のそれとして把握できたから一筆書きができたってことでいいんだよな？　つまり——新たに作られた島を通過しているってことで。

「より正確な証言としては、そのときはまだ、作られた島ではなく、作りかけの島だったようね。やっぱり本人に自覚はなかったけれど、アクアクアが隠れ家——隠れ島を制作する作業工程を、彼女は目撃してしまっていたの」

それはそれで盲点だっただろうし、無自覚もやむなしか。まさか沈みゆく水上都市に、今更島をひとつ付け足そうって不逞《ふてい》の輩《やから》がいるとは思うまい。見なかったことにしたいと思うかもしれないくらいだ。

「見なかったことに——社会派ミステリー的に言うなら、ホームレスという言葉の使用を禁じたら、ホームレスのかたがたがいなくなると思っているようなものですね。スマートフォンの普及は旅を便利にしましたけれど、そんな旅は、家で寝転んでいるのと同じなのかもしれませんよ」

到着したリド島をヴェネチアじゃないって言ってた奴もいたな。だから言っただろ？　ヘリなんか使わず、万里の長城を自力で踏破するのが旅だって。

「古代に戻りたいのならおひとりでどうぞ。いろいろ言ったけれど、天才で可愛い私は、スマホ依存症でもなんら困ってないので。今回のすれ違いについても、現在位置を示すＧＰＳが正常に機能していれば、起こらなかった問題でもあるのだから」

迷宮都市ゆえに、か。同じ水の都でも、オランダや堺でなら、こうはならなかったってのは、そういう理屈なんだろうな。

「いずれにしても、この途方もない仮説の検証作業は、一緒にやってもらうわよ。紆余曲折《うよきょくせつ》あったけれど、ようやく予定通りの日程に戻れそうじゃない——一挙にふたつの謎を証明できるわ。最終日に、手分けせずにフィールドワーク。こうなっちゃえば町並みを眺める目はひとつでも多いほうがいい。今度は班田玲さんも付き合ってくれるわよね？」

「お望みとあらば。乗りかかったゴンドラですし、スマホを捨てて旅に出ましょう。新大陸発見の船旅に」

新大陸はいかにも大袈裟だし、あたしにとっては、先日一度特段立ち止まることもなく素通りしているであろうルートではあるのだが、しかしそれを踏まえても、なかなか挑み甲斐のありそうな大航海ではあった――見過ごしていたその宝島に、金銀財宝ならぬ水都の溺殺魔が潜伏しているとなれば、尚更だぜ。

■■

「羊水のプールで泳ぎたい。この年齢になって将来の夢を語るなんて誇大妄想もいいところだとお叱《しか》りを受けるかもしれないけれど、いくつになっても目標を持つことはいいことだとぼくは信じている。実際、今ぼくがヴェネチアでおこなっている数々の実験なんて、ぼくの妻への弔いという意味を除けば、そのための下拵えでしかない。

「無理な高望みではないはずだ。少なくとも物理的には。ここでいうプールというのは、もちろん標準の五十メートルプールのことだが、深さが二メートル、六コースあると考えて、必要な羊水の量は六百立方メートルといったところか？　単純計算で、百万人の妊婦がいれば成立する望みだ。まあいきなりプールは無理だろう。小さなことからこつこつと……、最初はバスタブからか？　それが無理なら足湯……、いや、洗濯機というのもありかもしれない。衣服を洗うところから始めるというのも。あるいは、スキンケアのための化粧水というのなら、すぐにでも実現可能だ。

「ただし、心配事もないわけではない。最初に述べたように、ぼくの夢は羊水で泳ぐことだ。じっくり段階は踏むにしても、いずれ、最終的には。たとえ大量の羊水をプールできたとしても、それに全身を浸せればそれでいいなんて妥協はありえない。浸るのと泳ぐのとはぜんぜん違う。

「だからぼくは検証せねばならない。果たして羊水は泳げる水なのか？　愛する我が子は、愛する妻は、溺れ死んだのか、それともただ死んだのか？　溺れる水と泳げる水の違いはどこにある？　ぼくは研究しなければならない。ぼくは追究しなければならない。ぼくは溺れ死にたくないのだから。

「実のところこのラボも、羊水に満たされた胎内をイメージして設計した。海上に島を作ったなんて言えば、例によってぼくが壮大な偉業を達成したように聞こえてしまうかもしれないけれど、なんのことはない、このパニックルームさえ、ぼくにとっては通過点に過ぎないのだ。

「島作りなんて、人間にできることを、人間がやっただけだ。ヴェネチアに限らず、前例や先例はいくらでもある。ぼくはただ、学び、受け継ぎ、繰り返しただけだ。ぼくにできることは、誰にだってできる。だから、重要なのはそこに込められた意識である。

「意識せよ。

「そういう視点から見れば、ここは隠れ家じゃない。ぼくの妻のおなかの中だ。あくまで仮想であって、完成形ではないけれど……、うん、だからこそ、恥ずかしかったというのはあるな。

「単なる損得じゃなく、言うなればそんな立体的ラブレターを制作している最中を、三つ編み三本のあの女に目撃されたことは、羞恥《しゅうち》の極みだった。だから彼女が再訪したという勘違い、誰にでもある間違いを犯したときに、どうしても始末せねばならないと思い詰めてしまった……、けれど、今から思えば、そんな風に恥ずかしがらなくてもよかったのだ。むしろ誇るべきだった、我が伴侶への愛を。ご招待してお茶を振る舞ってもよかったくらいだ。

「いずれ手作り感あふれるこの島は、愛の島《アイランド》と呼ばれることになるだろう……、けれどそれは、将来よりも更に先の話である。ぼくの死後の話だ。ぼくが正当な評価を受けるのは、きっと死んだあとだろう。

「死んだあとのことと言えば、結局、あの赤い女はどうなったのだろう？　未練がましいようではあるが、ついつい考えてしまう。仮にあの死体の水洗作業で——つまりあんな雑な溺殺行為から生き残っていたとしても、もう相見《あいまみ》えることはないのだろう。ぼくがここに潜水している限りは。深く深く、深々と、こうべを垂れて。

「なのでぼくの妻に似た、あの女のために用意した特別な溺殺方法は、残念ながら無駄知恵に終わる。残念どころか、無念だ。不思議なことに、没になった——水没したそのアイディアを、他の協力者の呼吸器へとリサイクルしようと思えない。

「はっきり言えば、最初からそう思っていたわけじゃない。他ならぬ師匠に扮《ふん》して、特にターゲットでもなかったあの女の前に姿を見せたのは（後継者として、師匠が娘のように思っていた人間がどれほどのものか見てあげたかったという優しさもあったにせよ）、三つ編み三本の目撃者もどきを溺殺する邪魔をされないための足止めという意味合いが一番大きかった。けれど、今となっては三つ編み三本のほうが相手にするまでもない雑魚だった。

「鮎《あゆ》の友釣りと言うんだっけ、日本では？

「ぼくの妻を裏切るつもりは毛頭ないけれど、赤い女とのデートは久し振りに心浮き立った——不覚にも若い頃を思い出した。師匠のキャラに合わせてピッツァをご馳走したものの、そのエスコートは最終的には大好評のようだったものの、できればリストランテで赤ワインと洒落込みたかったものだ。心から思った、あの女の羊水で泳ぎたいと。ひとり分じゃあ無理にしても、せめて乳液のように、肌に塗り込みたいと。

「ぼくの妻を全身で感じられるから。

「それこそ夢見がちと笑われるだろうか、あの赤い女に――人類最強の請負人に、ぼくのトラップを潜《くぐ》り抜《ぬ》けて、ここまで辿り着いてほしいと期待するなんて。

「ぼくの妻の胎内で、あの女と競泳したい。シンクロナイズドスイミングと言いたいところだが、あれは今はもう、アーティスティックスイミングと言うそうなので、たとえとしてはいまいちだ。

「芸術家を気取るつもりはない。

「万が一貯水槽を生き延びていたとしても、この島の所在を知りえない以上――三つ編み三本のあの女が別人だった以上、そんな競泳は、なんとも儚い夢だ。

「それを重々承知した上で、聞こえるはずがないと思いつつも、ぼくは気がつけば耳を澄ませてしまう――足音が響かないだろうか。ぴちょりぴちょりと忍び寄ってくる水音が。

「胎内に響く心音が」

■■

第十五章　????

1

ここでお手軽簡単島作りのレシピを復習しよう。干潟の湿地帯、または泥土に大量の杭を打ち付けて補強し、その上に構造物を建築する——もちろんお手軽で簡単なのは『口で言うのは』であって、そんな板子《いたご》一枚下は地獄みたいな街路の最下層の様子を聞かされると、空中にある橋のほうがまだ安定しているんじゃないかと思わされる。道理で橋の上に商店街ができるわけだ。実際のところ、気候変動による海面上昇のせいじゃなくって、海水の入り交じった柔らかい地面に杭がずぶずぶ食い込んで、水上都市は沈んでんじゃねーのか？　そんな土台を思うと、ますますもって、新たな島をひとつ作り足そうなんて発想は正気じゃねーが、だからこそあたしは勝手に、アクアクアの隠れ家として、張りぼてみたいな島をイメージしていた。これはこれで視野を狭める先入観だったが、ヴェネチア調査の最終日となる今日、あたしとみよりちゃん、玲の三名で町中を歩き回った結果、突き止められたその島は、何かの間違いじゃないかというくらい、町並みになじんでそこに存在していた。これまた勝手に、ラグーンに浮かんでいる無人島のように、何もない、ただ草が生《は》えているだけの土塊《つちくれ》みたいな土壌なのかと思いきや、石造りの民家やちょっとした広場やそこに据えられた貯水槽、なんとドゥオーモや鐘楼みたいな建物まで再現してやがる。あたかもヴェネチア共和国の時代からここで風雨を受けてきたかのような歳月さえ感じさせる。マジでこんな島をわずか数ヵ月前に作ったってのか？　とんでもねーボートハウスだぜ、これは。この新興島に繋がる橋の数が偶数になっていることこそ『偶々』かと思われたが、『民家』にダイレクトに接続している橋もあったりして、そういう意味では偶数でもあり奇数でもある、偶奇の島だった。逆に言うと、総数に拘泥してはなかったってわけか……、こちらの重要事項は、あちらの瑣《さ》末《まつ》。

「まるで豊臣秀吉《とよとみひでよし》の一夜城ですね。移築されたのは橋だけでなく、あちこちから廃墟を運んできて島作りの材料にしたと見えますが——うちの三つ子メイドにも、同じことができるかしら」

鴉の濡れ羽島の増築を目論んでんじゃねーよ。いくら万能のメイドにも、できることとできないことがあるだろう——しかし、ガロンセント・カラン氏は建築家か？

「あるいは郵便局員だったりして」

みよりちゃんがマニアックな知識を披露してくれたが、しかし目的の新島を発見したというのに、表情は怪訝そうである。やはり、どうしてもこれが急拵えの島だと確信できないのだろう——事実、調査のさなか、あたし達は何度も気付かず、通り過ぎてしまっていた。初日にあたしがそうだったように、あるいはフィールドワークのとき、スマホ嫌いのケンブリッジの学生がそうだったように。一筆書きどころか、ぐるぐるヴェネチア中を徘徊《はいかい》した挙句の『新発見』だ——迷宮都市の醍醐味《だいごみ》を、ここに来て味わい尽くしたと言える。

「ピラミッドやモアイだって、人間の作ったモニュメントではあるけれど、でも、あれはたくさんの人間がいたから作れた世界遺産でしょうに」

ひとりでできると思ってなきゃ、何人いたってできねーぜ。

「まともな神経をしていれば、ヴェネチアに島をひとつ作り足そうとするときは、すみっこのほうに小さいのをこっそり付け加えそうなものだけれど、ほとんどど真ん中に作ってるわね。四方八方から橋で渡れるように——そりゃあ誰も彼もがスマホばっかり見てるっていっても、人目が気にならないのかしら？　アクアクアは」

気になるのは人からどう見られるかじゃなくて、自分で自分をどう見るかなんだろうよ。こんな言いかたをすると、まるで人として立派みたいだが……、なんとも自分本位の都市計画だ。マインクラフトにははまらないほうがいいな。

「シムシティにもね。むちゃくちゃ変な町を作りそう。……でも、ここがケーニヒスベルクの橋問題の法則を乱した、アクアクアの作った宝島だと確信を得るには、やっぱり本人を問い詰めるしかなさそう。違和感のないこの島の、どこに隠れているのかしら？　悪のアジトなんだから、やっぱり塔のてっぺんかしら？」

いいや、地下だろ。注目すべきは町を一望できる鐘楼ではなく、広場の貯水槽だ……、インフラが整備され、ヴェネチアに貯水槽が必要なくなってから作られた貯水槽。ただごとじゃねー感、ばりばりだろ。あの中がただの縦穴だったら、あたしは最強の看板を降ろしたっていいぜ。

「存外、若年ホームレスの彼女は、サンヴェローゼ旧警部の閉じ込められた貯水槽ではなく、この新興島の広場にある貯水槽のことを教えてくれていたのかもしれませんね」

ありうる。今時スマートフォンなんて持ってて当然のガジェットだなんて、所詮は富裕層の傲慢だな。で、どうする？　凶悪殺人犯との対決が予想されるここから先は、あたしひとりで行ってもいいんだけど？

「冗談でしょ。ここまで来て、置いてけぼりを食らわされてたまるもんですか。偉そうにふんぞり返っている割に、その実、謎をひとつも解いていない請負人においしいとこどりはさせないわよ。天才で可愛い私を泥沼で溺れさせてくれたのみならず、さんざん無駄足を踏ませて、観光旅行を台無しにしてくれた犯人は、新聞でもテレビでもネットニュースでもなく、この目でしかと見たいもの」

あっそ。そんじゃ、マインクラフトでもシムシティでもなく、スーパーマリオシスターズと洒落込もうぜ。イタリアだけに。

2

最強の看板は、どうやら降ろさずに済みそうだ。とことんリアリティを追求しているのか、アルミ製でもカーボン製でもない、時代がかった鉄の蓋を引っぺがして貯水槽の縦穴を数メートル降りてみると、底からは横穴の洞窟が続いていた。特にコンクリートや煉瓦では補強されていない、昔ながらの土壁である。それなのに鍾乳洞《しょうにゅうどう》のようだという印象を持ったのは、不快なほどの湿気《しっけ》もあるにしたって、洞窟の天井に鍾乳石らしきものがいくつも垂れていたからだが、みよりちゃんが手持ちの懐中電灯で照らしたところ、それは鍾乳石ではなく、地面に打ち込まれた、尖った杭の先っぽだった。

「建造物を支える杭の下に、洞窟を掘っちゃってるんですか？　洞窟と言うより、これは暗渠《あんきょ》でしょうか……、ぞっとしませんね」

このメイド長がぞっとしないなんて、よっぽどだぜ——つまり、位置取り的には、これは完全に海底トンネルみてーだな。忍者屋敷《やしき》のトラップみてーに、この杭だらけの天井が崩落してきたら一巻の終わりだが、みよりちゃん、本当についてくるの？

「天才で可愛い私がついていくんじゃないわ。請負人であるあなたが、依頼人である天才で可愛い私に同行するのよ」

とことん意地っ張りだね。ていうか、それ、懐中電灯じゃねーな。

「スマホの懐中電灯アプリよ。画面を強く光らせているの」

なんだよ。結局、スマホ、持ってきたのかよ。

「まさか本当に捨ててくるわけにいかないでしょ。もはやスマホは脳の一部よ。眼鏡をかけているのと同じ。こうして役に立ってるし、構わないでしょ」

そりゃ構わないけど、そんなに強く光らせて、電池は持つのかよ？　見る限りこのエセ鍾乳洞、どこまで続いているかわからねーぞ。

「必需品のモバイルバッテリーも持ってきているから大丈夫。一万ミリアンペアだから、トンネルが下関《しものせき》まで続いていても大丈夫よ」

イタリア北部は北九州じゃねーだろ。スマホよりも重いバッテリーを持ち歩くってのも、いい加減矛盾を感じなくもねーけど、ま、好きにすれば？　まさか松明《たいまつ》を掲げるわけにもいかねーしな。スーパーマリオがドラクエになっちまう。

「あのー、哀川さん。私には言ってくれないんですか？　危険だからここで待っていてもいいって」

メイド長にはいざと言うときあたしの盾になるっていう大事な仕事があるだろうが。第一、この状況でお前をひとりあとに残すほうが危険なんだよ。

「あらあら。言われてしまいましたね。では、総動員で参りましょう。私が軍艦島《ぐんかんじま》のカナリア役を務めます」

軍艦島も北九州じゃねーよ。あの島も、ちっちゃな島に大きなコンクリの帽子を被せるみてーな、相当無茶な拡張の仕方をしていたそうだが、それでも、このアクアクア島ほど無茶苦茶じゃあねーだろうな。とは言えその忠誠心は買うべきだし、ライトを持っているみよりちゃんを真ん中に、ならばあたしはしんがりを務めることとした。羹《あつもの》に懲りてなますを吹くみたいで我ながらどうかとも思うが、前に貯水槽に降りたとき、地上にいるアクアクアに蓋をされたりしたからな——頭上の杭もさることながら、背後への警戒を怠るわけにはいかないのだった。

「ぬかるんだ足場が最悪ね。地面全体が泥沼みたい。でこぼこの石畳はスニーカーでも歩きにくいって思っていたけれど、あんな快適な整備道路はなかったわ」

文句の多いツーリストだな。ヴェネチアの地下観光なんて滅多《めった》にできるもんじゃねーんだから、大いに楽しめよ。言ってることはわかるがね。まるで田んぼを歩いているようじゃねーか。ここでこそ、アクア・アルタ用の、あのビニール長靴が必要だったぜ。

「さすがに洞窟ではヒールを脱がれたら如何です？　ただでさえモデル身長でいらっしゃるのに、普通に歩いているだけで杭が頭に刺さりそうですよ」

ヒールの尖りは心の尖りだ。ヒールが折れるときは、あたしの心が折れるときさ。

「いいえ、ヒールが折れるときは、無理な力が加わったときよ」

みよりちゃんがとんがってんじゃん。ついにケーニヒスベルクの橋問題に解決の兆《きざ》しが見えたってのに、ご機嫌斜めだな。ピサの斜塔かよ。背後から三つ編みを一本刈って、ツインテールにしてやろうか。

「隙を見ては天才で可愛い私の三つ編みを切断しようとするのね。ご機嫌斜めにもなるわよ、ピサの斜塔どころか、セント・マークス・スクエアの鐘楼のように、卒倒しそう、塔だけに。本っ当、天才なんてつまらない。スマホが放つ強烈なライトを直視したほうがまだ目にいいくらい、正視に耐えない才能の無駄遣いだわ」

才能の無駄遣い？

「そうは思わない？　たったひとりでこれだけの大業を達成できるほどの技量を、ただの人殺しに使うんだから。もっと世のため人のために、世界をよくしようとは思わないのかしら。天才で可愛い私は思わないんだけれど、思う天才が、ひとりくらいいたっていいのに」

「少なくとも、鴉の濡れ羽島にこれまでお招きした才人がたの中にはおられませんでしたね。世間様のお役に立とうとしていたかたは」

そのデータは偏ってるだろ。お前らからの招待を受ける時点で、まともな天才じゃねーよ。いいんじゃねーの、それで？　一方でやりたい放題やる天才がいて、他方でその成果を役立てる凡人がいりゃあ。

「哀川潤さんはどっち側なの？　あなたは天才と名乗るタイプじゃないけれど、だからと言って凡人扱いも嫌うわよね」

おいおい、あたしはいつだって、世の中をよりよくするためにあくせく働いているつもりだぜ。結果として破滅を招くことが多いだけで。

「破滅を招くって。世の中が乱世化しているじゃないですか。乱世のために働かないでくださいよ。……でもまあ、世のためはともかく、人のためというのは、その通りなのかもしれませんね」

なんだ？　哀川潤マニアのメイド長がなんか語ってるな。もしかしてここ、読まなくてもいいページかよ？

「だから哀川さんは請負人なのでしょう？　持て余している最強のパワーを、正しく使用する方法がわからないから、せめて正しく運用しようと、目的を他人に委ねている。やりたい放題やっているように見えても、己が欲求を中心には据えていない。そうじゃありませんか？」

語る語る。あたしが金の折り合いさえつけば、誰からのどんな依頼でも受けることを、知らないわけでもあるまいに。

「そう言えば、この仕事の依頼料、わけのわからない前払いで済んじゃったと思うんだけど……」

「いつか見つかるといいですね。あなたの最強に似つかわしい、将来の夢が」

おい待て、誰かの悲鳴が聞こえないか？

「話題を逸らすのが下手過ぎるでしょ。悲鳴なんて、どこからも……」

確かに。来た道から聞こえてきたのは、悲鳴じゃあなかった——洞窟全体に広がる共鳴であり、足下からも伝導する地鳴りだった。嘘だろ、このシチュエーションで地震？　いや違う、気圧が一気に変動した。気圧だけじゃない、気温も急激に低下して——

「まさか——またぞろ水攻めですか？」

「墨俣城《すのまたじょう》からの備中高松城《びっちゅうたかまつじょう》!?」

先頭を歩いていた玲が察しの良さを、みよりちゃんが日本史の知識をお披露目しながら振り返るが、しかし水攻めは水攻めでも、今度のは運河からホースを直結させての、高低差を利用したシャワーなんて水勢じゃあなかった。むしろこの洞窟そのものがホースだった。いや、ホースどころか杭でライフリングされたバレルだ。つまり——鉄砲水《てっぽうみず》！

3

しんがりを務めたのだから十分ありうる展開だったとは言え、まさか最強の剣であるあたしのほうが盾になろうとは——盾になり切れたとさえ言いがたい。逃げ場のない、すさまじい勢いの、さながらバズーカみたいな鉄砲水を食らって、洞窟内をカタパルトみてーに、ぬかるんだ足場じゃあ踏ん張りようもなくぶっ飛ばされて、その先水路がいったいどのように分岐していたのか、気がついたときには玲とみよりちゃんと、あたしは分断されていた。直撃を受けたあたしが死んでねーんだから、ふたりも無事だと思いたいところだが、これぱっかりはなんとも言えない。やはりあいつらをぶん殴って気絶させてでも、貯水槽にはあたしひとりで這入るべきだったかと、今更思ってもあとの祭りって奴だ。それにしても、全身がバラバラになりそうな水圧の洪水に、力ずくで前へ前へと押し流され、ずぶ濡れになりながら辿り着いた先というのが——いったいどれだけの距離を漂流させられたのか、青の洞窟だった。いやいや、青の洞窟なわけがない。コンコルドじゃあるまいし、いくらなんでもヴェネチアから、イタリア南部のカプリ島まで、この一瞬で流されたはずがねえ——だが、それと見まごうばかりの、見る者を絶句せしめる光景が、目の前に広がってた。さっきまでの狭っ苦しいエセ鍾乳洞とは好対照な、大きくひらけた地下空間。暗がりの中でもはっきりわかるほど、内部から発光しているがごとき幻想的なブルーの湖——鉄砲水はどうやらそこに排水されていったようだが、それで濃藍《こあい》が多少なりとも薄まったという風もない。その湖に、浮桟橋と、ヴェネチアン・ゴンドラが何艘《そう》も浮いているところを見ると、どうやらここは、秘密基地における、ドックのような場所らしい。事実、湖の奥のほうでは、ガレオンが造船されつつあった。一見出口は見えないけれど、リド島やムラーノ島といった離れに、ひそやかに移動する際には、ここから出港していたのだろうか……、それにしても、一里塚木《いちりづかこ》の実《み》もびっくりの空間製作だぜ。よっぽど地上の町作りよりも、ひょっとしたらこの地下空間のほうが、手がかかってんじゃねーのか？ 感心を通り越して呆れながら、あたしは立ち上がって、湖のほうに歩み寄っていく。才能の使い道か……、みよりちゃんの言うこともわからなくもねー。つーか、おおむね同意できるんだけど、ここまで突き抜けてしまうと、やっぱ天才ってすげーって思うよな。ずぶ濡れのときにすることじゃねーかもしれねーけど、なんともファンタジックな光景にどこかふわふわした気持ちになってるのも確かなので、とりあえずあたしは、顔を洗ってしゃっきりしようと、湖の波打ち際にしゃがんで、ブルーの水を手にすくおうとした――したところで、

「お勧めしないよ」

と、声を掛けられた。

「カプリ島と、それから万神殿《パンテオン》をイメージしてデザインした空間じゃああるんだけれど、その鮮やかな水質は、青の洞窟からはほど遠い。アイスランドのブルー・ラグーンともね。だから泥パックはお勧めしない。強いて言うなら、あなたの故郷である、美瑛《びえい》の青い池の水質だよ」

唐突に北海道《ほっかいどう》の地名を出されてもな――そこ、みんながみんな行ったことのある名所じゃねーよ、知

る人ぞ知るだろ。日本をどれだけ狭い島国だと思ってんだよ。それに、あたしは日本人だが、マンハッタンのマンホール育ちだっての。言い返しながら、あたしは振り向く——そこに立っていたのは消防士だった。背負ったタンクから繋がるホースを携えている。

「ごめんなさい。相手の出身について知ったようなことを語るのは、とても礼を失したことだった——今のはぼくに適当なことを教えた師匠のせいだ」

師匠って、サンヴェローゼ旧警部のことかよ？　鮮やかに責任転嫁しやがって、相手の親について知ったようなことを語るのも、まあまあ失礼なことだぜ——消防士？　いや、消防服じゃねーな。潜水服——それも大昔の潜水艦とかで使われていたような、ジュール・ヴェルヌの小説の表紙で描かれそうな、レトロでごっつい、古めかしいを通り越してメカメカしい潜水服。ただし、もしもこの青い湖が、かつてスマートフォンの壁紙として愛好された白金《しろがね》・青い池なのだとすれば、その潜水服は、化学防護服の役割も果たしているのかもしれない。

「島作りの産物——副産物である工業排水だよ。煮詰まって、どういう仕組みか、いかなる天の配剤か、青色になった。綺麗だけれど、長時間見つめていると目がやられるから気をつけて」

内部から綺麗に発光しているように見えるのは、単なる化学変化かよ。幻想じゃなくて元素ってわけね。言われて注意を払ってみれば、あちこちからかき集めてきたとみられる『島作りの材料』、廃品が山と積まれてもいる。ヴェネチアの通りを掃除しまくってたってんなら、世の中のために才能を役立てたとも言えるが、ま、そんなとこだろ。でも、顔を洗う前に忠告してくれてありがとね。スキンケアどころか、下手すりゃがぶがぶ飲むところだったぜ。

「礼には及ばないよ。そんな溺れかたをされては台無しだと思ったから止めただけなんだから——作劇の基本だよ。舞台に拳銃《けんじゅう》が登場したならば、それは発射されなければならない」

言いながら、消防士、もとい潜水士は、立ち上がろうとしていたあたしに、照準を定めるように、ホースの先端を向けた。

「あなたのために特別に用意した溺殺は、もう試すことができないと諦めていたのに。確信したよ。ぼくの妻は、今でもぼくを愛してくれている。生きているぼくが幸せになることを望んでくれている」

すげー勝手なことを言ってんな——あたしも死んだ友達相手にゃ、似たようなことを思っちゃいるが。しかし、潜水服のヘルメットでくぐもっているが、その声色はあたしのパパ、四番目の父親とも言える、サンヴェローゼ旧警部のカラーだった。けっ、声帯模写《もしゃ》はあたしの専売特許だってーの。一応確認しとくけど、ってことは、てめーが水都の溺殺魔アクアクア、オランダはハーグ出身のガロンセント・カラン氏でいいんだよな？

「どうだろうね。ぼくは何者にでもなれる。水は方円の器に満ちるから」

何者にでもなれる、か。そりゃパパの変装術を受け継げるわけだぜ——言われなかったか？　こんな技術を日常的に使い続けていたら、いずれ、自分を見失うことになるって。

「言われていないよ」

言われたはずだってば。息をするように、水を飲むように嘘を吐きやがって。非行少女時代のあたしは、それで教えてもらえなかったんだから——だから独学で盗むしかなかったわけだが、親の意見となすびの花にゃ、千にひとつの無駄もねーな。てめーを見てるとひしひしそう思うぜ。

「嫉妬は醜《みにく》いよ。せっかく美しいのに。ぼくの妻のように」

全方位にファザコンなもんでな。どっちを向いても、父親の幻影だらけだぜ。そういや、てめーのパパは、消防車のホースをくわえさせられ、水風船みてーにパンクさせられたんだっけ？　どこまで本当の前歴かしらねーが、それと同じ溺れさせかたをあたしにさせようってんなら、あまりにも芸の幅がねーぞ。

「父親に協力してもらったのは本当だよ。実証実験の手段もね。ぼくは嘘をつかない。必要なとき以外は」

そりゃ正直でいらっしゃる。

「そして安心して、ハニー。成功しようと失敗しようと、ぼくは同じやりかたを何度も繰り返したりはしない。言っただろう？　これはきみのために考案した特別な実証実験なんだから。存分に溺れてほしい」

実験ね。どいつもこいつも、ヴェネチアを経済特区みたいに思ってやがる。そうなると、ホースが繋がる、背中のタンクが気になるね。青く発光する化学物質よりもデンジャラスな液体で満たされているからこその防護服なのだろうし——ちなみに、美瑛の青い池のこと、あたしのパパから聞いたってのは本当？　パパは日本文化に造詣《ぞうけい》が深いイタリア系オランダ人じゃなかったはずなんだけど。

「師匠が詳しかったのは、哀川潤だよ。ぼくは師匠から、苦労に苦労を重ねてすべてを聞き出したけれど、人類最強の請負人について語るときだけは、寡黙な師匠が雄弁だったよ。『俺を殺したら、俺の娘がお前をただじゃおかないぞ』って」

それは嘘だな。パパが非行少女を娘と思っていたはずがねーんだよ――だが、必要な嘘じゃああった。あたしを怒らせるためには。

「うん。だけど雄弁だったというのは本当だ。ハーグからきみの活躍を、誇らしく見守っていたようだよ」

嘘じゃなくても、苦々しくの間違いだろ。こんなことなら年賀状くらい出しとけばよかったかな。でもまあ実のところ、てめーには感謝しているんだ。こんな形でもなきゃ、パパとデートなんて、一生できなかったろうから。

「頭おかしいんじゃないの？　なんだかぼくが師匠の無念を晴らしたくなってきたよ」

第四の父親を拷問されて餓死させられたことまでは感謝してねーよ。あと、友達のみよりちゃんを、人違いで生き埋めにされかけたこともな。もしもみよりちゃんが――ついでに玲も――さっきの鉄砲水で、この青き猛毒のプールに嵌まっていたら、それこそただじゃおかねーぜ。

「仇討ちかい？」

むかつくから。

「わかるよ。ぼくもぼくの妻を殺した奴を絶対に許さないと誓っているもの。宣誓している。健《すこ》やかなるときも病めるときも、富めるときも貧しきときも、泳げるときも溺れるときも、ぼくの妻を愛すと」

勝手に共感すんな。たとえてめーがパパの弟子でも、てめーと感情をシェアするつもりはねーよ。

……父親は本当に殺したけど、奥さんはてめーが殺したんじゃないって意味？

「そうだよ、お見通しだね。その濡れ衣を晴らすために、ぼくはこのラボから、実験を繰り返している
――ぼくの妻を溺殺した真犯人を求めて」

とんだ名探偵もいたもんだ。

「名探偵？　違う。ぼくは名水だよ」

あっそ！　どうやら長話に付き合っても、立ち上がるだけの時間はもらえそうになかったので、しゃがんでいただけに痺《しび》れを切らして、あたしは短距離走のロケットスタートを切った――ホースの照準は変わらずあたしに合わせられたままだが、知ったことかよ！　タンクにどんな種類の毒液が満タンになっていようと、たとえ溶けたガラスだろうと、飛び込みのポーズで全身に浴びながらぶん殴ってやる！

「飛び込みだなんて、まるで魚雷だ。だがそれを、ぼくなら入水《じゅすい》自殺と言う」

あたしなりにタイミングを計って意表をついたつもりだったが、しかしアクアクアのメンタルには波紋ひとつ立たなかったみたいで、あたしの突貫をただの予想通りであるかのように、水都の溺殺魔はホースのダイヤルを捻った。そして――そしてあたしは、膝をついた。

4

「だから言ったじゃないか。二度も。ぼくは同じ実験を繰り返さない。鉄砲水の直後に水鉄砲なんて、

使うはずがないだろう」

その声色は、もうあたしのパパとはまるで違う、だからと言って他の何とも違う、たとえようのないのっぺりとした音質と化していた。あえて言うならリノリウムの床みたいな、平べったくも無機質な声音だ──水で言うなら純水か。最初はまさかあたしが押し負けたのかと思った。放水の水圧が、あたしの猪突《ちょとつ》猛進を正面から押し返したのかと──だが、ホースから放たれたのは、そんなレベルの水圧じゃなかった。桁違い。しかも、その圧力は鉄砲水のような大規模で大雑把な桁違いではなく、極限まで一点に集中されていた。要するに──

「ウォーターカッター。ダイヤモンドだって削り尽くす」

鉄砲のあとに刀とは、粋な真似をしてくれやがるぜ──しかも腹を狙ってくるとは。パパは切腹ってえ日本文化も、伝来させてくれたのかい？　だとしたらひっでえ逆輸入だ。

「ぼくの見込みでは胴体が真っ二つになっているはずだったんだけれど、どうやらあなたは金剛石よりも頑丈な腹筋を持っているらしい。斫《はっ》るに留《とど》まるとは。だけどハラキリというのは心外だ。これは帝王切開だよ」

なるほど。人類愛あふれるあたしでも、いよいよてめーが気持ち悪くなってきたぜ。だが、アクアクアのそんなこの上なくおぞましい悪趣味のお陰で、首の皮一枚ならぬ腹の皮一枚繋がったようだった。腹じゃなくて頭を狙われてたら、さすがに膝をつく程度じゃ済まなかっただろう……、しかしぱっくり割れた傷口が染みやがるぜ。お陰で気絶せずに済んでるが、そのタンクに入ってるのは、結局、この青い毒液かい？

「むしろ消毒液だよ。塩素たっぷりの水道水だ——外国人のあなたには、水が合わないかもしれないけれど、少なくとも人体には無害なウォーターカッターだよ。ぼくのプライベートプールを、工業排水で満たす愚は犯さない」

プライベートプールって——まさかおぞましさにこの上があったとは。聞いたこともねえ胎内回帰願望に、自然、腹筋の切開部を押さえる手にも力が入る——自分の指を医療ホッチキス代わりに、力ずくで傷口を縫合しているようなものだが、温泉みてーにどくどく湧き出る血潮に、手が滑りそうになる。まあいい。痛いのは治る証拠だ。たぶんな。

「ふむ。その様子だと、もう一度、執刀しておいたほうがよさそうだね。もっともっと出血を促《うなが》さないと、麻酔にはならないらしい」

全身麻酔だ、と言った——つまり、次は腹を狙うとは限らないってわけか。水泳のように、全身運動を狙ってくる——生かさず殺さずの切り刻みができる繊細さが、あるいは配慮が、ガロンセント・カラン氏にあるとも思えない。大がかりに施工されたこの島ほど丁寧に、施術してはもらえそーにないな。

「ウォーターカッターで溺れる前に、言い残したことはあるかい？　人類最強。愛しいパパが、愛らしい夫として、愛娘のように聞いてあげるよ」

愛娘のように？　受けるね。言い残したことなんてねーよ、言いたいことは全部言ってきたからな。

ただまあ、やり残したことはある——まだてめえをぶん殴ってねえ。

「暴力はよくないよ。ちゃんとコンプライアンスに照らし合わせたほうがいい」

言ってることはちぐはぐだし、やってることも滅茶苦茶だが、だからと言って、このピンチがなかったことになるわけでもない。たとえ切腹状態じゃなくっても、ウォーターカッターの速度よりも速く等速直線運動はおこなえない。あたしは人類最強なので、神業は無理だ。人間業で対処しないと。くそ、意外と隙がねーぜ、こいつ。潜水服で全身を隈無く覆っているから、読心術が使えないってのもあるが——いや、たとえボディービルダーばりの際どい水着姿で惜しげもなくポージングされても、こいつの心を読みたいとは思えない。何者にでもなれるこいつは、何者でもないのだろうから——タンク内の塩素水が、どれほどの残量なのかにもよるけれど、ひとまず斬撃《ざんげき》の回避に徹するか？　だが、帝王切開を受けている身だ、前後左右に激しく動くと内臓がこぼれかねない。いかに破天荒なあたしとて、内臓を出産するのは気が進まないぜ。やはり先手を取りたい。一瞬でいいから、奴に隙が生まれれば——水も漏らさぬ潜水服に——

「一家団欒《だんらん》。血は水よりも濃いと言うけれど、水の密度こそが——がっ！」

迂闊にも、今度はどんな水ジョークを言うのかと、あたしのほうが隙を見せてしまったけれど、しかしアクアクアの名言の、名水言の肝心の部分は、水のように切れ味鋭くは放たれなかった。ヴェネチア料理が届いたからでも、それがこの逆境を脱するに足るヒントとなる失言だったからでもなく——奴の着用する潜水服が燃え上がったからだ、うなじから。

「が——」

その炎自体は大した大きさではなかったが、しかし奴の身体は大きくぐらつく——背後に手を伸ばそうとするも、寸胴《ずんどう》の潜水服がその柔軟体操を許さない。結果、生じた隙は、一瞬どころではなかった——瞬き百回は余裕でできる。どんな仕組みで背中のタンクが燃え上がったのか知らねーが（塩素って化学変化で爆発するのか？　イタリアの水道局はそんな危険なものを一般家庭に？）、幸いあたしはケミカリストじゃないので、隕石《いんせき》みてーに落ちてきたチャンスを生かすだけだ。さっき以上に気合いを入れたロケットスタートでも、割れた腹筋じゃあ期待するほどの推進力は得られなかったが、そこは遠心力でカバーする——水都の溺殺魔をぶん殴るっつーマニフェストは壮大に破ることになるが、あたしは飛び上がった空中で、リアルト橋のようにアーチを描く延髄蹴《えんずいげ》りを、潜水服の発火部へと打ちつけた。

直撃はしなかった、厳密に言うと。顔を洗いこそしなかったものの、それでも眼球が少なからず工業廃水の輝きにやられていたのか、やや目測を誤って、ヒットしたのはヒールはヒールでも、かかとじゃなくて、靴のヒールだった。ここまで頑《かたく》なに脱がなかったあたしの尖りが、かろうじてかすっただけで——けれどかすっただけで、たくさんだった。むしろバットの先端上っ面でボールを打ったときのように、ただでさえぐらつき、ねじれかかっていたアクアクアの身体に、強烈なスピンがかかる。

「————————！」

水切りのように、グラウンドコンディションのぬかるんだ洞窟で何度もバウンドした末に、水都の溺殺魔は、発光する青い湖に、鋭い角度でダイブした。噴水のように飛沫《ひまつ》があがったが、すぐに何事もなかったかのように、水面は穏やかにきらめく——穏やかに。

「……防水は完璧かしら？　あの潜水服」

先程までアクアクアが構えていた場所に視線を戻すと、その更に向こうに、泥土に潜るようなうつ伏せの状態で、みよりちゃんが倒れていた――ずんぐりむっくりな奴のシルエットが邪魔で見えなかったが、あたしの依頼人はそこにいたらしい。否、鉄砲水でどこか遠くに流されていたのに、わざわざそんな危険地帯まで、匍匐《ほふく》前進で戻ってきたのかよ、あたしをアシストするために。どうだろうな――たとえ工業廃水対策が完璧だったとしても、あたしのピンヒールで、手の届かない場所が破損してるだろうし。それ以前に生地《きじ》が燃えてるし――みよりちゃんのお手柄で。

「お手柄？　天才で可愛い私の計算違いよ。本当は水の伝導率を利用して、感電させるつもりだったんだから」

得意げな顔をするでもなく、みよりちゃんはそう言った。ふむ、と、あたしはふたりの中間地点に落ちている、一万ミリアンペアのモバイルバッテリーに注目する――火は既に消えているが、もうもうと焦げ臭い黒煙を燻《くゆ》らせていた。モバイルバッテリー……、より正確に言うと、リチウムイオン電池。まあ、タンクの中の塩素水よりはデンジャラスだな。みんな当たり前みたいに持ち歩いているが、航空旅行の際には、機内預け荷物にできないくらいのアイテムだ。ちょっとした衝撃や微妙な温度変化、あるいは過充電、そして水濡れなんかで、たやすく発火しかねない危険性を有する――まあ、あんな角張った塊を後頭部に投げつけられたら、たとえ発火しなくても、または目論見通り感電しなくても、ぐらつくくらいの隙は生まれただろうが……。

「あんな消防士みたいな格好で最後は火に巻かれるだなんて、ケミカルじゃなくて、かなりシニカルね」

道行くみんなが歩きスマホだったから見逃されていた隠れ島で、モバイルバッテリーが原因で敗北するってのもな。みよりちゃん、こういうの、なんて言うんだっけ？　勝負は水物、じゃなくって、ほら。お手柄を称えて、決め台詞は心理学者に譲ってやるぜ。あたし今、破水中だし。

「笑えん笑えん。策士策に溺れる、でしょ」

天才で可愛くて、その上うまいね、みよりちゃん。

終章　加茂大橋

　大ピンチからの一発逆転、水都の溺殺魔を毒の沼地に叩き込んで、しかしそこからのほうが大変だった。閉鎖空間であるはずの洞窟なのに、にわかに雨が降り始めたのだ——木杭の雨が、天井から。

「哀川潤さんが後先考えず八方破れに暴れるから、鉄砲水でも壊れなかった洞窟が崩落を——」

　みよりちゃんが秒であたしのせいにしたが、いやいや、甘受しかねたね。鉄砲水でも壊れなかったというが、あの大量の水の出所が、前とは異なり運河でなかった場合は、話が違ってくる。そう、地下水脈から吸い上げてのトラップだった場合は、地盤沈下が起こる十分条件となる。いくら掘っても井戸なんてできないと、親父の面して言ってやがったが……、飲み水じゃねえ、人を呑む水ならその限りじゃねえってか！　ラボの主であるアクアクアが去った直後に洞窟が崩落するなんて、まるで呪いのようでもあったが、物理的に説明のつく現象だ——まあ、とどめをさしたのは、あたしの蹴りだったかもしれんが。

「哀川さん！　軸本さん！　こっちです！　閘門《こうもん》は既に開けました！」

　見れば、青い湖に架けられた桟橋で、メイド長がゴンドラ出航の準備を整えていた——どいつもこいつも、助けを待つだけのプリンセスじゃねえなあ！　むしろ玲のが一番いい仕事だったかもしれねえ、あのシチュエーションで、脱出口の確保とは。あたしには絶対できないことだ。それだけマニアがあたしの勝利を確信してくれていたのだと思うと、この切腹状態はなんとも遺憾だぜ。せめてオールはあたしに任せろよ。みよりちゃん、しっかりしがみついとけ、なんならフックに三つ編みを縛り付けてな。

ところでメイド長、応急処置をしたいんだけど、アロンアルファ持ってねえ?

「テープのりでよろしければ。それにしても哀川さん、またもや伝説が更新されましたね」

伝説?

「聞くならく、哀川潤の踏み込む建物は、例外なく崩壊する——千年共和国、ヴェネチアにおいてさえ」

だーかーら、あたしのせいじゃねえっての。第一、正確にはここ、ヴェネチアの一部じゃねーだろ——夢の島さ。パノラマ島みてーな、悪夢の島かも。なんだかんだで突貫工事ゆえに、元々耐震基準も通っていない手作り洞窟の抗堪性《こうたんせい》は低かったにせよ、施工者であるアクアクア本人ならば、この崩落になんらかの災害対策を打てたのかもしれなかったが、残念ながら奴は一足先に、湖底に沈殿しているのだった——否、必ずしもそうではないという見方もある。と言うのも、後日——かなり後日のことになる、なにせ最終的には島全体が跡形残らず運河の底に沈下したのだから——カラビニエリの現場検証がおこなわれた際、工業廃水の還元濃縮とも言える青き湖を総浚《そうざら》いしても、出てきたのは破損した、空っぽの潜水服だけだったと言うのだから。

「向こうは向こうで、あらかじめ避難経路を確保していたってことかしら? あらかじめ湖底に抜け穴でも掘っていて……、もしかして湖に飛び込んだのは、服についた火を消すためにわざと自分から……」

何度も殺されかけただけあって、そんな危惧《きぐ》を吐露したみよりちゃんだったが、どうだろうな、可能性を提示してみたものの、だとしたら、ひとりで脱着するのも容易ではなさそうな潜水服を、わざわざ脱いでいく意味がわからない。それらしき抜け穴なんて、痕跡《こんせき》さえ見つからなかったわけだし——だったらむしろ、あたしのヒールキックで破れた潜水服から、溶け出したと見たほうが現実的だ。劣悪な工業廃水に長時間浸かることで、有機組織が溶解し——泡になった人魚姫のごとく、アクアクアは、水になったのだと。あたしとしてはこっちの仮説のほうを推したい。水そのものになるなんて、嘘ばっかりついていたあの真犯人にとって、本望って奴だろうから。

「嘘ばっかりと言えば——改めて赤神家からユーロポールに問い合わせましたところ、妻と父親を殺してオランダから亡命したガロンセント・カランなる男性は、存在しないそうです」

これも後日、鴉の濡れ羽島に戻ったメイド長からの連絡でわかったことだ。やっぱり嘘八百《うそはっぴゃく》だったのかよ、ご本人から提供された個人情報は。

「ええ。ただし、ユーロポールの捜査資料内に、ガロンセント・カランなる、女性の記録はありました」

女性？

「罪状は父親殺しのみですが。付け加えると、彼女の母親は、その父親に殺害されています——妊娠十ヵ月のおなかを割腹されて」

………。

「お察しの通り、その際、執刀犯であるパパに摘出された赤ん坊こそが、ガロンセント・カランです——命を取り留めた本人は、施設に引き取られ、その事件を知ることなく成長していたそうですが、腕のいい弁護士がついていたのでしょうか、模範囚だったのでしょうか、昨年、妻殺しの犯人が出所しまして……、改心し、償いに来た父親の口に——隠されていた真実を告げた父親の口に、娘は消防ホースを突っ込んだそうです」

改心し、償いに来たってところ、けっこう怪しくない？

「五分五分の半信半疑ですね。いえ、私がではなく、父親から打ち明け話をされたガロンセント・カランが……、それだけの悪行を働いておいて、改心したなんて、償いたいなんて言われても、信じようがないんですから——あるいは信じるための溺殺だったのかも」

玲はそんな風に意味深に言うにとどまったので、ここから先は、期待されていた以上の成果を携えて、ケンブリッジに凱旋した専門家、みよりちゃんの心理分析。

「過去の殺人も含めた父親の真意を知りたくて、父親自身になった愛娘ってことなんでしょうね。犯罪者の心理を理解しようとした。どうして自分が生まれたのかっていうのは、万人に共通する悩みなんだけれど、彼——彼女の場合は、羊水の中から取り上げられたのが、父親による母親殺しだったのか、水難救助だったのか、知りたかったのかも。そのために、愛娘は父親に、なりすました」

愛娘——ね。一応、あのときも口を滑らせてはいたわけだ——一家団欒。ほとんど一家心中のような答だったとしても、追い求めずにはいられなかったか。

「父と娘がかなり複雑に、混ざり合っているけれど。水と油ならぬ、水と水のように。妻を殺した夫であり、母を殺された娘であり、父を殺した娘であり——積み重ねてきた自分自身の人生を否定されて、何者かになりすますしかなかったのかしら」

その結果、何者でもなくなった。

「サンヴェローゼ旧警部は、一連の事件が起きる前からガロンセント・カランを隠密《おんみつ》調査していたそうです」

で、玲からの報告に戻ると——行き届いたことに、パパの同僚から聞き取られた、こんな情報もあった。

「見守りと言うべきかもしれません。父親の起こした事件の捜査に、サンヴェローゼ旧警部は何らかの形でかかわっていたそうで、生まれる前から凄惨な体験をした赤ちゃんの、経過観察をしていたようですね。ある種の足長おじさんでしょうか。ですから、国外に亡命した彼女を、捜査班のメンバーでもないのに、休暇を取ってまでひとりで追ったのだとか——」

見守っているうちに情が移って？　家庭を持たないサンヴェローゼ旧警部は、いつしか彼女を娘のように思うようになっていた？　なんともセンシティブな仮説だが、だとすれば一匹狼にしても過ぎた単独行動に説明がつくようでもあるし、また、洞窟であたしと対面したとき、アクアクアが妙に後継者争いを強調していたことも納得できる。貯水槽の底で拷問する際、知らないところでおこなわれていたそんなソーシャルワーカーの見守りを聞いたのだとすれば——妙なライバル心をむき出しにするのも。ありゃあ萍水相逢《へいすいあいあ》うって場面かよ。老若男女、誰にでも化けられ、どんな国のどんな組織にも侵入できる変装術を受け継いだ彼女がサンヴェローゼ旧警部に変装していたのは、あたしを騙すためでしかないと思っていたが、それもまた、相手の気持ちを知るための方策だったんじゃないだろうか。パパがいったい、どんなつもりで己をつけ回していたのか——犯罪者の娘であり、被害者の娘である自分を、そして殺人犯となった『ぼく』を、いったいどんな目で見ていたのか。知りたくて知りたくて、知ってしまった。

「その意味ではアクアクアは、ふたりの父親を手にかけたことになるんでしょうか。それでも哀川さんの三人には敵いませんが」

殺した父親の数で競う気はねーよ。

「私はまたしばらく、島にこもってお嬢様のお世話に専念しますね。哀川さんの面倒を見ることに比べれば、余裕のお仕事です。楽しい女子旅もいいですけれど、やっぱり家族が一番ですね」

やっぱり家が一番ですねみたいに、こんな事件をよくまあ、そんな台詞で締めくくれるもんだ——そこへいくと、みよりちゃんはまだしも、現実的だった。

「アクアクアはつまるところ、頭のおかしな人の振りをしていたってことよね？　そうしているうちに、それが本人のアイデンティティになった。奇人の真似をする者は、その時点で奇人——天才としか言いようのない割に、愚かよね。誰かになりきったからって、その誰かの気持ちがわかることなんてないのにね」

呆れた調子で、そう語る——天才なんてつまらないと言いたげに。

「だって、自分の気持ちなんて、自分が一番わからないのに」

だからと言って他人任《ひとまか》せにゃしてらんねーだろ。父親になる覚悟ができていなかった未熟な男性の、妊娠中の妻に対するＤＶだなんて紋切り型の公式発表じゃ、愛娘はアイデンティティを確保できなかったんだろうぜ。血は水よりも濃い……、か。

「天才で可愛い私が、この大学で書く最初の論文のテーマが、どうやら決まったみたいね」

それは何より。なんてことない観光旅行から、得るものがあってよかったよ――新天地でばりばり活躍して、ケンブリッジ版溜め息橋の横に、喝采橋でも建立してくれ。

「今回は本当にお世話になりました、哀川潤さん。お礼の言葉もありません。でも、天才で可愛い私が暮らしている間は、何があろうと絶対にグレートブリテン島には来ないでね。あなたにはヴェネチアを沈めた実績があるんだから」

だったら消波ブロックで囲ってろよ。感謝されると同時に出禁を食らうというのは、なかなか珍しい体験だったが、しかしまあ、再び地図に載っていない、つまり存在していない離れ小島での監禁生活にようようと戻った玲に比べれば、まだあたしは恵まれているほうである――そんなちっぽけな幸せを、長旅から帰ってきた日本の、京都府京都市、今出川河原町《いまでがわかわらまち》の加茂大橋《かもおおはし》の欄干にもたれかかりながら、しみじみあたしは嚙みしめるのだった。帰国して一番、美瑛ではなく京都に来たのは、医者の健康診断を受けるためでもあった――闇医者だが、腕は確かだ。割腹の傷自体は絆創膏《ばんそうこう》でほぼ完治したのだけれど、まあせっかく久し振りに怪我ができたんだから、ここぞとばかりに旧交を温めてみようと思って。避けられていたわけでもないパパと、それでも会えずじまいに終わってしまった反省を生かそう。京都は京都で湧き水の名所でもあるので、どっかで汲もうとか考えていたんだが……、待ち合わせ場所の鴨《かも》川《がわ》デルタを上から眺めているうちに、気が変わった。最初は、水の流れこそ逆方向だが、ヴェネチアからの帰りに寄った、ローマで見たテヴェレ川の中州にある病院を思い出していたのだが（絆創膏はそこでもらった）、眺めていると、ヴェネチアならぬヴェトナムに行きたくなってきた。メコン・デルタからの連想なのだが、かの地では、大昔の、非行少女時代の友達が根を張って暮らしているのだ。沈没というより埋没というほうが、土いじりが趣味のあいつの場合は似合うのだが——生きているかどうかも定かでないあいつとも、会えるうちに会っておこう。メコン・デルタもまた、まだ地球上で行ったことのないところだしな——火星なんて行ってる場合じゃねえ。

「いつか見つかるといいですね。あなたの最強に似つかわしい、将来の夢が」

やりたいことが至極ろくでもない、メイド長に言われりゃおしまいだって気分だが、他ならぬ請負人自身のやりたいことを、そろそろ探すべきときなのかもしれない。他人の動機や他人の目的を取り込み続けた結果が、水都の溺殺魔の誕生秘話であり、また末路だと言うのであれば、あれはあたしの姿でもある。あいつはある意味すげー人類だったが、ああはなりたくないもんだ。

「も——もしもしもしもしも！　ごごごごご、ごめんなさい、高速道路がじゅうじゅうじゅうじゅう渋滞してて、ぜんぜんぜんぜんぜんあたしのせいじゃないんだけれど、まちまち待ち合わせに遅れそうだからあたしなんて死んだほうがいいよね！」

そのとき、あれほど散々な目に遭っても手放せないスマートフォンに、闇医者から着信があった——いや、結局、スマホのお陰で最大の危機を乗り越えたとも言えるので、今度こそ壊さないように、大切に使ってやらねーとな。もちろん、モバイルバッテリーは機内持ち込みだ。あたしはひとしきり言い訳を聞いてから、気にすんな、なんとも思ってねーと言う。それより渋滞中でも、運転中のながらスマホはやめとけよ。

「ななな、なんと、なんとも思ってない？　こここ、このあたしを？　死人をも蘇《よみがえ》らせるこのあたしを？　だ、大丈夫だもん、ハンズフリーだし、ＡＩの自動運転だし。最新技術最高。手術もロボットにやってもらうんだ」

仕事を失うことを恐れてねえとは恐れ入ったぜ。ふん、ＡＩの自動運転だと？　ＡＩに普通道路を時速三百キロでぶっ飛ばせるのかよ。本当に気にしてねーから、落ち着けって。お前には無理かもしれねーけど、焦らず慌てず、ゆっくり来い。

「うん。あたしには無理。焦るし慌てるし、でもゆっくり行くね。ジュニア」

ジュニアって言うな。娘のこと、普通はジュニアって言わねーだろ、元十三階段。その代わり、待ち合わせ場所は加茂大橋からホーチミンに変更な。

「は、はあ⁉」

最後は普通に驚いたようだったが、あたしは反論を受け付けず、電話を切った——旅は道連れ、世は情け。まだ見ぬ地球を、赤一色で塗り潰す。橋から橋まで、一筆書きだぜ。

あとがき

高確率でなんらかの事件に遭遇することになるので名探偵と一緒に旅行をしてはならないという不文律がミステリー界にはありますけれども、しかし思い返してみれば、別段名探偵と同行しなかったところで、どこを誰と旅行したところで、どころかひとり旅だったところで、旅行をすれば大抵はなんらかの事件に遭遇することになるように感じます。トラブルのない旅行など、旅行を無効化しているとも言えますが、元より長期旅行であれ小旅行であれ、旅行自体がひとつの事件なわけで、ならば事件発生の責任を名探偵個人に背負わせるのも違うのかもしれません。そもそも何のために旅をするのかと言えば、観光であれバカンスであれ、はたまた自分探しであれ、普段とは違う何らかの事件に遭遇するためなのでは？　もっとも、旅行者にとっては目新しい未踏の地でも、地元民にとっては変わらぬ日常の風景なわけで、旅人にとっての一大事も、地域住人にしてみれば『またか』みたいなパターンであることもままあります。日本人が全員富士山に登ったことがあるかと言えば、必ずしもそうではないというような話も……、人と人が揉めているところにのこのこやってきておいて、『こんな旅先で殺人事件に巻き込まれるなんて、同行者であるこの名探偵は呪われているのでは⁉』でもないでしょう。同行者ではなく同好の士と言うべきで、ある意味、揉めごとは世界中のいずこでも起こっているわけですし、逆に言うと、名探偵はおうちで寝ているだけでも事件に遭遇しそうです。

というわけで哀川潤の旅行記『ヴェネチア』編です。ヴェネチアを舞台にした推理小説をいつか書きたいと昔から思っていたのですが、いざ書き始めてみるとなかなか筆も進みづらく、気付けば十年近くが経過しました。もうここは最強のカードを切るしかないだろうと、文字通りの人類最強の請負人にお出ましを願うことにしました（以前、伝説シリーズで地濃鑿《ちのうのみ》がパリに向かう道中でヴェネチアに寄ったのと同じ理由？）。旅行先でのトラブルがおおごとになるのは、旅行先では地元よりも困難に対処しづらいというのがあるでしょうが、このかたならば心配ありますまい。折角なので、前シリーズで登場した新しいお友達の天才で可愛い軸本みよりちゃんと、まさかのデビュー作から、班田玲さんにも友情出演（？）していただき、念願の一作を書き上げることができました。結果、ヴェネチアでも推理小説でもなくなってしまった感はありますが、そんな感じで『人類最強のヴェネチア』でした。

表紙の哀川潤はもちろんのこと、玲さんを描いていただけて嬉しかったです（みよりちゃんも、言うまでもなく！）。竹さん、ありがとうございました。一応シリーズ化を目論んでいますので、いつかまた、請負人と一緒に旅行していただければ幸いです。

西尾維新

初出

「メフィスト」2020 VOL.1

西尾維新（にしお・いしん）

作家。1981年生まれ。2002年に『クビキリサイクル　青色サヴァンと戯言遣い』で第23回メフィスト賞を受賞し、デビュー。同書に始まる「戯言シリーズ」、TVアニメ化され大ヒット作となった『化物語』に始まる＜物語＞シリーズ、初のテレビドラマ化作品となった『掟上今日子の備忘録』に始まる「忘却探偵シリーズ」など著書多数。漫画原作者としても活躍し、代表作に『めだかボックス』『症年症女』などがある。近著は『デリバリールーム』。

人類最強《じんるいさいきょう》のヴェネチア

2020年11月9日　第1刷発行

著者
西尾維新《にしおいしん》

発行者
渡瀬昌彦

発行所
株式会社　講談社
〒112-8001
東京都文京区音羽2-12-21
電話
［出版］03-5395-3506
［販売］03-5395-5817
［業務］03-5395-3615

印刷所
凸版印刷株式会社

製本所
株式会社国宝社

N.D.C.913 314p 20cm
ISBN 978-4-06-521559-3

《最強》シリーズ
好評既刊
人類最強の初恋*
人類最強の純愛
人類最強のときめき
人類最強のsweetheart
講談社ノベルス　＊講談社文庫版も好評発売中！